Née en 1980, considérée comme l'une des nouvelles voix littéraires suédoises, Sara Lövestam est l'auteur de plusieurs romans parus aux éditions Actes Sud : *Différente* (2013), récompensé par le prix du Swedish Book Championship, *Dans les eaux profondes* (2015), *En route vers toi* (2016) et *Le Jazz de la vie*, paru chez Gallimard Jeunesse. Grâce à des personnages souvent en marge ou en quête d'identité, elle réussit à mettre subtilement en lumière les enjeux actuels de notre société, et amène ses lecteurs à questionner le statu quo. Le premier volet de la tétralogie Kouplan, *Chacun sa vérité* (Éditions Robert Laffont, collection « La Bête noire », 2016), a reçu le prix de l'Académie suédoise des auteurs de polars 2015, le Grand Prix de littérature policière 2017 et le prix Nouvelles Voix du polar 2018. Le deuxième tome, *Ça ne coûte rien de demander*, a paru chez le même éditeur en 2018, suivi du troisième volet, *Libre comme l'air*, en 2019. Sara Lövestam vit à Stockholm.

**Retrouvez toute l'actualité de l'auteur sur :
https://saralovestam.se/
ou sur sa page Facebook :
www.facebook.com/saralovestam**

ÇA NE COÛTE RIEN
DE DEMANDER

DU MÊME AUTEUR
CHEZ POCKET

CHACUN SA VÉRITÉ
ÇA NE COÛTE RIEN DE DEMANDER

SARA LÖVESTAM

ÇA NE COÛTE RIEN DE DEMANDER

*Une enquête de Kouplan,
détective sans-papiers*

Traduit du suédois par Esther Sermage

Titre original :
ÖNSKA KOSTAR INGENTING

Pocket, une marque d'Univers Poche,
est un éditeur qui s'engage pour la préservation
de l'environnement et qui utilise du papier fabriqué
à partir de bois provenant de forêts gérées
de manière responsable.

Le Code de la propriété intellectuelle n'autorisant, aux termes des paragraphes 2 et 3 de l'article L. 122-5, d'une part, que les « copies ou reproductions strictement réservées à l'usage privé du copiste et non destinées à une utilisation collective » et, d'autre part, sous réserve du nom de l'auteur et de la source, que les « analyses et les courtes citations justifiées par le caractère critique, polémique, pédagogique, scientifique ou d'information », toute représentation ou reproduction intégrale ou partielle, faite sans le consentement de l'auteur ou de ses ayants droit ou ayants cause, est illicite (article L. 122-4).
Cette représentation ou reproduction, par quelque procédé que ce soit, constituerait donc une contrefaçon sanctionnée par les articles L. 335-2 et suivants du Code de la propriété intellectuelle.

© *Önska kostar ingenting* © Sara Lövestam, 2015
By agreement with Pontas Literary & Film Agency
© Éditions Robert Laffont, S.A.S., 2018, pour la traduction française
ISBN 978-2-266-29117-0

Dépôt légal : janvier 2019

*Tous en rond tous en rond
Ça ne coûte rien de demander
Non, non, non, pas un rond
Il n'y a qu'à demander !*

1

Dans le bureau de Jenny, le sol s'effondre sous ses pieds. Précipitée dans une chute vertigineuse, elle atterrit deux étages plus bas, réduite à une flaque, à rien, puis, tombant encore plus bas, plusieurs mètres en dessous du niveau du sol, elle se désintègre. Le phénomène se reproduit : chute vertigineuse, désintégration. Elle baisse les yeux sur ses mains, fermement agrippées au bord de la table.

Amanda, cette pourriture. Jenny n'a jamais rien fait de plus idiot de toute sa vie. Enfin, s'il ne s'agit pas d'un malentendu… Oui ! Mon Dieu ! Pourvu que ce soit cela. Elle compose à nouveau le numéro et tombe sur le même message vocal : « Le numéro que vous avez demandé n'est plus attribué. » Elle s'est vraiment conduite comme la pire des imbéciles.

Le plus ignoble dans cette affaire, ou – avec un peu de recul, si l'on peut se le permettre – le plus ironique, c'est qu'en matière d'escroquerie, Jenny s'y connaît. Elle a participé à l'élaboration de la nouvelle loi de lutte contre la fraude dans le secteur de l'immobilier. Elle a rencontré des victimes qui lui avaient inspiré de la pitié parce que, se disait-elle, elles avaient vraiment manqué de jugeote. Là-dessus, Amanda est arrivée.

Elle faisait partie d'un groupe de lobbying pour la préservation d'un parc menacé par un projet de construction. Elle avait débarqué dans la vie de Jenny avec son rire sourd, roucoulant, et le regard le plus cristallin que Jenny avait vu depuis bien des années. En politique, les choses sont souvent troubles et, plus souvent encore, stupides. Amanda dégageait exactement l'impression contraire.

Et sa bouche... Le truc, c'est que Jenny n'était même pas lesbienne. Mais les lèvres d'Amanda attiraient irrémédiablement le regard. Elles semblaient si douces... Promesse de libération, sa bouche surgissait de plus en plus souvent dans l'esprit de Jenny, même en pleine discussion sur un budget, alors que le consensus indispensable semblait inaccessible. Ou au moment de se lancer dans un exposé – les lèvres d'Amanda la faisaient sourire dans les situations les plus inappropriées, par exemple quand elle s'apprêtait à dire : « Bien entendu, je comprends la souffrance des personnes en situation difficile, mais nous devons avoir confiance en la capacité de nos concitoyens à choisir eux-mêmes le type de logement qu'ils désirent sur un marché libre et varié », ce genre de phrase s'accommodant pourtant mieux d'un froncement de sourcils soucieux que d'un gloussement étouffé.

Jenny ne se souvient plus quand elles ont commencé à se fréquenter en privé. En revanche, une certaine soirée au Tiki Room lui est restée en mémoire : son propre cocktail rouge sang et celui d'Amanda, vert menthe.

— Tu sais ce que ça ferait si on mélangeait nos deux boissons ? avait demandé Amanda.

Jenny avait répondu du tac au tac par une citation de Carl Bildt concernant la coalition gauche-écolo : « Une bouillie rouge et vert. » Décidément, avec Amanda, Jenny avait du répondant. Elle était inspirée. Amanda avait pouffé de rire puis, le regard étincelant, elle s'était penchée vers Jenny et avait répliqué : « Non... » La douceur de ses lèvres tenait toutes ses promesses, la pointe de sa langue avait un goût de citron vert et d'ananas ; celle de Jenny, rouge sang, s'y était mêlée.

Résultat : Jenny a les yeux rivés sur un numéro qui n'est plus attribué. Dans son esprit gravitent dix mois de souvenirs dont il faut remplacer l'étiquette « amour » par « espèce d'andouille ». Et ses poches sont délestées de deux cent mille couronnes. Pour l'instant, elle a du mal à définir ce qui, des trois, est le plus difficile à digérer.

Quoi qu'il en soit, elle n'est pas devenue conseillère municipale en se laissant marcher sur les pieds, alors si Amanda croit que Jenny va avaler la couleuvre sans réagir, elle se trompe lourdement. Toutefois, l'incident doit demeurer loin des oreilles indiscrètes. En particulier de gens qui risqueraient d'avoir des relations haut placées ou de s'allier à l'opposition.

Mais comment dénicher un collaborateur qui n'aurait pas de relations dans son milieu ? Comment trouver quelqu'un qui ne soit personne ?

2

Certains chats sont nourris avec de la pâtée et dorment entre leur maître et leur maîtresse la nuit, d'autres traînent dans les rues de la ville en se raclant les flancs contre les immeubles. Tout en se faufilant derrière un couple d'amoureux assis sur un banc, sous un abribus, Kouplan pense aux chats de gouttière. L'air de faire une petite pause, il s'arrête devant la poubelle. Cela dit, tout le monde, y compris lui-même, sait très bien qu'il s'agit d'une feinte. Il fait trop froid pour attendre que tous les usagers soient montés dans le bus, alors il s'exécute rapidement, sans lever les yeux.

Au début, il étudiait les poubelles du coin de l'œil et ne prenait que les canettes du dessus. Après quelques semaines, il s'est aperçu de deux choses. Premièrement : il est plus rentable et plus discret de fouiller cinq poubelles en profondeur que d'en parcourir vingt en superficie. Deuxièmement : quand vous avez les mains plongées dans les ordures, les gens évitent de vous regarder. S'ils le peuvent, ils vous ignorent même complètement, alors autant y enfoncer le bras tout entier. Kouplan n'est pas encore parvenu à surmonter le dégoût que lui inspirent les vieux chewing-gums et les restes mâchouillés. Quant au risque de tomber sur des seringues, il ne veut même pas y penser.

Il préfère se remémorer son cursus de journalisme. Il énumère les intitulés des cours, reproduit mentalement leurs bibliographies et tente de se souvenir des points essentiels soulignés par les professeurs. Parfois, on ne les trouvait pas dans les livres, ou alors il fallait lire entre les lignes.

Jusqu'à présent, Kouplan ne comprenait pas pourquoi les poubelles lui rappelaient systématiquement l'université, mais ses réflexions sur les chats ont éclairci le mystère. Qu'on soit un petit minou à sa maman avec un nœud autour du cou ou un matou de gouttière, songe Kouplan, on est encore et toujours un chat. Tout comme lui-même demeure un être humain. Un journaliste venu de Téhéran, rebaptisé depuis, qui s'est donné pour but de recycler cent canettes de bière par jour. Quelqu'un, en somme.

Cela fait deux mois qu'il est fauché. Avec les neuf mille couronnes de Pernilla en poche, il avait eu l'impression d'être monstrueusement riche, mais l'argent semble être parti en fumée : quatre-vingt-dix couronnes pour des cigarettes qu'il a données à Rachid en remerciement de son aide et trois cents couronnes pour une paire de chaussures d'hiver. Il a dépensé le solde en loyer et en nourriture. Il s'est offert deux kebabs, mais surtout il a fait des stocks. Dans le garde-manger, il lui reste sept kilos de riz au jasmin. Il paye son loyer au compte-gouttes à Regina.

— Tiens, une de plus, lance une voix d'homme.

Une canette de Coca apparaît sous le nez de Kouplan, qui la prend et la dépose dans son sac en plastique Lidl.

— Merci.

L'homme lui adresse un sourire avant de s'éloigner. Vu l'état de sa chevelure brune, il n'est pas allé chez le coiffeur depuis longtemps. Mais son écharpe paraît chaude. Une canette et un sourire, se dit Kouplan. Il faut se réjouir des petites choses, dans la vie.

Trouver cent canettes par jour, c'est un véritable défi, presque déraisonnable. Kouplan a bien envisagé de retourner au kebab d'Azad, de leur révéler son identité et de rincer des assiettes pleines de ketchup et de houmous pour quinze couronnes l'heure. Il y serait relativement protégé derrière les quatre murs de la cuisine. Ce qui l'en empêche, hormis la lugubre perspective de passer ses journées dans des vapeurs grasses en compagnie d'autres désespérés, c'est qu'il ne veut pas se dévoiler. La dernière fois qu'il a fait la plonge chez Azad, il était Nesrine, une copine de Rachid, déguisé dans sa propre peau depuis la naissance. Mais depuis, il est devenu Kouplan et il a refermé toutes les portes, et s'il en rouvrait une, ce ne serait pas celle du kebab d'Azad. Il se retrouve donc entouré de vide, enfin, d'un air alourdi par la menace policière. Seul le temps lui dira s'il a fait le bon choix.

Une canette et un sourire, se répète-t-il. Généralement, il y a toujours un petit point lumineux pour égayer sa journée, même s'il est vraiment très petit. Par exemple, c'est le jour où les gens reçoivent leur paye en Suède, ce qui signifie que vendredi soir, le nombre de canettes consommées sera en nette augmentation.

Au final, il a récupéré soixante-quatorze couronnes à l'automate de recyclage. Avant d'entrer dans la douche, il met son ordinateur en marche. Ainsi, quand il sera sorti, tout propre, le système aura presque fini de démarrer. L'eau qui fuse du pommeau est brûlante, elle dégèle ses maigres membres ainsi que ses fesses qui, pour une raison inexplicable, sont toujours glacées.

Pas de nouveaux mails. Aucun résultat lorsqu'il lance une recherche Google sur le nom de son frère. Il consulte le site Blocket[1] et retrouve son annonce de « détective privé » à la troisième page des résultats. Il n'a pas les moyens de la faire remonter. Le texte lui semble d'ailleurs ridicule, il détecte plusieurs éléments qui pourraient faire hésiter d'éventuels clients. Pernilla avait mordu à l'hameçon, mais il y a bientôt six mois de cela et, pour chaque jour qui passe, il est bien obligé de se rendre à l'évidence : Pernilla était une exception à la règle. Il jette un dernier coup d'œil à sa boîte mail avant d'éteindre l'ordinateur. Zéro nouveau message.

Regina couche les enfants à 20 heures. Les premiers mois, Kouplan évitait de se balader dans l'appartement quand ils étaient encore levés mais, désormais, il lui arrive de faire un tour au salon pour entendre Liam lui demander comment s'appellent les pièces de monnaie persanes. Les êtres humains sont attirés par leurs semblables, c'est naturel. Mais aujourd'hui, Kouplan n'en a pas le courage.

---

1. L'équivalent suédois du Bon Coin. (*Note de la traductrice.*)

À 20 h 15, il se rend dans la cuisine et met de l'eau sur le feu. Le riz est en train de cuire quand Regina entre sur la pointe des pieds.

— Salut, chuchote-t-elle en s'asseyant devant son calendrier.

Elle mordille le bout de son stylo et trace des flèches entre les cases en tentant de concilier boulot, garderie et toutes les autres choses auxquelles doit penser une mère de deux enfants en bas âge. Quand Kouplan s'approche avec son assiette de riz et de lentilles, elle lève les yeux.

— Je vais à Lidingö demain, l'informe-t-elle. Tu veux venir ?

Dans un moment d'enthousiasme, il lui avait demandé si elle pouvait l'emmener avec elle quand elle trouvait du travail dans une banlieue cossue.

— Volontiers, répond-il.

Regina ne sait pas ce qu'il va faire à Lidingö. D'ailleurs, elle ne pose pas de questions. Elle est comme ça, Regina. Depuis le début de l'année, elle n'a même pas mentionné le loyer.

Kouplan avale son riz et ses lentilles à grandes cuillerées en se disant que le lendemain, à Lidingö, il atteindra peut-être son quota de cent canettes. Leur banlieue de Hallonbergen n'a rien de déshonorant, mais les gens y jettent moins facilement leurs canettes vides.

3

Jenny a appelé et envoyé des mails à toutes les personnes imaginables : le patron de l'entreprise dans laquelle Amanda prétendait travailler, les amis avec lesquels elles sont sorties… Tout le monde lui donne la même réponse : non, aucune Amanda n'a jamais travaillé ici ; non, nous ne savons pas où elle est passée, d'ailleurs nous ne sommes que de vagues connaissances. Jenny s'endort furieuse, se réveille furieuse et bouillonne encore plus quand son taxi n'arrive pas à l'heure. Commander une voiture pour 11 heures et ne voir aucun véhicule à l'horizon à 11 h 08, c'est tout de même un comble ! Avoir une vie à Stockholm et disparaître brusquement sans laisser de trace en emportant la fortune d'une autre, c'est tout de même un comble ! Il doit y avoir d'autres personnes qu'elle pourrait contacter.

Elles se donnaient presque toujours rendez-vous chez Jenny, c'était tellement plus confortable et spacieux. De plus, Amanda sous-louait une des chambres de son appartement afin de joindre les deux bouts.

— Et parce que je n'ai pas eu le cœur de refuser, avait-elle ajouté. Il vient de divorcer et il a la garde de son enfant une semaine sur deux, alors on ne sera pas exactement tranquilles chez moi. Mais si tu insistes…

Jenny avait entrelacé ses doigts à ceux d'Amanda. En cette mi-août, le soleil dardait des rayons brûlants particulièrement estivaux – ou peut-être était-ce le cœur de Jenny qui rayonnait.

— J'insiste, avait-elle souri en lançant à Amanda un regard polisson. On sort ensemble depuis deux mois et je ne suis toujours pas allée chez toi.

— Bon…, avait consenti Amanda en serrant sa main. D'accord.

Jenny se rappelle la cage d'escalier agréable, l'entrée avec une commode, une table et des étagères. Il y avait des livres dans la bibliothèque. Elle avait d'ailleurs fait un commentaire à ce sujet : c'est si rare de voir des bibliothèques chargées de livres, de nos jours. *Les a-t-elle emportés… avec tout le reste ?*

Le sous-locataire avait le profil même de l'homme divorcé. Jenny n'est pas du genre à se mêler de la vie privée des gens, mais il lui avait spontanément montré une photo de sa fille et expliqué que le tribunal de première instance était infiltré par des féministes radicales qui voulaient priver les enfants de leurs pères. Amanda lui avait suggéré de former un groupe de lobbying.

S'il ne lui avait pas ouvert la porte de cet appartement deux ans auparavant, Jenny n'aurait jamais repensé à ce type. D'ailleurs, Amanda avait demandé à Jenny de l'appeler pour lui annoncer qu'elles auraient du retard. En toute logique, le numéro devait encore se trouver dans son téléphone. Comment s'appelait-il, déjà ? Magnus ?

— Eh ben, ces baraques…, fait remarquer Regina en lançant un regard à Kouplan. On se croirait dans un univers parallèle. Tu n'as pas vu un panneau qui indiquait la Fylgiaväg, par hasard ?

Des châteaux féeriques, des manoirs boursouflés… Quelqu'un avait dû proposer un jour : « Dites donc, déjà qu'on a décidé de construire dans ce quartier, autant claquer encore plus de fric ! » Regina dépose Kouplan, puis elle se rend dans une des maisons où elle fait le ménage. Ici les gens savent profiter de leur temps libre. Parfois, quand quelque chose la frappe particulièrement, elle prend des photos : un plancher transparent ou un jacuzzi vert pomme métallisé.

L'année précédente, Kouplan a fait du porte-à-porte à Sundbyberg en demandant des canettes vides pour financer un voyage de classe, mais il craint que ça ne marche plus. La testostérone qu'il prend quotidiennement l'a enfin fait muer, le privant de sa voix de femme-enfant. Mais ce n'est pas tout. Quelque chose a changé au fond de son âme.

À Lidingö, les poubelles publiques sont plus espacées qu'à Hallonbergen ou au centre de Stockholm, mais elles tiennent leurs promesses. Dans la première, il trouve une douzaine de canettes de Pepsi. Les rues sont quasiment désertes, une voiture passe de temps à autre, une femme attend sur un trottoir. Cela dit, Kouplan est persuadé que les maisons ont des yeux. Pourvu que personne n'ait l'idée d'appeler la police parce qu'on fouille dans les poubelles devant chez lui…

Mattias ! Voilà comment il s'appelait. Jenny regarde au loin : toujours pas de taxi du côté de la route principale. Elle appelle le central. On lui affirme ne jamais lui avoir envoyé de véhicule. Jenny engueule copieusement son interlocuteur, qui lui assure qu'un chauffeur viendra la chercher au maximum dix minutes plus tard. Puis elle compose le numéro de Mattias. Un bref instant, elle a le pressentiment qu'il aura disparu, lui aussi, lorsqu'elle entend un déclic, puis une voix.

— Bonjour, dit-elle sur le ton qu'elle emploie pour parler à des inconnus. Je m'appelle Jenny. On s'est vus brièvement une ou deux fois l'année dernière.

Manifestement, elle n'a pas fait impression, elle est obligée d'expliquer qui elle est, mais quand Mattias comprend qu'elle sortait avec Amanda, il devient soudain plus loquace.

— Putain de bonnes femmes… Ne le prenez pas mal, mais vous savez ce qu'elle m'a fait, cette garce ?

— Elle s'est tirée ? suggère Jenny sans s'offusquer de cette insulte à la moitié de l'humanité.

En tant que femme politique, on est amenée à fermer les yeux sur bien pire.

— Avec mes trois mois de caution ! s'exclame Mattias en dérapant dans des aigus plaintifs. Et sans dire au revoir ! Je croyais que c'était son appartement, merde ! Et vous savez qui débarque mercredi ? Le propriétaire !

— Estimez-vous heureux qu'elle ne vous ait pris que trois mois de loyer, réplique sèchement Jenny. Moi, elle m'a volé deux cent mille couronnes.

Silence. Mattias marmonne un vague juron mais la laisse parler. Elle explique brièvement l'affaire, ne lui dévoilant que le strict nécessaire. Ça fait quand même du bien de se confier à quelqu'un qui vous comprend. De toute façon, elle est seule sur le trottoir, à part un sans-abri qui fouille dans une poubelle.

— On s'est vues tous les jours pendant dix mois, alors je ne sais pas si je suis plus furieuse contre moi-même ou contre elle.

— Contre elle ! s'insurge Mattias avec emphase. J'espère que vous l'avez signalée à la police. Vous avez porté plainte, au moins ?

— Pour un certain nombre de raisons, ce n'est pas possible. Je me demande si je ne vais pas engager quelqu'un, mais je ne sais pas qui. Après tout, les détectives privés, ça peut jaser.

— Surtout les bonnes femmes.

— Ça, je n'en sais rien.

Son cœur se serre. Si elle en doutait encore, elle ne peut plus se le permettre. Amanda savait ce qu'elle faisait depuis le début, et Jenny n'est pas sa seule victime.

— Moi, en tout cas, je suis allé voir les flics, assure Mattias. Mais franchement, je ne sais pas si ça valait le coup, cette garce est sûrement déjà à l'étranger. Je peux vous rappeler s'il y a du nouveau du côté de la police, enfin, si vous voulez.

— Ça m'étonnerait. Mais merci quand même.

Elle raccroche. Le taxi n'est toujours pas là. Il y a du mouvement autour de la poubelle, derrière elle. Le type n'a pas fini de farfouiller, ça la met mal à l'aise. Elle a vu à la télé que des bandes de criminels cachaient des armes sous les sacs-poubelle.

Quand, soudain, le type se détache de la poubelle et s'approche d'elle, le malaise de Jenny monte en flèche.

Un criminel membre d'un gang, songe-t-elle, sans-abri, drogué, adolescent borderline, bref, l'une des nombreuses raisons pour lesquelles elle ne prend jamais le métro. Elle se lève sur la pointe des pieds dans ses hautes bottes et part dans la direction où son taxi devrait apparaître.

— Excusez-moi…, lance le sans-abri.

Elle continue à marcher. Il répète « excusez-moi ». Dans sa voix, Jenny ne détecte rien de criminel. Elle se retourne en haussant les sourcils d'un air interrogateur.

On la croirait tout droit sortie d'un film. Elle porte un tailleur rouge cerise sous un manteau élégant avec un col en fourrure, et les sourcils qu'elle hausse en le regardant sont parfaitement sculptés par une esthéticienne. Kouplan ne comprend pas lui-même où il a trouvé le courage de l'aborder. Peut-être dans le fait qu'il est lui aussi un être humain.

— J'ai entendu que vous cherchiez un détective.

La femme fait une moue agacée – sûrement la même que si elle se retrouvait dans une petite pièce avec un moustique.

— C'est faux.

— Mais je vous ai bien entendue, pourtant.

Il réfléchit, hésite avant de poursuivre. Elle l'a déjà rembarré, il n'a donc plus rien à perdre.

— Considérez cela comme une preuve de mon ouïe mince et de mon sens de la logique. Dans mon pays, j'étais détective privé.

« De mon ouïe fine », voilà ce qu'il aurait dû dire. Et il doit exister une expression plus élégante que « sens de la logique », se dit Kouplan sous le regard soupçonneux de la femme.

— J'ai des références, ajoute Kouplan. Suédoises.

La femme se met à rire, mais s'interrompt brusquement.

— Si vous êtes détective privé, pourquoi fouillez-vous les ordures ?

Il hausse les épaules.

— Deux mois sans boulot.

Depuis le début de la conversation, la femme est orientée aux trois quarts vers la route principale, tournant partiellement le dos à Kouplan. Elle le scrute du coin de l'œil. Mais soudain, elle fait un pas vers lui, plisse les yeux et absorbe son visage du regard. Kouplan n'a qu'une envie : fuir. Derrière elle, un taxi ralentit.

— Vous avez quoi, vingt-cinq ou vingt-six ans ?

C'est la première personne à deviner son âge depuis qu'il s'appelle Kouplan.

— Vingt-huit, ment-il.

Le taxi se range, la femme fouille dans son sac à main. Sur la boucle, on lit « Louis Vuitton ».

— Demandez à vos références de m'appeler, exige-t-elle en lui tendant une carte de visite qui porte une espèce d'écusson.

Puis elle se glisse dans la voiture avec la souplesse d'un poisson d'argent. Le cuir brillant de ses bottes est la dernière chose que voit Kouplan.

4

Jenny a vérifié, il n'existe pas de Kouplan en Suède. Une bonne raison de ne pas l'engager. Plus que jamais, elle a besoin de tout contrôler, constamment. Cela dit, quelque chose la touche dans la voix de cette Pernilla... Une certaine chaleur humaine.

— Vous êtes toujours là ? demande Pernilla.

— Il n'existe pas de Kouplan en Suède, lui fait remarquer Jenny. Il m'a donné un faux nom.

— Évidemment.

Tandis que Pernilla énumère les qualités de Kouplan, manifestement innombrables, Jenny la trouve de plus en plus sympathique.

— S'il porte un faux nom, c'est qu'il n'a pas le choix. Je vous assure, c'est le mec le plus honnête que je connaisse. Super gentil, soigneux... Pour résoudre mon affaire, il a suivi un nombre inimaginable de pistes, je ne les aurais jamais trouvées toute seule. Et il n'a jamais lâché le morceau.

Après le nom de Kouplan, Jenny tape celui de Pernilla et trouve son adresse à Tyresö. Célibataire... Ah. Elle a peut-être des raisons inavouées de chanter les louanges du mystérieux Kouplan.

— Pourquoi avez-vous fait appel à lui, au fait ?

Pernilla semble hésiter. L'a-t-elle vraiment engagé pour résoudre une affaire ?

— Mon chien, répond-elle. Il avait été enlevé. Ça peut vous paraître idiot, mais...

En effet, ça paraît complètement idiot.

— Je n'allais pas signaler sa disparition à la police. Ils n'enquêtent pas sur les enlèvements de toutous.

— Et comment il l'a retrouvé ?

— Il est allé à Gullmarsplan où Janus, mon chien, avait disparu. Il a interrogé tous les patrons et les employés des commerces environnants. Et il a obtenu un signalement. Il n'a vraiment négligé personne. Les vendeurs de billets, les poinçonneurs, les patrons de kiosque, son réseau personnel...

— Quel réseau ?

— Des gens de son pays. Je ne sais pas, mais en tout cas, il a retrouvé Janus. Il a travaillé sans relâche, jour et nuit. Il a fait des filatures. Je vous promets qu'il est capable de résoudre votre affaire.

Jenny a un mauvais pressentiment. Elle ne sait pas exactement ce que Kouplan a entendu de sa conversation de la veille. Quoi qu'il en soit, il connaît son identité. La rumeur circule peut-être déjà.

— Qu'est-ce qu'il vous a raconté ?

— Seulement que vous aviez besoin d'un détective. Il est vraiment... Il vous dira la vérité sur son nom quand il se sentira en confiance avec vous. Bon, je ne sais pas quoi vous dire de plus... Donnez-lui sa chance.

— C'est exactement comme ça que je suis tombée dans ce guêpier. En donnant sa chance à quelqu'un.

À l'autre bout du fil, la femme à la voix chaleureuse et au vocabulaire banal prononce enfin, sûrement sans le savoir, l'argument décisif :

— Si l'affaire est délicate, mieux vaut engager Kouplan que prendre le risque qu'il ébruite des renseignements sur vous à droite et à gauche. Si vous n'avez pas confiance, vous n'avez qu'à le payer une fois le travail accompli.

5

« Jenny Svärd », dit la carte de visite que Kouplan garde dans la poche arrière de son pantalon depuis mercredi. « Jenny Svärd », annonce la porte du grand bureau. « Jenny Svärd », précise la plaque sur la table de travail lisse, moderne, à hauteur modulable et sur laquelle est posé un écran d'ordinateur plat. Kouplan a une pensée rapide pour l'écran à tube sur son propre bureau, dans sa chambre à coucher – dont la surface, par ailleurs, ne fait pas la moitié de celle dans laquelle il se trouve, en plein centre de la capitale et au cœur de la politique suédoise. Il se sent si petit qu'il en frissonne.

— Parlez-moi de vous, interroge la propriétaire de la carte de visite, de la plaque sur la porte et de la table.

Le regard de Kouplan erre, vacillant d'un objet à l'autre. Il le voudrait pourtant ferme. Il s'efforce de le dominer. Mais son dernier interrogatoire sur le sol suédois s'est plutôt mal passé.

— Je m'appelle Kouplan et j'ai vingt-huit ans.
— Et dans votre pays, vous étiez détective privé. De quel pays s'agit-il ?

Ses yeux sont bleu acier, soigneusement maquillés, et son regard est aussi précis que sa question.

— D'Iran. J'étais journaliste aussi, c'était tellement...

Il a l'impression de mentir, bien que ce soit la vérité. Voilà l'effet que lui fait son interlocutrice, avec ses talons hauts et son nom égrené aux quatre coins de la pièce.

— J'ai commencé comme ça. En tant que journaliste. J'ai appris à collecter des renseignements. À dévoiler des secrets.

— J'ai beaucoup de relations haut placées, intervient Jenny Svärd.

Kouplan ne comprend pas. Après quelques secondes de silence, elle s'explique :

— Si ce que nous disons ici arrive aux oreilles de personnes malintentionnées, mes relations se révéleront sans doute plus utiles que les vôtres.

Kouplan acquiesce.

— Sans doute.

Il est sur le point de préciser que, tout comme les prêtres, il est soumis au secret professionnel, si ce n'est que l'année précédente, il a utilisé le sceau de la confession pour répandre une nouvelle qui a fini par passer à la radio. En outre, les yeux perçants qui lui font face semblent tout à fait capables de faire la part des choses. Et puis cette idée trahit surtout sa propre paranoïa.

— Je ne connais quasiment personne ici, tempère-t-il. Sauf ma précédente cliente. Je suis de Jönköping. Mais je ne suis pas bête.

— Bien, voilà une chose d'établie, lâche Jenny Svärd avec un léger sourire.

Kouplan regrette ce qu'il vient de dire sur Jönköping. Il aurait pu parler de n'importe quelle autre ville, mais quand Jenny Svärd vous transperce des yeux, difficile de raconter des sornettes. Sauf quand on s'appelle Amanda.

Jenny a remarqué un détail divertissant : Kouplan rougit quand elle le regarde dans les yeux. Cela ajoute du sel à la démarche, enfin, si l'on peut trouver un point positif à toute cette histoire. Mais ça la dérange aussi, parce qu'il n'y a pas si longtemps, c'était elle qui rougissait.

— En remontant le cours des événements, commence Kouplan en sortant un cahier d'écolier ridicule du genre qu'on utilise en CP, est-ce que vous vous souvenez quand elle a commencé à…

— À me faire du gringue ?

— Oui. Vous rappelez-vous la première fois que vous vous êtes vues seule à seule ?

— Seule à seule ? Non, je ne m'en souviens pas.

Il pose sur elle un regard de psychologue. Son cahier à rayures bleues et blanches entre les mains.

— Essayez de vous remettre dans l'ambiance. Le moment où vous vous êtes dit : « Ouh là… Il ne va plus rester qu'elle et moi. »

Aaah…, avait songé Jenny. Elle qui était d'ordinaire si blasée, si peu impressionnable, elle qui était de plus hétérosexuelle… Elle avait poussé un discret mais profond soupir quand Amanda lui avait expliqué le genre de rendez-vous auquel elle pensait.

— Un peu moins coincé, un peu plus détendu. Je crois que ce que j'ai à te proposer peut t'intéresser.

La chevelure sauvage d'Amanda, couleur acajou, encadrait à merveille tout ce qu'exprimait son visage rayonnant. En sa présence, les immeubles, les gens et les chiens étaient réduits à une toile de fond floue. Elle avait insufflé juste assez d'ambiguïté à cette suggestion pour que Jenny ne puisse pas déterminer si c'était conscient ou non. Quoi qu'il en soit, Jenny s'était laissée aller à espérer. Aaah…, s'était-elle dit à nouveau. Son ventre s'était noué. Il ne va plus rester qu'elle et moi.

Le regard de Jenny flotte pendant quelques secondes.
— Début avril, je crois. Je vous trouverai la date exacte dans mon agenda. Il s'agissait d'une réunion de lobbying. Prenez ça, en attendant.

Dans sa première affaire, Kouplan n'avait pas reçu une seule photo de la petite fille disparue. Cette fois, inutile de s'inquiéter, la chemise cartonnée marquée « Amanda Martinez » que lui tend Jenny contient une clé USB et une vingtaine d'impressions en couleur : des portraits d'une nana super canon. On dirait une actrice italienne.

— Elle est suédoise ? demande Kouplan.

Jenny étudie Kouplan, puis les photos.
— Qui sait ? Elle m'a confié que ses parents étaient espagnols. Elle parle espagnol et portugais. Vous parlez espagnol ?

Il secoue la tête.
— Persan, arabe, anglais, suédois, un peu de kurde, un peu de français et un peu de grec, énumère-t-il, s'agaçant lui-même.

Elle n'a pas besoin de savoir tout ça, quand même… On croirait qu'il cherche à l'impressionner.

— Le 3 avril, précise Jenny. Un mercredi. Le vendredi, on est sorties et on a bu du vin.

— Elle aussi est entrée par la petite porte ? Comme moi ?

— Non, elle est passée par la réception. Il arrive aux élus de recevoir des lobbyistes, ça n'avait rien de bizarre.

Kouplan note sur une page blanche : « Elle a des papiers. » S'ils sont faux, elle doit les avoir payés plus de deux mille couronnes, même sans doute plutôt autour de vingt mille. Elle les utilise peut-être encore. S'ils sont vrais, en revanche, Kouplan a son nom.

— Avez-vous une idée de l'endroit où elle peut se trouver ? Vous aurait-elle parlé de pays ou de villes en particulier ?

— Seulement de l'Espagne.

Brusquement, Kouplan visualise sa mission emportée au loin par un vent mauvais. Un individu ordinaire à faible revenu arriverait à se faire payer un billet pour l'Espagne. Pour sa part, il ne peut même pas aller au centre médical, encore moins s'enregistrer sur un vol.

— Commençons par la Suède, répond-il pour se calmer. Elle semblait plutôt épanouie, ici. A-t-elle des habitudes particulières ?

— Comme quoi ? Elle aime le pain grillé. Elle se fait des piqûres pour son diabète. Elle a l'habitude de se pencher en avant et de poser les coudes comme ça.

La position qu'adopte Jenny lui donne l'air dynamique, enthousiaste et charmant. Kouplan peut imaginer comment Amanda est parvenue à attirer son attention.

— Je veux dire : est-ce qu'elle fait de la gym quelque part ? Est-ce qu'elle a un restaurant préféré ? Y a-t-il des endroits où on a une chance de la trouver ?

Jenny a l'air moins terrifiante quand elle réfléchit. C'est comme de regarder Hillary Clinton dormir ou Vladimir Poutine pleurer en silence. Son regard se perd au loin et ses lèvres couleur pêche prennent une expression un peu mélancolique. Mais elle retrouve vite son rôle.

— Elle boit beaucoup de café. Surtout les latte vanille d'Espresso House.

Brusquement, Jenny se lève, la mâchoire crispée. Elle regarde Kouplan droit dans les yeux, lui faisant presque lâcher son crayon.

— J'ai un QI de 137 ! affirme-t-elle avec une colère contenue.

Kouplan ne connaît pas le sien, mais il comprend ce qu'elle veut dire.

— Ce n'est pas une question d'intelligence, répond-il.

Amanda Martinez, trente-trois ans, parle couramment espagnol, portugais, anglais, suédois ; 3 avril ; parents espagnols ; a des papiers ; latte vanille d'Espresso House ; MacBook ; lobbyiste pour un parc (intérêt sincère pour la politique ?), a escroqué Jenny et sous-locataire Mattias (d'autres ?) : voilà ce que Kouplan est parvenu à écrire dans son cahier bleu lorsque Jenny regarde l'heure.

— J'ai une réunion à 14 heures. Il faut que je vous fasse sortir d'ici. Et nous n'avons pas encore parlé de votre rémunération.

Kouplan se prépare à demander sept cents couronnes l'heure. Elle est conseillère municipale, elle doit en avoir les moyens. Mais elle ajoute :

— Vos honoraires seront de cent cinquante couronnes l'heure pour le temps de travail que vous pourrez justifier, à condition que vous obteniez des résultats. Quand vous la trouverez, je vous donnerai deux mille couronnes supplémentaires, et quand vous m'aurez vengée selon mes souhaits, encore trois mille.

C'est un salaire horaire trois fois plus élevé que ce qu'on gagne chez Azad, mais Kouplan est tout de même déçu.

— En fait, je prends quatre cents couronnes l'heure.

La seule réaction de Jenny est un sourire en coin.

— Vous vendez quoi, au juste ? Votre corps ?

Elle lui lance un regard provocant qui devrait l'offenser mais le rend tout chose. Bon, d'accord. Cent cinquante couronnes l'heure, ça ira.

Elle le fait sortir clandestinement de la même manière qu'il est entré, c'est-à-dire par une porte de service à l'arrière de l'hôtel de ville. C'est la dernière fois qu'ils se voient à son bureau, précise-t-elle. Il comprend pourquoi. Il comprend aussi pourquoi elle a voulu qu'ils s'y voient pour leur premier entretien. Afin de lui faire peur, enfin, juste assez.

6

Jenny n'a pas à s'inquiéter. Chez Kouplan, la peur est aussi essentielle que la respiration.

L'instant où il relâchera son attention pourrait justement être celui qu'attend la police des frontières pour le pincer. Une demi-seconde suffira, un court laps de temps pendant lequel son regard s'arrêtera sur un décolleté, ou sa pensée sur un proverbe. Ou la seconde qu'il faudra à sa main pour gratter un chewing-gum collé sous sa chaussure sans qu'il ait préalablement vérifié d'un coup d'œil à la ronde qu'il n'y avait personne de suspect aux alentours. Voilà pourquoi il doit en permanence s'identifier au zèbre dans la savane, et gambader avec insouciance, camouflé par le troupeau, sans jamais oublier qu'une tache jaune entre les herbes hautes peut toujours s'avérer être un lion.

Pire : il n'ose même pas se rendre sur le site internet de la police. Franchement, il est temps de se calmer un peu.

— *Divouneh...*, marmonne-t-il avec la voix de son frère. Ils ne vérifient pas l'adresse IP de chaque internaute qui consulte leur site, espèce d'andouille !

Dans la rubrique « Événements », la police rapporte l'arrestation de deux personnes pour escroquerie dans une agence bancaire. Elles avaient présenté de faux papiers d'identité et éveillé les soupçons des employés, qui ont tiré la sonnette d'alarme. L'opération s'est déroulée dans le calme, rapporte-t-on encore. Kouplan cherche des articles de presse datés du même jour. Dans l'un d'eux qui, selon toute vraisemblance, relate le même incident, on parle de « deux hommes » arrêtés, description qui, a priori, ne correspond pas à Amanda. Tant mieux, parce que si elle était en garde à vue, impossible de parfaire la vengeance de Jenny. Et Kouplan pourrait dire au revoir à sa prime de trois mille couronnes.

Amanda Martinez, tape-t-il dans la fenêtre de recherche de Ratsit, la version privatisée du registre d'état civil. Six personnes apparaissent. Deux sont âgées de plus de soixante ans, éliminées d'office. Il vérifie si les autres possèdent des pages Facebook. Deux ont des profils accessibles à tous, la photo d'une troisième la représente jouant avec des enfants. Kouplan trouve la quatrième sur une photo de groupe en remplaçant son premier prénom par son deuxième. Aucune de ces personnes ne ressemble même de loin à la star de cinéma que fréquentait Jenny.

Sur Google, « Amanda Martinez » donne quarante-huit millions de résultats. En se cantonnant aux pages suédoises, on réduit nettement la quantité. La plupart concernent une chanteuse canadienne. Aucune ne correspond à une lobbyiste redoutablement sexy qui escroque de l'argent à ses victimes. Sur Flashback, par contre, oui.

Quelqu'un sait quelque chose sur une cougar qui se fait appeler Amanda Martinez ? Elle est venue dans ma boutique pour me vendre deux smartphones bloqués et a acheté un iPhone 5 débloqué à crédit. Quand j'ai remarqué que son deuxième paiement n'a jamais été versé, j'ai fait une recherche Google sur elle, mais je n'ai trouvé qu'une nana à Jordbro, et ce n'est pas elle. Son numéro d'identité passe les contrôles de sécurité (ce qui veut dire que les quatre derniers chiffres sont bons), mais on ne trouve personne qui corresponde au numéro entier. Je lui ai envoyé un rappel de paiement il y a déjà deux semaines. De toute façon, ça me paraît vraiment louche, puisqu'elle n'est même pas enregistrée à l'adresse où elle est censée habiter. Quelqu'un peut m'aider ?

Les réponses au topic concernent trois autres femmes escrocs dont deux aux États-Unis, le « niveau de sécurité d'enculé » du système d'exploitation de l'initiateur du fil et l'âge qu'on est censé avoir pour être appelée « cougar ».

D'accord, elle avait à peu près trente ans, alors d'après votre définition, ce n'est pas une cougar mais enfin, merde, je veux juste savoir si vous avez ENTENDU PARLER *d'elle, sinon je me serais adressé à l'académie suédoise, bordel !* est le dernier message laissé par le vendeur de téléphones.

Le dernier post en date lui apprend que l'on écrit « Académie » avec un « A » majuscule.

Au bout d'un moment, l'écran finit par lui piquer les yeux. Kouplan prend alors le dossier cartonné « Amanda Martinez » et s'allonge sur son lit. Amanda le regarde, rayonnante, dans des décors printaniers, entre des feuillages d'automne resplendissants et, à une occasion, dans la neige. Il la trouve également assise en bikini à la proue d'un voilier qui appartient certainement à Jenny. À deux reprises, Jenny a légendé l'image : *copié sur la page Facebook d'Amanda.* Cela donne une idée à Kouplan.

Il se remet devant son écran qui scintille et charge les photos de la page Facebook d'Amanda dans Google depuis la clé USB de Jenny. Si Amanda les a choisies, il est possible qu'elle les ait mises ailleurs aussi. D'ailleurs, Kouplan ne pourrait pas le lui reprocher. Les deux portraits sont saisissants, sa beauté s'y déploie dans toute sa splendeur et on lui devine une qualité indéfinissable qui fait son charme. Non pas que Kouplan la connaisse personnellement, songe-t-il en attendant que son ordinateur charge – avec une infinie lenteur, pixel après pixel – le résultat en images de sa recherche, mais il a cru comprendre qu'elle avait quelque chose de spécial, de fascinant.

Il a encore le temps d'aller aux toilettes et d'étudier à nouveau les photos imprimées avant que le contenu de la clé n'apparaisse entièrement à l'écran : dix-huit images d'Amanda. L'une représente deux mains, doigts entrelacés, ornées de deux bagues identiques. Jenny a levé les yeux au ciel quand il a attiré son attention sur cette photo. Puis elle a cligné des paupières, évacuant un liquide indésirable qui menaçait de s'écouler.

— Nos prétendues fiançailles, a-t-elle expliqué. La bonne blague…

Avant que Google n'ait fini de charger la page, l'écran s'éteint et Kouplan doit le rallumer. Comme outil de travail, cet ordinateur, trouvé parmi les encombrants entassés à la cave, laisse à désirer. Rien qu'en redémarrages, Kouplan perd des demi-heures entières. Mais quand le résultat devient enfin visible, il est prêt à tout pardonner à sa pauvre bécane.

Angela Torres aime l'émission *Star Academy*, et les séries *Bones* et *Mad Men*. Elle participe au réseau solidaire Le Sac de provisions et au groupe d'horticulture *Mon jardin*, elle écoute Christina Aguilera, Maroon 5 et Sarah Dawn Finer. Son album de photos n'est accessible qu'à ses amis, mais le portrait qu'elle a posté sur son profil est visible par tous. Et ce n'est pas seulement qu'il ressemble à la photo que Kouplan a chargée sur le serveur Google, c'est qu'ils sont identiques. Au pixel près. Voici donc Amanda Martinez.

7

Comme il l'avait dit à Jenny, il ne s'agit pas d'intelligence mais de psychologie. Cependant, après avoir consulté la page Facebook d'Angela Torres, il a du mal à imaginer l'intransigeante Jenny au QI de 137 admettre sans ciller qu'Amanda Martinez n'est finalement pas si louche qu'elle le paraît. La naïveté ne fait pourtant pas partie des qualités requises pour faire une carrière politique dans la capitale.

Je n'ai pas d'argent pour le ticket de bus, lui écrit-il. *Et malheureusement, je ne peux pas frauder.* Trois minutes plus tard, il reçoit un SMS : *Je vous envoie un taxi. Ce soir, achetez une carte de transport ! Adresse ?* Il lui indique la station de métro Duvbo.

Puis il part en courant de chez lui.

Le chauffeur de taxi a une cinquantaine d'années.
— Lidingö… Vous habitez là-bas ? demande-t-il en riant à en faire rebondir son ventre rond.
Kouplan lui répond en souriant :
— Un peu trop ghetto pour moi.

Le chauffeur éclate de rire.

— Vous êtes trop drôle... Vous êtes trop drôle..., répète-t-il en s'essuyant une larme au coin de l'œil.

Kouplan aimerait avoir ce bonhomme chez lui, rangé dans son placard. Il pourrait le sortir de temps en temps, quand il a le cafard.

— Je peux vous demander un truc ? questionne-t-il. Une femme, quarante et un ans...

Le chauffeur l'interrompt :

— Belle ?

— Très. Une beauté à faire peur, si vous voyez ce que je veux dire. Une femme fatale. Bref, elle...

— Foncez, moi je dis ! Il ne faut pas toujours écouter les autres, vous savez !

— Ce n'est pas la question que je me pose.

— Qu'est-ce que ça peut faire que vous ayez dix-huit ou dix-neuf ans ? On s'en fout comme de l'an quarante !

Le chauffeur s'esclaffe à nouveau, sa bonhomie et sa chaleur se répandent dans l'habitacle.

— Il faut écouter son cœur... et d'autres parties de son corps, glousse-t-il. Tant qu'on est jeune, en tout cas.

Kouplan est obligé d'insister lourdement : il n'a pas l'intention de coucher avec Jenny.

— Donc, elle est super intelligente, reprend-il. Pourtant, elle se fait plumer de deux cent mille couronnes par une autre nana, comme ça, du jour au lendemain.

— C'est vrai ?

— Tout à fait. C'est ce que je ne comprends pas.

— N'importe qui peut se faire arnaquer, affirme l'homme. Elle aurait dû y penser, d'ailleurs, puisqu'elle

est si intelligente. Enfin, si c'était un homme, ça n'aurait rien eu d'extraordinaire.
— Pourquoi ?
— Parce que quand il y a de l'amour dans l'air, réplique le chauffeur en faisant un roulement de tambour sur son volant, la raison est évacuée par le tuyau d'échappement.

Jenny sort sa carte American Express et paye le joyeux chauffeur qui pose sur elle un regard inquisiteur. Kouplan prie Dieu qu'il ne dise rien. Comme par exemple : « Vous ne faites pas du tout quarante et un ans ! »
Ils passent devant la poubelle que Kouplan fouillait il y a seulement quelques jours, elle vêtue de son manteau à col de fourrure, lui d'un blouson acheté pour cinquante couronnes dans une friperie. Cent mètres plus loin, ils atteignent le domicile de Jenny : un respectable palace tout blanc, flanqué de dépendances vitrées dont Kouplan ne connaît pas l'appellation technique.
Lui aussi habitait une maison de ce genre, il y a longtemps.

Il se demande si elle va le nourrir. Pernilla lui faisait des petits plats à chacune de leurs rencontres. Elle le gavait de purée de pommes de terre, de poisson pané et de colin à la sauce aux œufs. Chez Jenny, cependant, on ôte son manteau au vestiaire et on ne s'attarde pas à la cuisine.
— L'entrée, la salle à manger, la salle de réunion, commente-t-elle poliment en montrant des portes

ouvertes. La bibliothèque. Le bureau. Je vous en prie.

Kouplan ignore son invitation pourtant claire et jette un coup d'œil dans la bibliothèque. Les murs y sont tapissés de livres, il est envahi par une vague de nostalgie inopinée.

— Vous vous souvenez de la première fois qu'Amanda est venue ? demande-t-il pour étouffer l'émotion importune.

— Bien entendu.

Jenny observe son visiteur. Perdu et pourtant à l'aise, comme chez lui, fasciné par sa bibliothèque. Il faudra qu'elle surveille les objets de valeur à portée de main. Cela dit, elle l'apprécie. Par son regard, Kouplan donne une nouvelle dimension à son décor quotidien.

Si elle se souvient de la première fois qu'Amanda est venue ? Et comment… Elle se souvient de tout, jusqu'à la lueur qui avait traversé ses yeux quand elle avait foulé l'entrée.

— Ce n'est pas une entrée, c'est une piste de danse ! avait-elle déclaré.

Elle avait tendu la main à Jenny, qui, à l'époque, n'était toujours pas lesbienne. Au contact de la main d'Amanda, un vertige lui avait traversé le cœur. C'était la première fois qu'elle dansait dans l'entrée de chez elle.

Amanda portait un costume gris clair cintré. Toujours en pantalon, jamais en jupe – cette rigueur formait un contraste saisissant avec sa chevelure sauvage. Elle avait posé sa main douce et ferme sur le dos de Jenny et l'avait entraînée : un tour, deux tours, trois tours…

— Tu sens, avait-elle susurré à voix basse, à quoi ce petit palace aimerait que nous consacrions la soirée ?

C'était d'un cucul... Plus que jamais, Jenny s'en rend désormais compte et, rougissant d'avoir marché dans son jeu, elle éprouve le besoin de se défendre.

— Ajoutons que j'avais divorcé trois ans avant, dit-elle sur un ton légèrement agressif. Et que je m'étais entièrement consacrée à la politique depuis. Je me croyais immunisée.

Kouplan effleure les volumes de son *Encyclopédie nationale*. Son toucher a quelque chose de délicat.

— C'est dans ces moments-là qu'on court le plus grand danger, assure-t-il. Quand on se croit en sûreté.

Il essaye d'imaginer Jenny amoureuse, ses yeux d'ordinaire si perçants rayonnants de bonheur, ses joues enflammées. Embrassant Amanda, peut-être dans le bureau qu'elle lui indique d'un hochement de tête. Il essaye de l'imaginer passionnée, les cheveux défaits. Impossible.

— J'ai fait des recherches sur Internet, reprend-il en sortant son cahier. Voilà l'heure à laquelle j'ai commencé, l'heure à laquelle j'ai fini et les mots-clés que j'ai utilisés.

— Bien.

— Et voilà des recherches sur divers escrocs en Suède.

— En tout genre, ou seulement les aigrefins ?

— Quoi ?

— Les aigrefins.

L'expression est trop bizarre pour en trouver le sens par déduction. Finalement, il secoue la tête. Jenny se penche sur son ordinateur et clique sur une chanson. Vieille, peut-être des années 1960. *Un bijoutier et sa boutique rendent la vie si lugubre*, chante une femme sur Spotify.

— C'est l'histoire d'un homme qui invite une jeune femme à dîner. Il disparaît en emportant sa fourrure et en lui laissant l'addition.

Quand le soleil brille au printemps et qu'on a dix-neuf ans, chante la voix, *peu de chose on comprend.*

— Elle n'a pas tort, admet Kouplan.

Il fait un sourire prudent à la dame de fer qu'il a pour cliente. Les références culturelles, par exemple faire écouter de la musique à quelqu'un, peuvent généralement être considérées comme des actes de bienveillance.

— Oui, quand on a dix-neuf ans, réplique-t-elle. Quand on en a quarante et un, par contre, on n'a plus d'excuse.

— Heureusement que vous n'en avez que dix-neuf ! glisse Kouplan.

Elle sourit. Un peu. Ça l'a amusée.

— Oui, encore heureux. La première conseillère municipale adolescente de Stockholm...

— Je n'ai pas fait de recherches sur les femmes politiques adolescentes.

— Vous n'avez pas tapé « Conseillers municipaux prématurés » sur Google ? C'est bien, vous ne perdez pas votre temps.

Deux blagues de suite. Elles réchauffent Kouplan de l'intérieur, comme une bonne tasse de thé.

— Aigrefin, dit-il. Je n'ai pas cherché ça non plus.

— Parlons plutôt de ce que vous avez trouvé.

Il se sent confiant, il est sûr qu'elle va apprécier.
— Seulement Amanda Martinez. Alias Angela Torres.

Jenny dévisage Amanda. Son ancienne amante est donc assez bête pour utiliser la même photo – ce sourire irrésistible – sur un profil Facebook avec un nom qu'elle n'a jamais porté à Stockholm. L'image produit un effet inattendu sur Jenny. C'est physique, tous ses poils se dressent d'un coup, son sang se précipite dans les veines de son cou et dans ses doigts, sa respiration s'accélère. Elle a horreur de ça.
— Elle en a mis d'autres ? demande-t-elle calmement, bien qu'elle ait envie de hurler.
— Seulement accessibles à ses amis. J'ai jeté un coup d'œil à ses contacts. Il y a un certain nombre de Torres. Je devine qu'elle ne les connaît pas tous. Ses autres contacts sont pour la plupart à Göteborg.

Jenny est sur le point de lui demander la raison pour laquelle Amanda ne connaîtrait pas ces Torres lorsque, juste avant d'ouvrir la bouche, elle comprend pourquoi. Pas bête, ce Kouplan. Et si les nouveaux amis d'« Angela » habitent à Göteborg…
— Vous savez ce que ça veut dire…, conclut-elle.
— Que je dois aller à Göteborg ?
— Demain matin.

Dans son taxi payé d'avance pour la gare centrale de Stockholm, Kouplan pense à la colère de Jenny. Il l'a perçue en deux occasions et, à chaque fois, Jenny l'a contenue et concentrée sur un tout petit point. Comme une cible éclairée au laser. Il est impressionnant que, habitée par une émotion aussi violente, elle soit encore capable de se maîtriser physiquement. Dangereux, même.

Le trajet en taxi coûte deux cent cinquante couronnes – un gâchis incalculable aux yeux de Kouplan. La moitié d'une carte de transport mensuelle. Mais s'il y pense trop, ça le rendra fou. Il préfère donc méditer sur les billets qu'il a en poche, et sur la remarque du chauffeur iraquien au ventre rond : « Quand il y a de l'amour dans l'air, la raison est évacuée par le tuyau d'échappement. »

Il songe à Jenny qui n'a pas souri quand il lui a montré la photo d'Amanda-Angela. Elle est restée pétrifiée, puis s'est renfrognée – quoi de plus naturel ? Il aurait dû le prévoir, elle était amoureuse. D'ailleurs, en se mettant à sa place, il devient lui-même maussade. S'il a appris quelque chose durant sa précédente mission, c'est de ne pas se borner à écouter son client. Il est tout aussi important de le comprendre.

Kouplan doit se cacher pour ne pas mourir. Il n'a d'autre argent au monde que celui qui froufroute à cet instant dans ses poches. Tous les soirs, il pense à sa famille, mais pas trop longtemps, sinon, il se met à trembler, et il ne le supporte pas. Il prend un traitement à base d'hormones qu'il se procure avec de l'argent emprunté. Ainsi s'est-il progressivement transformé, passant de quelque chose de vaguement féminin à un garçon, puis à un homme. Peut-être vaut-il mieux que sa mère ne soit pas au courant, et l'idée le fait souffrir. La nuit, il a des sueurs froides en y pensant. Un paquet de riz attend Kouplan dans son garde-manger, un arrêt de reconduite à la frontière l'attend à l'Office national des migrations et maintenant, pour comprendre sa cliente, il doit méditer sur l'amour.

En temps normal, il éviterait ce sujet comme la peste.

Penser au soleil, au printemps, quand on a dix-neuf ans.

Il n'en a pas envie.

8

Quand Kouplan avait dix-neuf ans, il habitait dans un centre d'hébergement pour les réfugiés à Jönköping. C'était après la fin d'une vie et avant le début d'une autre. Le soleil brillait sans doute ce printemps-là, mais il ne s'en aperçut pas avant le mois de juin.

Au centre d'hébergement, il partageait sa chambre avec Afrah, une gamine de treize ans au visage oblong et aux pommettes saillantes, sa mère Parveen et Gloria, une femme imposante et flegmatique qui portait des marques de brûlures sur les cuisses. Quand Kouplan posait les yeux sur Afrah, il se disait qu'elle devait beaucoup ressembler à son père. S'il l'observait trop longtemps, elle rougissait. Pourtant, elle ne rougissait pas quand Gloria la dévisageait. Elle sentait peut-être la différence entre les deux regards.

Kouplan avait porté un jean modèle homme dès qu'il avait pu s'en procurer un. Deux femmes du centre lui avaient lancé des regards désapprobateurs pendant plusieurs semaines. Une autre l'avait regardé avec curiosité, mais elle vivait au centre avec son mari, et Kouplan préférait éviter de compliquer encore sa situation. Son jean d'occasion Crocker lui donnait l'impression d'avoir des jambes fortes et masculines.

Ce genre de détail ne passait pas inaperçu au centre d'hébergement. On tuait le temps en collectionnant des observations sur la vie des autres, cela donnait presque l'illusion de travailler. Kouplan avait commencé à écrire un reportage, mais n'avait pas dépassé le stade de l'introduction. L'atmosphère était trop irrespirable, trop chargée de craintes et de souvenirs pour y accomplir une quelconque activité. Parfois, un accès de rage, la colère de trouver sa brosse à dents brisée ou d'entendre un commentaire sur son pays fusait comme une lame à travers l'air dense. Une bagarre pouvait éclater pour une cigarette, mais tout le monde était bien conscient de la cause profonde de ces crises : tous, au centre, se trouvaient entre deux vies.

D'ailleurs, peu à peu, Kouplan sentit ses deux vies s'écarter l'une de l'autre. Dans le cahier qu'on lui avait donné en cours de suédois, son début de reportage le narguait : *Ici s'accumule l'expérience du monde, dans quelques dortoirs au nord de l'Europe. Ici se créent de nouveaux...*

Le sentiment désagréable de mentir lui avait fait reposer son crayon, puis il avait sombré dans le cocktail de peur et de stagnation qui constituait l'état d'esprit ambiant.

Ce fut une manifestation qui le sortit de sa torpeur. Deux manifestations, plus précisément. La première défendait le droit à la vie d'enfants à naître. Elle s'intitulait « Laissez-les vivre » et l'enseignant responsable des animations leur expliqua le sens de ces paroles, qui provoquèrent une vive discussion en arabe. Le professeur, ayant complètement perdu le contrôle de la situation, finit par changer de sujet. Kouplan garda le silence, n'ayant pas d'avis arrêté sur la question. Les bébés avaient le droit de vivre, certes, mais il y avait aussi des filles qui mouraient tous les jours. Kouplan en connaissait et, dans le groupe, d'autres aussi en connaissaient.

La deuxième manifestation était une contre-manifestation menée par des femmes en colère aux cheveux hirsutes. Leurs pancartes touchèrent une corde sensible chez Kouplan. *Mon corps, mon choix*, proclamaient les écriteaux. Il eut l'étrange impression que c'était exactement ce qu'il voulait entendre. Ainsi, hésitant, vêtu de son jean Crocker, il suivit le cortège. Une blonde vêtue de noir lui enfonça un tract dans la main et hurla dans son mégaphone : « ON EST LÀ POUR QUOI ? » Kouplan ne connaissait pas la réponse et, lorsque tous crièrent : « POUR BRISER LE FASCISME ! », il ne comprit pas le verbe « briser ». La fille reprit son souffle et poursuivit : « QUAND ÇA ? » Cette jeune Viking blonde et ronde au regard brûlant semblait habitée par une volonté inébranlable. Elle s'appelait Siri.

Après deux mois au centre d'hébergement, Kouplan emménagea dans le collectif gauchiste de Siri. Dans le langage de l'Office national des migrations, il passa ainsi d'un HC (hébergement en centre) à un HP (hébergement privé), et cela faisait bien plus de différence qu'une simple consonne. Il le sentit dès qu'il franchit le seuil, ses possessions rassemblées dans un sac en plastique, et qu'on colla sur sa porte un morceau de scotch sur lequel était inscrit son nom d'alors : Nesrine. Au centre, il n'avait qu'un numéro.

Les membres du collectif adoraient les pois chiches, mais pas le poulet. Le seul homme du collectif, un gentil échalas dénommé Tommy, aurait effaré la grand-mère de Kouplan. Elle lui aurait demandé pendant combien de temps il comptait encore insulter son ragoût à la viande en lui infligeant sa présence rachitique. Quand Kouplan le fit remarquer, Tommy eut un sourire aussi gentil que d'habitude et Siri éclata de rire.

— C'est comme quand j'étais en Bolivie. Les gens trouvaient affligeant qu'on refuse de manger.

— Affligeant..., répéta Kouplan, et Siri lui nota le mot.

Après deux mois de conversation en anglais, ils changèrent de système, car l'un des colocataires ne parlait pas anglais. Lors d'une réunion, il y eut consensus : exclure cette personne des discussions était antidémocratique. On s'opposa, on argumenta qu'il était également antidémocratique d'obliger Kouplan à communiquer en suédois. Quelqu'un proposa que tous apprennent en alternance l'espagnol, l'anglais et le persan. Kouplan finit par calmer le jeu en expliquant que pour lui, il n'y avait que des avantages à pratiquer le suédois. On décida alors que quand Kouplan ne comprendrait pas un terme, on le lui noterait dans son cahier.

Puisqu'il allait rester dans le pays.

Il n'attendait plus que le courrier de l'Office national des migrations contenant ses nouveaux papiers.

9

Au centre du pays dans lequel Kouplan allait un jour habiter se trouve la gare centrale de Stockholm. Peut-être pas géographiquement parlant, mais dans l'inconscient collectif. Quand on se rend en Suède, on arrive toujours à la gare centrale. C'est là qu'atterrissent les péquenauds qui viennent se faire plumer, les hommes d'affaires qui vont prendre un taxi pour l'hôtel et les aventuriers de toute l'Europe à la découverte de régions extrêmes. Dealers, banlieusards et familles chargées de valises gigantesques. Il est impensable que la gare centrale de Stockholm ne soit pas patrouillée par d'innombrables policiers en civil. Kouplan retient son souffle en entrant dans le hall supérieur. Son cerveau envoie un signal à ses jambes : « Marche comme un citoyen. »

Il aurait pu demander à Jenny de lui acheter le billet, mais en tant qu'entrepreneur, on ne peut pas s'attendre à ce que son client s'occupe de toute la logistique, surtout si on veut le garder.

S'il possédait une carte de paiement, il pourrait acheter son billet à une borne en libre-service. S'il possédait un compte en banque, il pourrait même l'acheter de chez lui. Mais il n'a que les billets qui froufroutent dans sa poche. Toutes les cinq secondes, il vérifie qu'ils sont encore là, jusqu'au moment où il s'aperçoit que ce geste fait de lui la victime désignée de tous les pickpockets potentiellement intéressés par ses huit cent cinquante couronnes. Alors, il enfonce sa main dans sa poche et l'y laisse. Il s'appuie nonchalamment contre un mur, comme une star de cinéma, puis, se rendant compte qu'il a oublié de prendre un numéro de passage, il est obligé de traverser le hall d'un air naturel, la main dans la poche. Un bref instant, une paroi de verre lui renvoie son reflet et sa tentative pathétique d'avoir l'air détendu. Derrière lui, sur un banc, un type lui lance un regard soupçonneux, certainement un agent en civil de la police des frontières. Au moment précis où son numéro s'affiche, Kouplan est victime d'une violente quinte de toux.

La tête qui tourne, il parvient néanmoins à demander un départ pour Göteborg le lendemain matin. Le moins cher coûte la moitié de ce qu'il a en poche. Il sort ses billets froissés et le guichetier lui demande à quel nom le billet doit être émis.

— À quel nom ? répète bêtement Kouplan.

— Oui, qui va faire le voyage ?

— Ah… D'accord… Ah oui…, balbutie Kouplan. Il faut mettre un nom ?

— Le billet est nominal, alors oui, il faut mettre un nom. Vous ne savez pas qui va partir ?

— Euh, non… Mais si, c'est un mec qui s'appelle Philip.

Il épelle Philip au guichetier en se maudissant intérieurement. Philip, est-ce vraiment un prénom plausible ? On voit bien que Kouplan est iranien ou, en tout cas, qu'il n'appartient pas à la famille royale britannique. Il aurait au moins pu donner un prénom persan.

— Nom de famille ?
— Lohrasbi.

À peine l'a-t-il dit qu'il le regrette déjà. Rien à voir avec le prénom qu'il vient de donner. S'il n'était pas entouré de milliers de policiers en civil décrivant des cercles concentriques autour de lui, il aurait réfléchi un peu. Le fonctionnaire imprime son billet au nom de « Philip Lohrasbi », qui sonne si faux qu'il éveillerait la méfiance de n'importe quel contrôleur, même le plus tire-au-flanc. Le lendemain sera donc son dernier jour de liberté.

Les quatre cents couronnes qui lui restent ne suffisent pas pour acheter une carte de transport mensuelle. En revanche, elles lui permettent de remettre du crédit sur son pass. Il achète également un petit Toblerone dont le prix correspond à sept canettes recyclées. La mine paniquée de son reflet lui indique qu'il en a besoin pour ne pas se faire trop remarquer, et éventuellement arrêter.

Jenny penche la tête en arrière. Son fauteuil massant vibre docilement sous son dos et ses épaules. Il ressemble à un vaisseau spatial en miniature. Elle tend la main, attrape sa tablette et tape « fauteuil massant design » dans la fenêtre Google. Résultat affligeant : il n'existe que des modèles tape-à-l'œil en cuir noir qui ressemblent à s'y méprendre au sien. Cela l'agace, exactement comme l'incapacité de son fauteuil à défaire le nœud qu'elle sent entre ses omoplates. Enfin, elle en connaît la cause.

Le lendemain, elle a rendez-vous avec Göran Lilja. Elle doit le convaincre qu'il est temps de vendre les locaux du quartier de Häringen, ce qui peut avoir trois conséquences : Göran Lilja sera dès le départ fermement décidé à la persuader de ne pas vendre ; Göran Lilja répandra des pellicules de cheveux sur son bureau ; Göran Lilja emploiera toutes les techniques de domination masculine possibles et imaginables. Jenny sait parer les coups, ce n'est pas cela. Mais ce genre de situation ne vous quitte pas l'esprit de sitôt. C'est usant. Elle s'appuie contre le fauteuil comme pour protester contre son bourdonnement mou, ferme les yeux et tente de trouver son *qi*. Elle y parvient en pensant à sa vengeance.

Elle ne savait pas encore très clairement, quand elle a engagé Kouplan, quel type de souffrance elle voulait infliger à Amanda. Quand le détective le plus clochardisé qu'elle ait jamais vu est sorti de l'ombre et s'est présenté à elle, elle n'y avait consacré que des rêveries, elle n'avait pas envisagé la possibilité de l'accomplir réellement. Dorénavant, elle fait le tri entre les différentes possibilités comme quand on choisit un nouveau carrelage. Les suggestions du catalogue ont toutes leur charme.

Son instinct lui dit : « tuer ». La colère qui l'habite n'est pas ordinaire, comme quand on ne réussit pas à faire passer une proposition ou que le portier refuse de vous laisser entrer parce que vous avez oublié votre badge – bien que vous soyez conseillère municipale et que tout le monde vous reconnaisse. La rage qu'elle éprouve envers Amanda est un fer chauffé à blanc, une fureur sanglante. Parce qu'elle s'est rendue vulnérable. Sa rage l'exhorte à tuer la jeune femme ; et un instant, elle y songe sérieusement. Mais en le chuchotant à voix basse dans cette pièce qui jure avec son fauteuil massant, cela lui paraît tout de même disproportionné.

De plus, elle ne pense pas que son maigre détective soit capable de tuer quelqu'un.

Maigre, mais nerveux et sans doute plus fort qu'il n'y paraît. Elle ne connaît pas son vrai nom, mais elle l'a plus ou moins cerné.

Une issue plus raisonnable que le meurtre serait d'infliger à Amanda un sérieux préjudice. De préférence du genre qui laisse des traces, quelque chose qui l'empêche d'utiliser sa beauté comme elle le fait. Jenny imagine son visage défiguré par une vengeance encore indéfinie. La vision la réconforte jusqu'au moment où elle se surprend à penser : *Je comprends les hommes qui aspergent d'acide le visage de leur femme*. Non, bien sûr que non, elle ne les comprend pas. Et elle n'a pas l'intention d'asperger quelqu'un d'acide.

— Mais en pensée, on a bien le droit, lâche-t-elle tout haut à son fauteuil, qui ronronne un vague assentiment.

Il faudrait qu'Amanda éprouve la même chose qu'elle. La perte irrémédiable d'un espoir, d'un avenir. La question est : quels espoirs peut-elle bien nourrir alors que tous les rêves qu'elle a partagés avec Jenny n'étaient que des mensonges ?

La question est : qui est-elle ?

Kouplan n'utilise presque jamais son téléphone. D'une part, il est convaincu d'être sur écoute. D'autre part, il n'a pas les moyens. Mais pour une fois, il faut faire vite. Il ne peut pas attendre une réponse par mail.

À la cinquième sonnerie, Karin répond. D'abord, elle ne le reconnaît pas.

— Kouplan ? Ta voix a changé…
— C'est la puberté, réplique Kouplan.

Karin rit sans savoir qu'en fait, c'est la vérité. La deuxième puberté de Kouplan, celle qui a vraiment un sens pour lui, est enfin en train de s'accomplir grâce aux hormones qu'il s'injecte dans la cuisse. Il annonce à Karin qu'il doit se rendre à Göteborg.

— Il vaut mieux éviter, dit Karin.
— Je suis obligé, alors… Tu connaîtrais un endroit où je peux dormir ? Juste pour quelques jours.
— De toute façon, comment tu vas t'y prendre pour le voyage ? Tu sais que si tu fraudes…
— J'ai mon billet. Écoute, Karin, il me faut un endroit où dormir. Si tu connais quelqu'un…
— Je vais me renseigner. Mais je trouve que tu ne devrais pas y aller.
— Je sais.
— Bon.

Le SMS attendu arrive une demi-heure plus tard. *Désolée, je ne trouve personne, tout est plein. Et je suis contre ce voyage. Prends bien soin de toi !*

Un entrepreneur qui se respecte ne demande pas à ses clients de lui rendre service sans arrêt. Un vrai détective réserve sa chambre d'hôtel, loue une voiture, accomplit sa mission et rentre faire son compte rendu au client. Cela étant, un vrai détective gagne tout de même plus que cent cinquante couronnes l'heure.

— Svärd, répond Jenny.

— Mon train part à 10 heures demain matin…, annonce-t-il pour éviter de mendier tout de suite.
— Bien, Kouplan. Je suis en train de planifier vos tâches quand vous aurez trouvé Amanda.
— Ah ?
— Vous devrez vous renseigner sur ce qu'elle aime vraiment. Et l'en priver.

Il a envie de protester. Et s'il s'agit d'un enfant ? Ou de chocolat ? Devra-t-il vider les rayonnages de Göteborg de tous leurs produits cacaotés ? Mais il se tait, car il sait que Jenny le préfère autonome et créatif. Exactement comme son frère, quand il travaillait au journal. Pourtant, à l'époque, Kouplan n'était qu'une adolescente inexpérimentée. Il secoue la tête. Ce n'est pas le moment de penser à Nima.

— D'accord. Le truc, c'est que…
— Vous serez hébergé chez mon frère, l'interrompt Jenny. Je vous envoie ses coordonnées par mail. Sauf si vous préférez les recevoir par SMS…

Il a tellement répété les différentes façons de formuler sa requête que dans un premier temps, il ne remarque même pas qu'elle vient d'être exaucée.

— Euh… Par SMS.

Kouplan croit toujours qu'une bonne nouvelle sera suivie d'une mauvaise. Quand les choses vont comme il le souhaite, cela le rend nerveux, et l'hébergement soudain obtenu à Göteborg sans aucun effort provoque en lui une forte anxiété. Il a l'impression qu'elle se répand dans tout son corps.

La veille de la disparition de son frère, on avait fait don à la rédaction d'une imprimante. Leur ancienne machine étant tombée définitivement en panne, on s'arrachait les cheveux lorsque quelqu'un annonça que son oncle allait en changer et voulait se débarrasser de l'ancienne. La veille de la disparition de Nima avait été un jour de soulagement.

Tout ira bien à Göteborg, se dit-il ce soir-là, alors qu'il essaye de s'endormir. Le voyage se déroulera sans encombre, et personne n'exigera de Philip Lohrasbi qu'il présente sa carte d'identité.

Tout ira bien, c'est sûr.

10

— Attendez voir... Elle est où, déjà... Hum, c'est bizarre, j'ai dû la laisser à la maison. Il n'y aurait pas un autre moyen de prouver mon identité ?

Le contrôleur risque alors de lui demander son numéro d'identité et de taper les chiffres fournis sur son terminal relié au central, qui lui répondra par un message en lettres rouges clignotantes : *Fausse identité*. Kouplan, au lieu de demander s'il peut la prouver autrement, devrait peut-être plutôt dire : « C'est grave ? » Il faudra prononcer la phrase à voix assez basse pour que le contrôleur ne se sente pas obligé de faire bonne figure devant les autres passagers et de montrer l'exemple, et cependant suffisamment haut pour que ça ne paraisse pas suspect. Kouplan tâterait ensuite ses poches de devant et de derrière, l'air soucieux. Puis la poche de son blouson, deux fois de suite. Dans le meilleur des cas, le contrôleur serait une jeune fille ou un immigré. Dans le pire, un nazi.

Kouplan vérifie encore une fois le numéro de son siège : 12 A. Le même que sur son billet. Train prévu, heure prévue, *c'est bizarre, j'ai dû l'oublier à la maison*. Lorsque la rame quitte Stockholm, Kouplan est traversé par un souffle de liberté identique à celui qu'il avait éprouvé en passant la frontière iranienne. En route vers un nouveau monde, il quitte cet espace étriqué, sillonné par d'innombrables agents de la police des frontières. Il songe aussitôt que la police des frontières a aussi des bureaux à Göteborg. Les sueurs, déjà abondantes, reprennent de plus belle. Il n'est pas en route vers la liberté mais prisonnier, confiné dans un espace de huit voitures, dont un wagon-restaurant qui sert des boissons chaudes et froides, des sandwiches et des pâtisseries, comme l'annonce une voix dans un haut-parleur.

À hauteur de Södertälje, une porte claque dans la voiture. Le contrôleur. Kouplan sent sa présence avant même de l'avoir vu. Un frisson parcourt sa moelle épinière. L'homme à la chevelure clairsemée se déplace tranquillement d'un passager à l'autre. Il ne sourit pas, mais il n'a pas l'air sanguinaire non plus. Kouplan transpire, *j'ai dû l'oublier à la maison, c'est grave ?* Et si les choses tournaient vraiment mal... Que faire ? Courir à travers les huit voitures, se cacher entre des valises, enfiler un masque, se mêler à une famille dans un compartiment, sauter par une fenêtre ? Ou dire avec son rire le plus suédois : « C'est dingue, ça ! » et demander à passer un coup de fil ? Le contrôleur est arrivé à la jeune fille derrière Kouplan.

— Dans ce cas, il va me falloir vos papiers, déclare l'homme.

D'abord, Kouplan croit que la remarque s'adresse à lui, mais non, le contrôleur parle encore avec la passagère précédente.

Ce qui signifie que Kouplan devra montrer les siens. Son cœur bat la chamade et pompe des flots d'adrénaline dans ses jambes, congestionnant son cerveau, *c'est dingue, c'est bizarre, j'ai dû l'oublier...*

— Bonjour, lui disent les lèvres gercées du contrôleur.

Kouplan se force à exécuter un bref et convenable sourire. L'homme prend son billet, l'inspecte et regarde Kouplan exactement comme il ne devrait pas le faire. *SAUVE QUI PEUT !* hurle le corps de Kouplan. Le contrôleur le dévisage en fronçant ses sourcils blond-roux.

— Vous savez que si vous avez moins de vingt-six ans, vous avez droit à un billet à tarif réduit ?

Kouplan ne peut qu'imaginer sa propre tête et se représenter lui-même en jeune homme épouvanté feignant la surprise et la reconnaissance.

— Merci pour le tuyau..., parvient-il à répondre.

Le contrôleur flegmatique fait une croix au stylo sur son billet et poursuit sa mission à travers la voiture, exigeant systématiquement de voir les papiers de ceux qui lui présentent des billets à tarif réduit. Quand l'adrénaline reflue enfin des jambes de Kouplan, il se met à trembler de tout son corps.

Il ne parvient à se détendre qu'après Katrineholm. Là, quelque part dans le Södermanland, la pluie cesse de tomber et fait place à un soleil qui étincelle sur les vitres du train – symbolique. Enfin, peut-être sont-ils déjà arrivés dans l'Östergötland. Pendant un moment, le train longe une autoroute, exactement comme le fait le métro de Stockholm dans le centre-ville. La différence, ici, c'est que personne ne monte ni ne descend : ni bande de jeunes, ni parents stressés accompagnés d'enfants qui hurlent, bouchant la vue de Kouplan. Ni vigiles, ni policiers. Kouplan va passer quatre heures assis dans un train régional qui vole à travers la Suède, muni d'un billet en règle. Il décide de rendre le voyage aussi agréable que possible.

Est-ce la région de Närke qui défile sous ses yeux ? Il essaye de se souvenir où passe la frontière. La couverture de son livre de géographie, intitulé *Les Régions de Suède*, était ornée de petits dessins. *Le soleil brillait au printemps et il avait dix-neuf ans.*

Lorsque Kouplan devint HP, il fréquenta avec assiduité la bibliothèque municipale de Jönköping. Il y sortait d'abord un dictionnaire bilingue marqué « réf. », puis s'installait dans la section enfant. Pour commencer, il lut tous les livres de la série *Titou*, puis tous les *Anna et le grand monsieur*. Peu à peu, il parvint aux *Alphonse*. Un jour, les bibliothécaires lui demandèrent s'il avait besoin d'aide, mais il ne comprit pas la question et leur fit son sourire le plus gentil. Le traitant dès lors comme un attardé mental, ils le laissèrent vaquer à ses occupations.

L'avantage de la section enfants, c'est qu'il y avait souvent des enfants. Grâce à eux, Kouplan améliorait sa compréhension orale. Ils s'exprimaient de façon moins cryptique que ses colocataires du collectif. À la bibliothèque, Kouplan notait des phrases dont il demandait ensuite le sens à Siri. *Gros bêta. Caresse-le gentiment. Immapensi.* Siri fronça les sourcils.

— Immapensi ?

Ils étaient seuls dans l'appartement, assis sur le canapé orange. Même Tommy était sorti. Siri était recroquevillée dans un coin et Kouplan, jambes écartées, avait les pieds fermement plantés sur la lirette. Il relut sa phrase : *Immapensi*.

— C'était deux enfants, expliqua-t-il. Ils se disputaient.

Les yeux de Siri se plissèrent comme quand elle allait éclater de rire. Ses iris étaient particulièrement bleus.

— « Il m'a pincé » ?
— Oui, *immapensi*.

Hilare, elle étira les lèvres.

— Regarde… Piiinceeer.
— Peeensiii, répéta-t-il pour la faire marcher.

Elle portait un T-shirt rouge et un très large pantalon vert. Des taches de rousseur étaient apparues sur ses bras. Du coin de l'œil, Kouplan les suivait du regard jusque sous la manche. Sa peau semblait si douce. Sa nuque aussi.

— Essaye donc de survivre en Suède sans prononcer les… Comment ça s'appelle, déjà… Les voyelles, dit-elle. Mais ne te plains pas quand tu auras commandé du vin et qu'on t'apportera du vent.

Il comprit que c'était une blague et décida de rire. Plus tard, il chercherait dans le dictionnaire « vin », « vent », « vingt », « vont » et quelques mots de plus pour approfondir la question.

Ils restèrent silencieux. Après le « vent », plus un son. L'étincelle de rire dans les yeux de Siri s'apaisa comme quand des flammes laissent place aux braises. Plus Kouplan les regardait, plus son cœur battait. Durant ces quelques secondes, un courant passa entre eux.

Ce n'était pas le premier baiser de Kouplan. Ironiquement, en Iran, où l'homosexualité est punie de mort, il est plus facile pour une fille d'embrasser une autre fille qu'un garçon. Le seul avantage à ne pas être de sexe masculin…, s'était dit Kouplan la première fois qu'il avait senti les lèvres de Fatemeh contre les siennes, derrière une porte fermée à clé et des rideaux tirés. Il avait donc une certaine expérience.

Mais à Jönköping, dans le canapé orange, il était libre. Sa main se faufila en toute liberté jusqu'à la nuque duveteuse de Siri, son corps en chemise et en pantalon se tourna vers le sien et, si quelqu'un avait fait du bruit derrière la porte à ce moment-là, leurs vies n'auraient pas été en danger. Même pas à l'instant où Siri ouvrit ses lèvres et, du bout de la langue, chatouilla la sienne.

Le regard de Kouplan se perd au loin derrière la vitre. Les arbres ne sont plus que des traits flous qui défilent. Il frotte ses lèvres l'une contre l'autre pour mieux sentir cette partie de son corps qui fut en contact avec Siri, en ce temps où il lui était permis d'aimer.

Il s'efforce de se représenter Jenny et Amanda, leur premier baiser, leurs tâtonnements fébriles. Étaient-elles rapidement passées à l'acte ? Lorsque Kouplan imagine Amanda caressant les seins de Jenny à travers un chemisier, une vague de chaleur indécente traverse son corps. C'en est presque gênant. Car il y eut un temps où la main de Siri glissait pareillement sur Kouplan et y pressait deux boules de chair. Kouplan l'attrapait alors avec douceur et fermeté et l'en éloignait. La première fois, il la conduisit dans son dos. La deuxième, vers ses épaules. Siri le croyait prude, elle lui faisait des compliments sur ses seins, lui disait qu'il ne fallait pas en avoir honte. Sur son siège 12 A,

Kouplan rougit violemment à ce souvenir. Pour se changer les idées, il sort son cahier.

A, écrit-il en haut d'une page vierge, puis il l'entoure. Pour être en mesure de venger Jenny comme elle le souhaite, il devra tout savoir sur Amanda-Angela. Il donne à sa réflexion la forme d'une carte mentale – c'était ce que faisait Nima à la rédaction – en soulignant les faits avérés : *Ne porte jamais de jupe. Aime les latte vanille (d'Espresso House). Vue défaillante (lentilles). Diabète. Environ 1,65 m. Écoute de la pop suédoise. Parle espagnol, portugais et suédois. Aime le pain grillé.*

Est-ce pertinent de souligner le pain et le café ? Pourquoi pas la pop suédoise ? Kouplan imagine qu'il est plus facile de feindre pendant un an d'aimer une certaine musique que des aliments qu'on trouve en fait dégoûtants. Cependant, aucun des points qu'il a notés ne lui permettra de « priver Amanda de ce qu'elle aime le plus ». Il doute, par exemple, que Jenny considère comme satisfaisant d'empêcher son ex-amante de manger du pain grillé.

Avant que le train n'entre en gare de Göteborg, il se permet de somnoler, avec l'agréable sensation de braver un interdit. Il se réveille tranquillement, contemple sa maigre collection de faits sur *A* et se souvient de quelque chose qu'il a appris six mois auparavant : le client détient parfois lui-même la solution à son problème.

Pendant que le train ralentit, en haut de la page suivante, il écrit *J*. Puis les portes s'ouvrent et il foule le sol de Göteborg.

11

— Ces derniers mois, je me passionne pour la consistance.

À part la couleur de sa peau, l'homme ne ressemble pas du tout à Jenny. Il passe une main dans son épaisse chevelure ondulée et tient mollement le volant de l'autre.

— C'est-à-dire ce que l'être humain peut toucher, précise-t-il à Kouplan. Le toucher est la voie royale qui mène à tous les sens. En ce moment, je fais des recherches très approfondies là-dessus.

Kouplan exprime son assentiment par un « hum » et contemple la ville de Göteborg à travers la vitre : un paysage urbain crachineux. Les immeubles sont de la même hauteur que ceux de Södermalm. La différence, ce sont les rails. Ils se faufilent à travers les rues, charriant des tramways qui se précipitent sur vous sans aucun avertissement – avec un simple crissement, imagine-t-il. Le réseau ferré donne à la ville l'air d'avoir un jour, dans un passé plus ou moins lointain, représenté l'avenir.

C'est donc ici que Kouplan est censé localiser une habile arnaqueuse, dans ces rues inconnues où il ne trouverait même pas le McDonald's le plus proche, où il doit redoubler de vigilance, avoir l'air encore plus à l'aise pour ne pas attirer l'attention de la police. Brusquement, il se sent écrasé par l'ampleur de sa mission. Il en a le souffle coupé.

— Du papier peint expansé façon années 1970, et je te le dis très sérieusement, lui assure l'homme en garant la voiture. Ils avaient vraiment trouvé un truc, là.

Ils pénètrent dans un deux-pièces avec cuisine.

— Avant, je dormais là, lance l'homme en indiquant la porte de la chambre à coucher, mais l'an dernier, j'ai décidé de mettre du parquet. Et c'est la meilleure chose que j'aie jamais faite.

Il secoue la tête, comme impressionné par lui-même, et ouvre la porte d'une pièce encombrée de tableaux et de sculptures bleues hérissées de piques.

— Je t'ai mis un matelas dans l'atelier. Moi, comme je te le disais, je dors dans le salon. Café ?

Se balader dans un appartement à Göteborg pendant qu'un artiste aux cheveux bouclés verse du café moulu dans une cafetière en plastique jaune a quelque chose d'irréel. La ville des tramways entoure Kouplan, elle le renifle et cache si bien ses policiers qu'ils pourraient ne pas exister. Si, à cet instant, Kouplan se réveillait brusquement dans son lit de Hallonbergen, il n'en serait pas spécialement étonné.

— Jenny ne m'a pas précisé combien de jours tu comptais rester.

— Ça dépend un peu du temps que ça prend.

— Ta mission secrète..., commente l'homme en haussant dramatiquement les sourcils.

Jenny n'a même pas raconté les tenants et les aboutissants de l'affaire à son propre frère. Kouplan disait pourtant tout à Nima... Non, c'est faux. Il en rougit. Il ne lui a jamais raconté son baiser avec Fatemeh, ni à quel point il détestait son propre corps. Jenny doit avoir honte de quelque chose, elle aussi.

— Tu es le bienvenu. Reste aussi longtemps que le veut Jenny. Je vais te libérer une étagère dans le garde-manger. La seule chose, c'est que si je suis inspiré, j'aurai besoin de l'atelier.

Le café, fort et suédois, a le même goût que celui de Regina.

— Jesper..., lâche Kouplan – c'est la première fois qu'il l'appelle par son prénom. Ça te dérange si je passe un coup de fil ?

Les sculptures bleues penchées au-dessus de son matelas sont comme des anémones curieuses de découvrir qui il est. Sa chambre – pour cette nuit-là, peut-être pour les suivantes – sent la peinture à l'huile et le plâtre. Il s'allonge sur son matelas pour en prendre possession.

Il compose un numéro, laisse sonner une fois et raccroche. Il ne lui reste que onze couronnes sur sa carte prépayée, il va en avoir bien besoin. Une minute passe et Jenny le rappelle. Elle lui demande s'il a fait bon voyage, s'il est bien arrivé, comment va Jesper – comme si sa mère ou son père lui avait appris à être polie en toutes circonstances.

— J'ai un peu analysé la situation, explique Kouplan. Il est probable qu'Angela, enfin, Amanda, prépare un coup semblable à Göteborg. Statistiquement, les escrocs appliquent très souvent la même méthode surtout quand elle est couronnée de succès.

Kouplan n'est absolument pas sûr de ce qu'il avance, mais cela lui semble plausible. De plus, en politique, on adore les statistiques.

— Il faudrait que je sache comment vous pensez qu'elle vous a trouvée.

Jenny vérifie que la porte de son bureau est bien fermée. Elle parcourt du regard le coin salon où elle a reçu Amanda la première fois.

— Elle devait me parler d'un parc. Avec deux autres personnes de son association.

— Je sais, fait la voix de Kouplan. Mais est-ce qu'elle vous avait déjà choisie pour cible ?

Il faut quelques secondes à Jenny pour comprendre ce qu'il veut dire par là.

— Je ne dis pas que ce soit forcément le cas, précise Kouplan. Elle peut vous avoir rencontrée d'abord, et avoir décidé ensuite de vous escroquer.

— Mais si…, commence Jenny, que cette idée lugubre fait frissonner.

Qu'Amanda ait pu s'asseoir dans son canapé et, le regard brillant d'enthousiasme, lui raconter l'histoire du parc protégé et lui vanter son importance aux yeux des riverains, tout cela dans le seul et unique but… Et qu'à aucun moment, Jenny n'ait soupçonné quelque chose…

— Oui, « si », répète Kouplan. Dans cette éventualité, comment pouvait-elle savoir que vous aimez les femmes ?

Jenny reprend son souffle. Amanda ne pouvait pas le savoir, pour la simple et bonne raison qu'à l'époque, Jenny le savait à peine elle-même. Elle répond à la question de Kouplan sur un ton triomphant – il en faut plus pour rouler Jenny Svärd dans la farine ! – et s'en mord immédiatement les doigts.

— Pouvait-elle connaître le montant de votre fortune ?

— Avant notre rencontre ? Je ne crois pas... Enfin, n'importe qui peut se renseigner sur le salaire d'un conseiller municipal.

Elle est soulagée de ne pas être en face de Kouplan. Tout fouilleur de poubelles, drogué, voire criminel qu'il soit, il possède tout de même un regard pénétrant qui démasque les demi-vérités.

— Vous devriez plutôt vous consacrer à la retrouver, tout simplement, poursuit-elle d'une voix sévère. Je ne crois pas que je vous sois d'une grande aide. Il s'agissait d'une rencontre professionnelle, nous nous sommes découvert une attirance mutuelle et, à partir de là, elle a décidé de m'escroquer, voilà tout.

— Mais comment, et pourquoi ? insiste Kouplan. C'est ce que j'essaye de cerner. Enfin, d'accord, une dernière question. Celle-ci, vous pouvez y répondre. Comment savait-elle que vous ne la dénonceriez pas à la police ?

Brusquement, Jenny se lève de son fauteuil, fait le tour de la pièce et s'assied sur son canapé, comme si cela pouvait calmer son activité cérébrale. Mais ses pensées se précipitent. Kouplan lui demande si elle est toujours là.

— J'ai fait carrière dans la politique, réplique Jenny. Ce n'est pas une idiote, elle savait le scandale que cela pouvait provoquer.

— Y a-t-il autre chose ?

Jenny gratte le tissu rouge du canapé. Lors de leur première rencontre, il se fondait au tailleur d'Amanda. Autre chose ? Oui, mais ça n'a aucun rapport.

— Que voulez-vous dire ? demande-t-elle à la place.

— Je veux dire que vous ne racontez même pas à votre frère la raison de ma présence ici.

Elle manque de rire.

— Mon frère ? Permettez-moi de garder cette conversation-là pour le cabinet d'un psy.

Alors qu'ils raccrochent, la voix de Kouplan résonne encore dans les oreilles de Jenny. Son boulot, c'est de retrouver Amanda, pas d'interroger la victime, songe-t-elle avec agacement.

Elle reste assise dans son canapé, la gorge nouée, contemplant la place vide en face d'elle. Amanda aurait-elle feint dès ce moment-là ? Impossible... Ou lorsqu'elles s'étaient revues une semaine plus tard ? Ou quand elles avaient pris un verre et, un peu pompettes, s'étaient embrassées ? Quand elles avaient commencé à passer des week-ends ensemble, à faire des promenades dans le Djurgård et des projets pour l'été suivant ? Il n'y avait aucune jointure apparente, aucun moment où Amanda se serait visiblement mise à l'œuvre.

Pourtant, l'idée devait bien planer... Quand elles avaient commencé à parler de se procurer une maison de campagne, peut-être. Amanda aurait échafaudé son plan pendant que Jenny rêvait de grasses matinées et de petits déjeuners en amoureuses dans leur villa, en plein décor bucolique. Les étincelles qui traversaient les yeux d'Amanda n'étaient donc qu'artifice...

Pourquoi Jenny ne veut-elle pas raconter l'histoire à son frère ? Peut-être pour ne pas passer pour une idiote.

12

« Femme » tape Kouplan sur l'ordinateur fixe de Jesper, qui de toute façon ne s'en servait jamais, car, selon lui, son MacBook lui transmettait des signaux beaucoup plus créatifs.

Âge ? *Trente-neuf*, écrit Kouplan. Puis il modifie : *Quarante-deux*. Ville : *Göteborg*. Niveau d'études : *Maîtrise*. Cherche : *Femme*. Il nomme son profil Pia.

Amanda s'est servie de la profession de Jenny pour entrer en contact avec elle, ce qui en dit déjà long. Elle fait sans doute plus d'effet dans le monde réel que dans le virtuel – et elle en est consciente –, mais cela ne l'empêche pas de sonder aussi Internet.

Revenu annuel, demande le site de rencontres à Kouplan. Qu'est-ce qui ferait impression ? Regina gagne dix-huit mille couronnes par mois, le double fait quatre cent mille par an. Il rend son personnage encore plus riche. Un bon parti, de quoi donner à rêver aux arnaqueurs.

Puis il ouvre le site d'annonces Blocket. Jenny a offert à Amanda une coûteuse bague en or. Kouplan fait défiler les annonces jusqu'à la date de leur dernière rencontre, puis clique sur la rubrique « bijoux » à

Göteborg et dans les communes environnantes : chou blanc. Amanda a peut-être décidé de la garder jusqu'à nouvel ordre. Ou alors elle l'a déjà vendue. Éventuellement sur Internet, mais on peut également imaginer qu'elle ait préféré éviter la publication d'une annonce en ligne.

Il consulte la page Facebook d'Angela, dont les seules informations accessibles au public sont quelques artistes et groupes bien connus qu'elle a « liké ». Ainsi que la liste de ses contacts. Certains s'appellent également Torres et, s'ils n'appartiennent pas à sa véritable famille, Kouplan devine qu'ils font partie de la couverture d'Amanda. On accepte facilement une demande de copinage, surtout de la part de quelqu'un qui pourrait être un membre plus ou moins éloigné de sa famille. À part cela, les amis d'Amanda habitent tous à Göteborg, ce qui signifie que Kouplan a bien fait de s'y rendre. Il parcourt les profils en libre accès mais n'y détecte pas a priori de femme riche et facile à berner, ni d'individus louches qui se consacreraient potentiellement à l'escroquerie. Il fait la liste des amis d'Amanda et marque sur un plan de la ville et des environs des points correspondant à leurs adresses. Ils sont dispersés dans tout Göteborg.

Les onze couronnes sur sa carte de téléphone lui permettent au maximum un quart d'heure de conversation. Une recherche dans l'annuaire numérique Eniro lui indique qu'il a deux cent vingt-six appels à passer. Voilà qui est bien ennuyeux. Il n'a pas un sou. *Comment suis-je défrayé ?* écrit-il dans un SMS à Jenny, qui le rappelle immédiatement.

— Je ne peux pas vous faire de virement, dit-elle sans préambule. Toutes nos transactions doivent se faire au noir. D'ailleurs, je préfère que vous ne m'envoyiez plus de SMS. Il vaut mieux qu'on se parle au téléphone.

Kouplan ne lui précise pas que de toute façon, il n'a pas de compte en banque. Il ne lui fait pas non plus remarquer que l'Institut national de défense radio est susceptible de mettre n'importe qui sur écoute.

— Je vais verser de l'argent sur le compte de Jesper, reprend-elle. Il vous donnera des espèces.

— Il pourrait me donner des espèces tout de suite ?

— Passez-le-moi.

Au noir. Pour Jenny, ça signifie que personne ne doit savoir qu'elle a engagé quelqu'un pour résoudre un problème dont elle ne veut pas admettre l'existence. Pour Kouplan, ça signifie que même chez Jesper, il n'existe pas. Que si les représentants d'une quelconque autorité posent des questions sur lui, tous deux arboreront des mines interrogatives, ce qui lui convient parfaitement. Et que s'il disparaît, ils ne prendront aucun risque, ce qui est... bon ou mauvais, cela dépend.

Il ravale sa piètre existence et la refoule quelque part au fond de sa cage thoracique, dévale les escaliers et sort dans la ville comme un Götebourgeois, non, comme un Stockholmois en visite. La pluie tombe désormais moins dru, à peine quelques petites éclaboussures ici et là, mais elle se faufile sous le col de son blouson et murmure à sa peau fine et tendue : « Il fait froid à Göteborg... » En parcourant le trajet que lui a indiqué Jesper, Kouplan répète ses répliques et s'efforce de sonner comme un vrai Stockholmois. De souche.

— Salut ! dit-il à la vendeuse du magasin de jeux vidéo.

Sans doute d'origine nord-africaine, elle doit avoir vingt-cinq ans. Elle lui répond avec un fort accent de Göteborg et Kouplan songe : Érythrée ou Éthiopie.

— Il y a des forfaits d'une semaine ou d'un mois aussi, explique-t-elle. En illimité.

Elle sourit. Elle n'était pas obligée de l'aider, mais elle l'a fait quand même. Si Kouplan ne retenait pas son existence dans sa cage thoracique, il lui dirait qu'elle est mignonne. Ou du moins, il croit qu'il le ferait – difficile de savoir qui on aurait pu être.

— Une semaine, dit-il, mais il se ravise. Non, un mois, je prends un mois.

La carte coûte la moitié de la somme que lui a donnée Jesper, mais lui fait l'effet d'un morceau de liberté. Un peu plus loin, au supermarché, il achète des flocons d'avoine, du riz, une tête d'ail et cinq boîtes de haricots blancs en promotion. C'est sa première excursion à Göteborg.

« Déléguer » : voilà une notion qu'on est censé acquérir dès le cours d'introduction en management. Elle fait partie de tous les cursus dans le domaine. Malgré sa réticence, Jenny vient de la mettre en application, elle a délégué à un mystérieux petit étranger, certainement *queer*, la mission de retrouver l'objet de sa haine et de lui infliger la vengeance appropriée. Elle devrait tourner la page, mais cette histoire lui donne des fourmis dans tout le corps.

Elle est possédée par la rage, la honte et le dépit d'avoir été si facile à duper. Jenny Svärd, la femme qui grimpe inlassablement les échelons, qui positionne ses amis et ses adversaires de façon à mieux les manœuvrer, fermement vissée sur un fauteuil que dix autres lui disputent... Si elle ne domine pas la situation, alors que lui reste-t-il ? Si elle laisse filer Amanda, autant baisser les bras tout court.

En ce qui concerne certains renseignements, elle aura plus de facilités à se les procurer que Kouplan.

Il me faudrait quelques données sur un bien immobilier à Slandön, tape-t-elle dans un mail. Elle inspire profondément, regarde à travers l'une des grandes fenêtres de l'hôtel de ville et, parcourue par un frisson, sent la paralysie lâcher prise.

Elle peut encore gagner la bataille.

Le premier bijoutier n'a pas acheté d'or depuis plusieurs mois. Les grands dragons attirent les vendeurs comme des mouches, assure-t-il. Kouplan passe quelques secondes à se demander si la comparaison signifie que les mouches attirent les vendeurs ou que les dragons attirent les mouches.

— Pourtant, mes prix ne sont pas pires que ceux des autres, insiste l'homme.

Il se met à énumérer des tarifs au gramme et au carat. Lorsque Kouplan tente de l'interrompre, il ajoute qu'il prend aussi les dents en or.

— Réfléchissez, vous verrez, vous vous souviendrez certainement d'un vieux bijou enfoui quelque part. On oublie souvent ce qu'on a chez soi.

« Analyse peu satisfaisante de l'état de mes possessions », se dit Kouplan avec une pensée reconnaissante pour la vendeuse qui lui a suggéré la carte illimitée, tandis que l'homme continue son boniment.

Le bijoutier suivant se montre soupçonneux et demande à Kouplan de lui répéter son nom. Celui-ci, prenant une voix aiguë, prétend s'appeler Anna.

— On m'a cambriolé et volé ma bague de fiançailles, alors j'essaye de la retrouver.

— Ah bon ? Et vous savez à quoi ressemble le cambrioleur ? Comment ça se fait ?

— Je l'ai croisée en montant. Mais je n'ai pas compris tout de suite ce qu'elle avait fait.

Il répète la même histoire à trente-six autres bijoutiers. Lorsqu'il tente de joindre le trente-septième, c'est peine perdue, les boutiques ont baissé le rideau pour la journée.

Il dîne en compagnie d'un Jesper contemplatif qui lui annonce qu'il va « rester complètement silencieux à partir de maintenant, juste pour que tu le saches, j'ai besoin de préserver mon inspiration… ». Jesper s'interrompt soudain et ferme la bouche comme si l'inspiration risquait de s'en échapper comme de la vapeur. Ils passent ensuite le dîner face à face en silence, Kouplan devant son assiette de riz et de haricots, Jesper devant une galette de pain de Hönö agrémentée de moutarde, de concombre, de tomate, de petits pois et de fromage fondu. Elle répand une odeur particulière.

Dehors, le ciel bleu est apparu au-dessus des toits. À l'horizon, le soleil perce à travers quelques nuages, comme pour faire un dernier clin d'œil avant de sombrer. Kouplan contemple l'arc-en-ciel hésitant apparu de l'autre côté de la voûte céleste, hume l'odeur de moutarde et tente de raisonner en silence tandis que les mâchoires de Jesper mastiquent avec frénésie.

Si Amanda ne vend pas la bague, ou si elle l'a déjà vendue sur Blocket, cette piste ne donnera rien. La bague n'a rien d'un joker, car Amanda sait que Jenny pourrait la reconnaître. Ce qu'elle ignore, en revanche, c'est que Kouplan existe et qu'il est au courant de son nouveau pseudo sur Facebook. Kouplan pourrait écrire à ses contacts en se présentant comme un vieil ami et leur demander où elle habite. L'ennui, c'est que les amis d'Amanda risquent de se fier plus à elle qu'à un sombre inconnu, et que, se rendant compte que quelqu'un est à sa recherche, Amanda pourrait s'évaporer. Autre solution : Kouplan pourrait aborder l'un d'eux en bas de chez lui en s'exclamant : « Dis donc… Salut ! Mais d'où est-ce que je te reconnais ? Tu ne serais pas un copain d'Angela, par hasard ? » Il prononce la réplique tout haut pour voir si elle sonne juste. Jesper le dévisage, mâchonnant toujours.

Si seulement il avait accès à la page Facebook d'Amanda-Angela, il verrait ses photos, ses tags, ses statuts, et tout cela lui révélerait éventuellement où elle se trouve… Pourquoi pas créer un faux profil, celui d'un dénommé Juan Torres, et voir si Angela accepte son invitation ? Exactement comme elle l'a sûrement fait elle-même avec les autres Torres pour se construire une « famille ». Kouplan pourrait – il retient son souffle car l'idée peut s'avérer brillante – contacter un des membres de sa fausse famille qui ne l'a jamais rencontrée, expliquer son dilemme et lui demander de lui prêter son profil. Cela impliquerait que ce quelqu'un accepte de donner son mot de passe à un inconnu dont le numéro de téléphone est de toute évidence prépayé, mais l'idée le revigore tout de même. La voie royale vers Amanda passe par sa page Facebook, il le sent.

Lorsque Kouplan se couche, l'inspiration de Jesper a débouché sur une sculpture qui ressemble à une tête, dans un coin de la pièce.

— Elle est peut-être encore poisseuse, prévient Jesper. N'y touche pas.

Vêtu d'un simple caleçon à rayures violettes, il se brosse les dents et arpente son appartement en chantonnant de temps à autre.

— Bonne nuit, dit-il finalement.

Kouplan a un accès de nostalgie. Depuis quand ne lui a-t-on pas souhaité bonne nuit ?

— Dors bien, répond-il.

Bonne nuit, dors bien et fais de beaux rêves mouillés... Les répliques de Siri trottent dans sa tête comme une mélodie obstinée, le corps désinhibé de Siri ressurgit dans son esprit, ses seins pâles aux stries blanches qui signifient qu'à une époque, ils ont poussé vite... « Fais de beaux rêves mouillés », disait-elle avec un ronronnement amusé mais déjà rauque d'excitation. Les mains et la langue de Kouplan n'ont jamais été accueillies avec autant de bienveillance, mais il était déchiré : savourer librement son propre corps ou le cacher ? Au final, le désir l'emportait généralement, et Siri jouissait à en faire taper les camarades du collectif aux murs. « À ton tour », suggérait-elle ensuite en posant ses mains ravissantes sur Kouplan. Il les adorait mais détestait son propre corps, et cela donnait toujours lieu aux mêmes réticences, aux mêmes tergiversations, aux mêmes disputes : « Mais enfin, détends-toi ! » Elle lui assurait qu'il était beau, que ses lèvres, son ventre, ses seins la fascinaient. Quant à lui, à l'époque, il n'était même pas capable d'avoir un entretien en suédois avec son assistant social ; même s'il avait compris sa propre sexualité, comment aurait-il pu le lui expliquer à elle ?

Kouplan ôte son bandage et libère sa cage thoracique. Les deux boules de graisse tombent, flasques. Les seins, c'est formidable tant qu'ils ne poussent pas sur son propre corps. Parfois, il rêve que par magie, ils se sont résorbés à l'intérieur, délayés dans de quelconques sécrétions et écoulés au-dehors.

Comme des doigts d'enfant frôlent un ballon de baudruche pour qu'il reste en l'air, Kouplan frôle en pensée sa mère, son père et Nima avant de s'endormir. S'il saisissait leurs images à bras-le-corps, elles perceraient sa carapace et se planteraient comme des épines au plus profond de lui... Comment va sa mère ? Ne devrait-il pas lui donner des nouvelles même s'il lui a promis de ne pas le faire ? Quelles seraient les conséquences d'un discret signe de vie ? Où a-t-on emmené Nima ? Est-il encore en vie ? En prison ? En cavale ? À quoi pense-t-il en cet instant précis ? Son père rit-il encore de bon cœur en semant des proverbes ? Dans les moments où Kouplan ne peut plus échapper aux souvenirs, il prononce mentalement des phrases en les projetant dans l'univers pour qu'un vague écho ait une chance d'arriver jusqu'à Téhéran : « S'il te plaît, papa, continue à rire comme tu l'as toujours fait. Ne perds pas tes plus belles rides. *Bekhand va douniâ be rouyat bekhandad.* Souris, et le monde sourira avec toi. » Ce proverbe enjoué l'émeut profondément. Il souffre. *Arrête. Arrête !*

Les anémones bleues ne sont plus que des taches sombres dans la chambre à coucher de Kouplan, mais la sculpture reflète la lueur d'un lampadaire. Kouplan en déduit qu'elle est encore humide. D'un regard tranquille, il suivra le processus de dessèchement. La couleur deviendra mate et ne formera plus qu'une ombre, elle aussi. Il ne pensera à rien d'autre.

13

Chez Jesper, le matin est infiniment mou. Tout comme Jesper lui-même… Vêtu d'un pantalon en velours bleu clair, il traîne ses savates ici et là en plissant les yeux comme si la pénombre grise de la cuisine se déversait sur lui avec l'éclat d'un projecteur.

— Costaud, commente-t-il en voyant l'assiette de gruau d'avoine que s'est préparée Kouplan.

— Pas cher, réplique celui-ci.

Jesper sort sa galette de Hönö, la tartine d'une épaisse couche de beurre de cacahuète et mâchonne bruyamment. Impossible que Jenny mange ainsi. Pères différents ?

— Jesper et Jenny, fait remarquer Kouplan. Vos parents aimaient les… En anglais, ça s'appelle « allitération ».

— En suédois aussi.

Les parents de Kouplan ont suivi le même modèle en prénommant leurs enfants Nima et Nesrine. Un sentiment d'appartenance familiale basé sur ce genre de détail peut paraître ridicule. Kouplan est sur le point de dévoiler sa pensée… Non pas son ancien nom, mais le fait que sa mère leur ait donné des prénoms commençant par la même lettre. Toutefois, Jesper le précède.

— C'est la grande sœur tout craché, hein ?

Il sourit, une miette au coin des lèvres.

— Dominer, dominer, dominer…, continue-t-il.

— Elle a toujours été comme ça ?

— Tu plaisantes ? Quand elle avait huit ans et moi six, elle a décidé que je ne pourrais avoir mes propres craies que contre signature.

L'image de Jenny en enfant tyrannique de huit ans est mignonne et un peu effrayante.

— Elle en avait assez que je les perde et que je lui emprunte les siennes. Finalement, elle s'est lancée dans la politique de droite, alors l'histoire est assez éloquente.

— Et toi, tu es devenu artiste. C'est le besoin de faire ce que tu voulais de tes craies qui t'a poussé dans cette voie ?

Jesper s'esclaffe, puis redevient brusquement silencieux et, enfin, dévisage intensément Kouplan.

— Peut-être bien. Oui, pourquoi pas…

Il se lève et fait le tour de la cuisine en tenant son sandwich entamé, se tourne vers Kouplan et déclame en sortant à reculons :

— Mon défi… emplâtré !

Le trente-huitième bijoutier que Kouplan appelle n'a pas acheté d'or à une beauté brune ces derniers temps. Les dix suivants non plus. Alors qu'il se dit justement : « Encore cinq et je passe à la piste Facebook », un bijoutier lui répond : « Hmmm… »

— Hmmm... Un anneau plutôt large ? Serti d'un diamant ? De quelle taille ?

— Je peux vous envoyer la photo par mail.

— Ça me dit quelque chose. Et la brune qui la vendait aussi... Cela dit, elle n'avait vraiment pas l'air d'un cambrioleur.

Kouplan se rappelle une autre occasion où on avait reconnu le signalement d'une personne qu'il cherchait. Cela l'avait conduit jusqu'à la banlieue de Hökarängen, où il avait surveillé des innocents jusqu'à ce que la vérité lui apprenne deux ou trois petites choses sur les pistes.

— Je vous envoie une photo de la bague et une de la fille. Et je vous rappelle.

À Göteborg, il ne sait pas quels quartiers éviter. À Stockholm, oui, plus ou moins. Pour qui craint la police, mieux vaut ne pas se balader aux alentours de la Mariatorg ou du Globe. Il se méfie aussi de Sollentuna. Il identifie immédiatement les couleurs des vigiles ou des contrôleurs de métro. Mais à Göteborg, où traînent les gangs ? Où se trouvent les commissariats ? Quels sont les us et coutumes des contrôleurs ? Il ne sait même pas comment se procurer un ticket de tram. Bref, il est en terrain miné. Voilà pourquoi, après avoir envoyé les photos, il tape frénétiquement dans Google.

— Comment s'appelle ce quartier ? demande-t-il à Jesper qui erre dans le salon en quête d'inspiration.

— Haga.

Kouplan le tape dans Google. Internet lui raconte des histoires de vieilles maisons et de rénovations, de magasins, de cafés et de rues piétonnes. « Haga est aujourd'hui une zone résidentielle convoitée. » Kouplan interprète : il n'habite pas de pauvres à Haga, ce qui, à son tour, a deux conséquences : pas de gangs, code vestimentaire bohème.

En consultant un plan, Kouplan constate que l'adresse de Jesper est proche du centre-ville. Il pourrait donc éviter les transports en commun. Par ailleurs, le commissariat central de Göteborg se trouve dans la Stampgata, à bonne distance de Haga.

— Comment prend-on le métro ? demande-t-il à Jesper qui marche toujours de long en large. Je veux dire le tram.

— Comment on achète un ticket ? Ou comment on monte dans une voiture ?

Jesper rit de sa propre blague et indique à Kouplan la page web qu'il doit consulter, Västtrafik.se. On y apprend tout sur les abonnements, les recharges et autres. Pour se procurer un ticket via SMS, il faut enregistrer une carte de paiement et une adresse officielle, ce qui laisse l'autre option à Kouplan.

— Tu as reçu un mail, dit Jesper en lui montrant un onglet sur le navigateur.

Göteborg sent la pierre et le vent de printemps. Les averses de la veille ont laissé des taches d'humidité sur le pavé et un ciel tout propre. Dans la rue de Jesper, un personnage qui doit avoir la chair de poule est allongé sur un transat. À peu de chose près, il pourrait s'agir de Jesper lui-même. L'homme n'a pas les cheveux bouclés, mais il attend sûrement d'être visité par l'inspiration.

La femme me semble familière et la bague, identique en tous points, dit le message de la bijouterie Herberts Guld dans la Karl Johansgata. *Il ne s'agit pas pour autant de la même bague. D'ailleurs, il demeurera malheureusement impossible de s'en assurer puisque ce bijou est certainement loin d'être unique.* Pourquoi ce Herbert emploie-t-il une formulation aussi alambiquée ? Après réflexion, Kouplan comprend : les objets volés doivent être remis à la police.

Je veux juste retrouver cette sale voleuse, répond-il. *Je passerai vous voir cet après-midi.*

Il a mémorisé le chemin jusqu'à la Karl Johansgata et estimé qu'il pouvait se rendre à la bijouterie à pied. Il emprunte une rue transversale en marchant comme quelqu'un qui a un but. Les vieilles façades et les pavés l'incitent presque à baisser la garde lorsque, inopinément, deux vigiles apparaissent au coin de la rue. La réalité le rattrape brutalement : *Tu n'es pas chez toi, avance tranquillement mais reste aux aguets, prêt à t'enfuir à toutes jambes !* Il avait sans doute l'air plus détendu avant, car un vigile le suit longtemps des yeux. La sensation d'être observé ne le quitte pas pendant un bon moment.

La Karl Johansgata est une rue commerçante bitumée très longue sur laquelle circulent des tramways. Les vieilles bâtisses cohabitent avec les plus récentes. Entre les pressings et les épiceries, Kouplan aperçoit un trou dans le mur un peu incongru : la bijouterie Herberts Guld & Juvel.

L'homme au comptoir – sans doute Herbert en personne – pose un regard sceptique sur Kouplan, une main discrètement placée sur le bouton déclencheur de son alarme. Ce n'est pas la première fois qu'on hausse les sourcils en voyant entrer Kouplan, qui s'explique sans tarder. « C'est moi qui vous ai appelé tout à l'heure », est-il sur le point de dire, mais il s'interrompt juste à temps.

— Ma sœur vous a appelé tout à l'heure au sujet d'une bague.

Il pose deux photos sur le comptoir : la bague et Amanda. L'homme – peut-être Herbert – fait une grimace, mais accepte tout de même de les regarder.

— Votre sœur ? répète-t-il. Pourquoi elle n'est pas venue elle-même ?

— La bague en soi ne nous intéresse pas, réplique Kouplan. De toute façon, on sera remboursés par l'assurance. Mais on est carrément furieux. Il faut vraiment être un sale parasite pour cambrioler un appartement comme ça, vous ne trouvez pas ?

Les bijoutiers ont pour la plupart eu de mauvaises expériences avec des voleurs, s'est dit Kouplan. Son analyse se révèle juste. Herbert lâche le bouton et prend la photo d'Amanda en bikini, assise à l'avant d'un voilier.

— Vous l'avez prise quand elle s'enfuyait de chez vous ?

Kouplan sourit et tente de paraître chaleureux.

— On l'a trouvée sur Internet. On croit que c'est elle. En tout cas, ça y ressemble beaucoup.

N'importe quel individu de moins de cinquante ans trouverait suspect qu'on retrouve une personne sur Internet à partir du simple souvenir de l'avoir croisée à une occasion. Mais Herbert a environ soixante-dix ans.

Il craint peut-être de passer pour un idiot s'il soulève le problème.

— Je ne peux pas vous jurer que c'est elle, répond-il, mais vous reconnaîtrez peut-être la bague.

Il la sort d'un petit tiroir, la tient à une distance raisonnable de Kouplan mais suffisamment près pour qu'il puisse la voir en détail.

— C'est elle, sûr et certain.
— Ou une copie, glisse vivement Herbert.
— Évidemment, acquiesce Kouplan. Comment le savoir ? Mais au cas où c'était elle, la voleuse... Vous ne vous souviendriez pas de quelque chose de particulier la concernant ?

Herbert tripote l'anneau comme si la bosse allait l'aider à retrouver la mémoire. Et peut-être est-ce le cas.

— Rien de particulier, non, elle était plutôt polie et agréable, raconte-t-il finalement. C'était il y a une ou deux semaines, si je ne me trompe pas. Elle tenait un gobelet de café qui sentait délicieusement bon.

— Un latte vanille ?
— Pardon ?
— Il sentait la vanille ? C'était un café à la vanille ?

Herbert le scrute.

— Dites-moi, je commence à douter de votre histoire. Vous la connaissez, ou quoi ? Pourquoi voulez-vous retrouver cette jeune femme ? Je me pose des questions, tout à coup.

— Elle a laissé un gobelet vide chez nous après nous avoir cambriolés, répond Kouplan. Dans la poubelle. C'était un latte vanille.

Herbert pousse un grognement.

— Eh bien, je n'en sais rien. D'ailleurs, je ne sais rien de plus. Alors soit vous voulez acheter des bijoux, soit...

Kouplan lui fait un sourire qu'il espère encore plus chaleureux que le premier.

— Une autre fois. Merci pour votre aide.

14

En ce mois de mars, le soleil brille mais ne chauffe pas encore. Kouplan suppose que, deux semaines auparavant, Amanda n'a pas fait une très longue promenade avec un gobelet de café brûlant à la main.

À proximité de la bijouterie, Kouplan trouve deux cafés ordinaires et un Espresso House. Avant d'entrer dans ce dernier, il doit inventer une explication plus plausible que celle qui a failli faire déclencher une alarme à Herbert.

— Vous désirez ? s'enquiert une rayonnante jeune fille âgée d'environ dix-neuf ans derrière la caisse B.

Il n'y a pas foule, Kouplan est seul dans la boutique.

— J'ai une question hyper bizarre à vous poser, commence-t-il en souriant de toutes ses forces.

Cela fonctionne mieux qu'avec le vieil Herbert. La jeune fille replace une mèche de cheveux derrière son oreille et le regarde avec intensité. Dans ses yeux, Kouplan lit : « Enfin quelque chose d'intéressant ! » Il pose la photo d'Amanda sur le comptoir.

— Vous la reconnaissez ?

La fille fait la moue et penche la tête sur le côté en contemplant le sourire absolument parfait d'Amanda.

— Elle est un peu moins belle en vrai, observe Kouplan, car un bijoutier déteste les voleurs au moins autant qu'une caissière de dix-neuf ans déteste que quelqu'un soit plus joli qu'elle. Vous ne l'auriez pas vue, par hasard ?

La fille fait un truc avec son corps. Kouplan, qui a pourtant lui-même vécu dans un corps de fille, ne comprend pas en quoi cela consiste exactement, mais la taille et les hanches de la jeune caissière lui envoient des signaux clairs.

— Oui, genre : tous les jours. C'est votre copine, ou quoi ?

Il a envie de l'embrasser. Non pas à cause de ce qu'elle fait avec son corps, même si ça joue, mais de ce qu'elle vient de lui dire. Il pousse un gloussement soulagé avec juste ce qu'il faut de séduction sous-jacente.

— Trop vieille pour moi, lance-t-il, mais j'ai besoin de lui parler.

— Je peux lui passer un message si je la vois.

— Non, réplique-t-il un brin trop hâtivement en se grattant le menton pour se redonner du naturel. Non, je crois qu'elle m'évite. Il y a de ces garces...

La jeune femme acquiesce.

— Je vois ce que vous voulez dire.

Quelque chose se passe entre eux, Kouplan le voit dans les yeux de la jeune fille. Après trois minutes de conversation, ils se font déjà des confidences.

— Je vais l'attendre au coin de la rue. Si vous la voyez, ne lui dites rien !

— Promis.

— Merci bien !

En cours de suédois, au centre d'hébergement, il y a fort longtemps, on lui avait appris à dire « merci beaucoup ». En entendant sa prononciation, Siri avait secoué la tête.

— Non, pas comme ça. Répète après moi : merci beaucoup.

— Merci boucoup.

Elle s'était gentiment moquée de lui.

— En fait, il n'y a que les immigrés pour dire « merci beaucoup ». Dis plutôt « merci bien », c'est plus naturel.

— Merci bian.

— T'es trop mignon.

Il s'assied sur un banc et, fidèle à la coutume suédoise, tourne son visage vers le soleil, savourant secrètement la conversation de ses voisins : « C'est le premier jour de printemps. On a besoin de lumière, disent-ils à l'unisson. Trop d'obscurité, c'est déprimant. » Ils parlent de vitamine D, puis des gouttes AD qu'on leur donnait, enfants. Ils partagent manifestement la même mère, ce qui fait d'eux des frère et sœur. Ils discutent de ce qu'ils vont lui offrir pour son anniversaire. L'un trouve qu'un bol, c'est vraiment sympa, l'autre soupire ostensiblement. Aucune Latina ne pénètre dans l'Espresso House en face.

Un tram passe avec vacarme. C'est singulier, cette manière qu'ont ces rames de se glisser dans des rues par ailleurs parfaitement ordinaires. Rien à voir avec le métro de Stockholm ou de Téhéran, ni avec des trains de banlieue. Ils frôlent les piétons comme des buffles effrénés coulissant sur des lames de métal.

Kouplan se demande quelle impression ça fait d'être à l'intérieur.

Il jette un coup d'œil à l'Espresso House. Toujours pas d'Amanda. Ses voisins haussent la voix :

— On peut mettre n'importe quoi dedans : de la salade ou des sucreries ou du punch ou des chips...

— Oui, d'accord. Mais ça n'a rien de « sympa » !

— C'est le top de la déco !

— C'est quoi, cet argument ? Ça ne veut carrément rien dire.

— Ça a une fonction et c'est design, on peut en avoir plusieurs et ce n'est pas seulement décoratif. C'est vraiment top !

Leur chamaillerie triviale forme l'arrière-plan sonore d'un souvenir qui s'obstine.

— T'es trop mimi, le complimenta Siri.

Kouplan sentit un pincement au cœur d'envie et de dégoût. Voilà ce que ça donnait quand Siri était attirée par tout ce qui n'allait pas dans son corps. Qu'il lui plût, tant mieux. Mais elle le touchait comme on touche une femme, ce qu'il supportait mal. Très tôt, il sut que l'adjectif « mimi » ne lui convenait pas – peut-être le comprit-il surtout au ton employé.

En général, il était accompagné de sa main qui remontait jusqu'à un mamelon, cette chose qu'elle se mettait à caresser. Il lui prenait les poignets – heureusement, elle aimait ça – et les plaquait contre l'oreiller. Elle se mordillait la lèvre.

— Ne bouge pas, lui disait-il avec un sourire. Si tu bouges, j'arrête tout de suite.

Il remarque la lueur bleu et blanc avant même qu'elle n'apparaisse dans la rue. Son corps réagit sur-le-champ, avant son esprit. En une milliseconde, ses abdos se contractent, ses jambes se tendent et son sang pulse à travers ses veines jusqu'à ce que tout vibre autour de lui. *Le bijoutier a appelé la police !* se dit-il. *Il a dû me trouver louche et donner l'alerte...* Mais la logique s'interrompt là et Kouplan parvient à se raisonner. Cela ne rime à rien de se détendre sur un banc en fermant les yeux au soleil, puis, d'une minute à l'autre, de s'enfuir avec précipitation à travers une ville inconnue – en tout cas, pas si on a l'intention de semer une patrouille de police.

Il penche la tête en arrière comme un Suédois en adoration devant le soleil de mars, force son bras à rester posé sur le dossier du banc, si détendu qu'il en attrape des crampes. Il referme les yeux et respire comme s'il ne s'agissait que d'absorber de la vitamine D et des odeurs de terre qui s'éveille. À travers ses cils, il suit des yeux la patrouille, qui s'arrête à seulement un mètre de lui. L'agent au volant a le nez orienté droit devant lui, mais semble pourtant garder un œil sur quelque chose à proximité de Kouplan, comme sur le point de surprendre quelqu'un. Le feu rouge tourne au vert, le véhicule redémarre. Kouplan reprend son souffle en tremblant et chuchote : « *Ey khoda, dastet dard nakoneh.* » Merci pour le rappel.

Il met vingt minutes à calmer son corps. Toujours pas d'Amanda aux alentours de l'Espresso House.

En fait, il pensait que Siri était comme lui. Qu'être lesbienne signifiait qu'on se sentait comme un homme bien qu'on n'en fût pas un. Difficile à expliquer...

Voire inutile, puisqu'il les croyait plongés dans la même réalité.

Voilà pourquoi cela lui parut si bizarre quand elle se leva sur un coude, une nuit. Elle avait voulu le lécher et il avait refusé d'écarter les jambes.

— Je sais que tu me laisses te le faire, que tu te sacrifies, mais…, avait-elle lâché.

— Qu'est-ce que tu racontes ? Je ne me « sacrifie » pas !

— Nesrine…, avait-elle commencé en le sondant du regard. Nesrine, tu es un mec ou tu es une fille ?

Elle ne pouvait pas prononcer de mots plus douloureux pour lui. Cette question poursuivait Kouplan, le harcelait, le transperçait de part en part. Et puisqu'elle-même, Siri, la femme qu'il aimait, ressentait la même chose que lui, elle aurait pu se montrer un peu plus clémente. Il tenta de lui répondre par un très long regard insistant, mais elle ne réagit pas. Elle répéta sa question, et il dut s'humilier : il leva la couverture et lui montra son corps.

— Tu vois bien… que je suis une fille.

Elle garda son sérieux.

— Je ne parle pas de là, je veux dire dans ta tête.

Kouplan était quelqu'un d'instruit, il avait fait des études. Pourtant, cette information-là lui avait échappé. Qu'on puisse être d'un sexe ou d'un autre dans sa tête.

— Pour nous, c'est comme ça, non ?

Siri mit un long moment à comprendre ce qu'il voulait dire.

— Mais non… Ce n'est pas ce qu'on ressent. Les lesbiennes ne sont pas des mecs.

Cette nuit-là, six mois après leur premier rapport sexuel, fut édifiante. Siri n'éprouvait pas la même chose que lui, Siri était une fille dans un corps de fille. Cela la rendait plus magnifique que jamais. Et il y avait un mot pour qualifier les gens comme lui : des transsexuels. Il ne se souvient pas s'il avait eu l'intuition, durant cette prise de conscience, que cela allait poser un problème. Non, cette nuit-là, il n'avait eu aucun mauvais pressentiment.

Ses fesses sont tellement refroidies qu'elles lui font mal. Un peu plus loin, un restaurant propose du kebab pour trente-neuf couronnes. La faim l'aide à faire ses comptes de manière créative : ayant accompli tout le trajet jusqu'à la bijouterie Herberts Guld & Juvel à pied, il a économisé un ticket de tram. Il a donc de quoi se payer un kebab.

Il voit l'Espresso House à travers la vitrine du restaurant. Ses mains se dégèlent petit à petit alors qu'il mange infiniment lentement son plat. Il songe qu'Amanda s'est peut-être teint les cheveux. Il faut donc surveiller attentivement toutes les femmes qui s'achètent un café. Après un temps, un employé du restaurant se met à faire le ménage sous sa table et la jeune caissière de dix-neuf ans ferme l'Espresso House. Elle a un peu exagéré en disant qu'Amanda venait « tous les jours ».

Dans sa chambre, Jesper est penché sur un chevalet, plissant tantôt un œil, tantôt l'autre. Il tient une palette et un pinceau, et la surface de son tableau est parsemée de grains qui ressemblent à du gravier. Il fait un petit signe de tête à Kouplan, comme s'il venait de se rendre compte de sa présence.

— Je possède quelque chose d'éminemment rare dans le monde artistique, assure-t-il. J'ai un œil myope et un œil hypermétrope. Ça me donne un sens de la perspective particulier, et j'ai enfin décidé d'oser.

Les mots ont leur importance, même s'ils viennent d'un privilégié. Debout devant son chevalet, il faut oser. Pour sa part, Kouplan a osé trois fois dans son existence et, à chaque fois, ça lui a sauvé la vie.

— D'oser quoi ?

— D'oser mettre en œuvre une qualité exceptionnelle que je possède dans mon art. D'oser la libérer.

Il plisse l'œil gauche, puis le droit.

Décidément, Kouplan l'aime bien.

15

Le lendemain, Göteborg est un peu plus laid et, deux jours plus tard, carrément moche. L'incident de la patrouille s'est insinué sous la peau de Kouplan, en superficie, certes, comme une tique, mais c'est tout aussi répugnant. Il avait le sentiment de parcourir en touriste une ville qui s'éveille au printemps ; désormais, il n'est plus qu'un étranger sans passeport, et il fait un froid glacial sur le banc. De plus, Jenny lui a demandé de lui faire un compte rendu des heures débitées.

— Je fais de la surveillance. C'est la partie la plus fastidieuse du boulot, lui explique Kouplan.

En tout cas, c'est ce que pensent les flics dans tous les polars qu'il a lus en janvier.

— Vous ne pouvez pas faire autre chose en même temps ? Consulter Internet, par exemple... Vous m'aviez parlé de Facebook...

Kouplan ne possède ni smartphone ni tablette. Il ne peut surfer que chez Jesper.

— J'ai créé un profil qui porte le même nom de famille que celui d'Angela, se défend-il. Je suis en train de l'étoffer. Il faut qu'il ait l'air crédible d'emblée.

Il raye une ligne dans son cahier bleu : *Créer un faux profil internet*. Cinq tâches désormais accomplies, dont une concerne Jenny.

— Vous avez bien fait de m'appeler, au fait, ajoute-t-il. Vous avez le temps de répondre à quelques questions ?

Depuis qu'Amanda s'est enfuie avec son argent, Jenny a des problèmes de concentration. La présence d'esprit dont elle se vantait jadis n'est plus qu'une série d'images illisibles sur un écran de télé enneigé. Dans sa boîte mail, trente-deux messages attendent une réponse. Elle n'a pas eu la force de s'en occuper. Le dos lourdement appuyé contre le dossier de son fauteuil, elle se sent épuisée. Elle n'a pas vraiment le courage de répondre aux questions de Kouplan.

— Vous m'avez parlé d'une maison, c'est bien ça ?

Kouplan vient de mettre le doigt sur le décalage entre la réalité telle qu'elle la voyait et la réalité telle qu'elle était vraiment : une crevasse béante. Elle tente de construire une passerelle au-dessus, mais cela lui pompe toute son énergie.

— C'est important, enchaîne Kouplan. Pour l'enquête.

Il ne s'agissait pas seulement de devenir propriétaire, mais de respirer. La maison devait être un bol d'air. Tout avait commencé par un début d'été exemplaire.

Cette année-là, le printemps, qui vous narguait habituellement avec un rayon de soleil suivi de pluies diluviennes, de giboulées et de vents glacés, embrassa Stockholm au premier jour du mois de mai. Les températures allaient rester agréables la semaine suivante, et encore la suivante, annonçaient des gros titres étonnés.

Amanda savourait le beau temps. Jenny le voyait à sa bouche détendue, à ses paupières qui se baissaient sous les rayons du soleil, à son corps qui s'ouvrait comme un hélianthème. Quant à Jenny, les plaisirs de la belle saison n'évoquaient pour elle que de lointaines images d'enfance sur une plage. Elle aurait été furieusement jalouse si, finalement, Amanda ne lui avait pas permis d'en jouir par procuration.

— Allons nous baigner ! s'exclamait Amanda. Prenons une couverture et faisons un pique-nique dans le parc !

En lui refusant ces petites joies, Jenny avait l'impression de jouer le rôle du parent rabat-joie, même s'il s'agissait effectivement de préserver sa vie privée.

— Les gens me reconnaissent dans la rue, lui dit-elle pour la millième fois. Ils me prennent en photo. Tu as entendu parler de l'affaire Schenström, non ?

Elle posa la main sur le dos lisse d'Amanda.

— On n'a qu'à rester au lit, suggéra Jenny en sentant Amanda réagir sous sa paume.

Un peu à contrecœur.

Quelques jours plus tard, Amanda mentionna la propriété. Si elles avaient quelque part où aller dans l'archipel, disait-elle, sans voisins à proximité, Jenny pourrait-elle enfin se détendre un peu, voire lui tenir la main ? D'abord, Jenny crut qu'elle lui proposait d'acheter un terrain.

— On ne se connaît que depuis quelques mois, et tu parles déjà d'acheter quelque chose ensemble dans l'archipel ? Tu crois que je suis prête à franchir ce genre de pas alors que je n'arrive même pas à parler de toi à mon frère ?

Amanda fit un sourire mystérieux.

— La propriété existe déjà.

— Comment ça ?

— Elle m'appartient.

Elles allèrent visiter le terrain d'Amanda le 11 juin. Il ne fallait pas rater le bateau, avait affirmé Amanda. Elles arrivèrent donc sur le quai avec une heure d'avance. Les retraités formaient déjà une longue queue. Un homme âgé reconnut Jenny et voulut discuter du projet de réaménagement de Slussen. Étant donné son ardeur, l'homme n'aurait certainement pas dû être à la retraite. Après cette agression verbale, l'épouse de l'homme se comporta avec une familiarité aberrante, les entraînant vers des places assises du côté ouest de la navette, « pour éviter d'être éblouies quand le bateau tournera ». Où allaient-elles donc ? demanda-t-elle. Comment se connaissaient-elles ? Jenny se sentait piégée, mais Amanda fit un grand sourire à l'importune.

— Jenny et moi sommes des amies d'enfance. Mes parents possèdent une maison à Slandön.

C'était presque vrai, fit-elle remarquer à Jenny tandis qu'elles débarquaient sur la petite île. Son père avait effectivement acheté le terrain.

Il voulait d'ailleurs y faire construire une maison, mais la maladie l'en avait empêché, et la propriété était désormais à l'abandon. Cela faisait au moins douze ans qu'Amanda en avait hérité. Jenny le savait, mais elle ne s'attendait pas à ce qu'elle allait découvrir.

Elle avait imaginé un espace herbeux, peut-être pas une pelouse, mais au moins une sorte de pré. En digne enfant de la ville, elle s'était fait des illusions, cela devint tout à fait évident lorsqu'elles arrivèrent au terrain en question. En fait, il s'agissait de trois mille mètres carrés de forêt.

D'après Amanda, il existait un sentier, mais il demeura introuvable. Jenny eut l'impression de pénétrer en plein sous-bois de myrtilles. Ses baskets s'emplirent bientôt d'aiguilles de résineux tombées l'année précédente.

— Tu aurais pu me dire qu'il fallait des bottes ! soupira-t-elle.

— Je t'ai dit de mettre des grosses chaussures, non ? Tiens, prends par là.

Vingt mètres plus loin, l'été s'ouvrit sous leurs yeux. Deux dalles rocheuses dégageaient une vaste clairière et les ombres vert sapin se transformèrent en chlorophylle lumineuse. Quelque chose se dégela à l'intérieur de Jenny, des images enfantines de coccinelles et de fraises des bois tiédies au soleil. L'illusion d'une escapade… Amanda, qui arborait un sourire rêveur, leva la main comme une artiste. Ses doigts formaient un cadre au-delà des rochers.

— C'est là que papa voulait construire, entre les fougères et la souche. Assieds-toi.

Elle déplia un tabouret couleur mousse, invita Jenny à s'installer dessus et s'éloigna en bondissant jusqu'au reste d'arbre qu'elle appelait « souche ». Puis elle arpenta le terrain, le mesurant des bras, riant de son propre amateurisme.

— Enfin, de toute façon, je n'aurais pas les moyens de construire quoi que ce soit, glissa-t-elle. Mais on pourra toujours faire du camping.

La journée fut magique : les fraisiers des bois fleurissaient dans les crevasses, le carré de porc grillé d'Amanda avait un goût divin et le désir rougissait les joues de Jenny, qui se fit une égratignure sur le bras et attrapa deux tiques.

— C'est vrai, tu devrais faire construire une maison, approuva Jenny dans le bateau, sur le chemin du retour.

Amanda acquiesça avec insistance.

— Je sais. Et pas seulement pour qu'on ait quelque part où aller. Le terrain vaut huit cent mille couronnes. Si j'y construisais une maison pour la même somme, tout à coup, il vaudrait cinq millions.

Les chiffres clignotèrent dans l'esprit de Jenny.

— Ce serait un très bon investissement !

— Un jour peut-être. Si une banque accepte de me prêter de l'argent. Ou, ajouta Amanda comme si cette drôle d'idée venait de l'effleurer, si je trouve un associé.

— Elle l'a dit comme si ça venait de lui traverser l'esprit, expliqua Jenny. Je croyais presque y avoir pensé moi-même.

Sur son banc gelé, Kouplan a oublié le froid qui transperce ses vêtements. Il a beau trouver Amanda antipathique, il ne peut pas s'empêcher de l'admirer.

— Le terrain lui appartenait vraiment ?

— Non. C'est justement ça qui… Je ne comprends pas comment j'ai pu être aussi crédule. Je suis sans arrêt en contact avec le secteur de l'immobilier dans mon travail, j'aurais facilement pu faire des vérifications au cadastre.

Kouplan lui aurait dit qu'elle était humaine, qu'en tant que ressortissante d'un pays où les choses fonctionnent plutôt bien, elle ne pouvait pas s'attendre à cela et que, si tout le monde se méfiait systématiquement de son voisin, le monde s'arrêterait de tourner, oui, Kouplan lui aurait dit beaucoup de choses mais, en face, il aperçoit une femme toute vêtue de cuir rouge, jupe et perfecto. Il a déjà vu son visage sur une vingtaine d'impressions en couleur.

— Il faut que j'y aille ! souffle-t-il en raccrochant.

Il se lève d'un bond, suit des yeux l'Amanda en chair et en os qui entre dans l'Espresso House et se demande quoi faire. Fils de deux universitaires, il a, de plus, reçu l'éducation d'une fille. Il n'est pas préparé à assaillir quelqu'un.

L'impulsion lui est dictée par son adrénaline plutôt que par un quelconque raisonnement logique. Il se poste à l'extérieur, devant la porte vitrée. Amanda est à l'intérieur, un gobelet dans une main et son téléphone dans l'autre. Elle pousse la porte de l'épaule en lisant l'écran. Kouplan aurait mieux fait de la filer discrètement. Trop tard.

— Angela…, l'interpelle-t-il. Ou peut-être plutôt… Amanda ?

En l'espace d'un instant, l'expression de la jeune femme se transforme radicalement, passant de la surprise à la perplexité, puis à la panique. Elle lâche son gobelet qui rebondit par terre. Le couvercle s'ouvre et le latte vanille se déverse sur le bitume. Lorsque Kouplan lève les yeux, Amanda a déjà parcouru plusieurs mètres.

Il la prend en chasse. La tension accumulée dans son corps pendant des heures, voire des mois, se transmet à ses jambes et, pour une fois, il ne regarde ni à droite, ni à gauche, ni en arrière. Il ne voit plus qu'Amanda, son sac à main qui s'agite et ses manches de cuir rouge qui se balancent. Elle bifurque dans une rue perpendiculaire, il ne connaît pas aussi bien la ville qu'elle mais ne la perd pas, son dos rouge est reconnaissable. Il ignore les protestations de ses jambes et se précipite en avant – il n'a jamais été aussi près d'aucun but. Il parvient à saisir le col d'Amanda, le serre entre le pouce et le majeur et le tire en arrière d'un coup sec, lui faisant perdre l'équilibre. De son autre main, il lui attrape l'épaule et, lui faisant une sorte de prise de lutte, la retient en vociférant :

— On se calme !

Elle se retourne, tentant désespérément de se libérer. Ses cheveux s'emmêlent dans la fermeture Éclair de Kouplan, elle rugit :

— Mais qu'est-ce que vous fabriquez ?
— J'ai dit : on se calme !
— J'appelle la police !

L'évocation de la police n'a pas le même effet que d'habitude sur Kouplan – peut-être parce que son adrénaline est occupée ailleurs. Il sent le pouls d'Amanda à travers le perfecto rouge.

— Je vous en prie. Ils seront sûrement ravis de faire votre connaissance.

Amanda se tait. Pendant ces quelques secondes de silence, Kouplan prend soudain conscience du monde autour d'eux, des gens qui les dévisagent et sortent leurs téléphones.

— D'accord, dit enfin Amanda. D'accord, mais libérez ma boucle d'oreille.

16

Ses cheveux ne sont pas lâchés comme sur les photos de Jenny, mais noués en chignon dans sa nuque. Ses bottes semblent neuves, son perfecto aussi. Pourtant, Kouplan lui trouve l'air usé, ou du moins soucieux. Pas très étonnant, puisqu'il l'a pincée. Ce qui est plus curieux, en revanche, c'est qu'elle soit capable de commander une nouvelle boisson chaude dans un café comme si de rien n'était.

— Je suis au courant de tout ce que tu as fait à Stockholm, déclare-t-il, passant au tutoiement.

— Ça m'étonnerait. Tu veux quelque chose ?

Il aurait dû mieux prévoir son coup. Quel détective accepte un sandwich offert par sa cible ?

— Je suppose que Jenny t'a engagé.

Il hoche la tête. Tout comme Jenny, Amanda dirige la conversation et ne le laisse répondre que par oui ou par non. Il peut se représenter la passion explosive qu'elles ont dû éprouver l'une pour l'autre. Et les frictions.

— Qu'est-ce qu'elle veut ?

Te priver de ce que tu aimes le plus au monde.
— Récupérer ses deux cent mille couronnes.
— Je veux bien le croire.

Elle remue sa cuillère dans son café et mord dans un gâteau à la pâte d'amandes. Réaction complètement inadéquate.

— Une question, toi qui crois tout savoir. Est-ce qu'elle t'a raconté d'où venait cet argent ?

Bien sûr que Jenny lui avait raconté d'où venait cet argent. De son salaire, évidemment. Du salaire élevé qui explique pourquoi des gens sont capables de s'étriper pour obtenir un poste de conseiller municipal. Toutefois, une lueur dans les yeux d'Amanda le contredit.

— Ce n'est pas si simple…, explique-t-elle. Comment t'appelles-tu ?

Elle fait un sourire d'excuse comme si elle aurait déjà dû lui poser la question depuis longtemps, comme si elle avait failli à toutes les exigences de l'étiquette.

— John, répond Kouplan.
— Moi, c'est Angela. Ce n'est pas si simple, John. C'est… compliqué.

Depuis qu'il a détaché la boucle d'oreille d'Angela de sa fermeture Éclair et, à l'essai, desserré sa prise autour de son épaule, elle lui sourit. Mais à travers les vapeurs de leurs boissons chaudes, Kouplan détecte également autre chose dans son visage : la peur.

Non pas la surprise d'une femme qui vient d'être effrayée par un farceur, ni l'inquiétude de celle qui craint de rater le bus, mais une peur comparable à la sienne.

— J'écoute, dit-il.
— Sûrement. Mais pour des raisons évidentes, je ne te fais pas confiance.

C'est maintenant, tandis qu'ils sont assis face à face et qu'Angela, du bout de langue, attrape une miette de gâteau au coin de ses lèvres, que Kouplan s'aperçoit à quel point sa mission est irréalisable et sa tactique, idiote. Il n'aurait jamais dû l'affronter ainsi.

— Je t'ai dit pourquoi je suis ici, réplique-t-il. Au moins, je suis sincère.
— Mais bien sûr, « John ».

Les yeux marron clair d'Angela ne font rien de ce qu'il attend des yeux d'Amanda. Ils ne se plissent pas, séducteurs, ne flirtent pas, n'évoquent en rien les yeux que décrivait Jenny. Ils demeurent méfiants, mais ils lui dévoilent une histoire. De douleur.

— Dans mon pays, je suis journaliste, déclare Kouplan. Je connais la valeur de l'objectivité. Pour le moment, tu fais dans l'imposture et tu as escroqué à quelqu'un une grosse somme d'argent. À toi de voir si tu veux me donner une autre version de l'histoire.
— Qui sera publiée dans le journal ? interroge Angela avec un sourire tiède.
— J'ai dit « dans mon pays ». Ici, je travaille pour Jenny. Mais elle ne contrôle pas ce que tu me dis.
— C'est vrai. En revanche, elle contrôle ce que tu lui diras ensuite.

Il est sur le point de donner son assentiment mais s'abstient. Car c'est faux.

— C'est ce qu'elle voudrait, rétorque-t-il.
— Une question. (Quelque part dans sa façon de prononcer les « q », Kouplan entend qu'Angela n'est pas née en Suède.) Comment tu comptes récupérer les

deux cent mille couronnes ? Tu n'as pas l'air spécialement... costaud.

Kouplan est capable d'affirmer qu'il s'appelle John, mais il demeure très mauvais comédien.

— Je ne sais pas encore, admet-il. Il faudra que je trouve un moyen.

Elle le regarde, songeuse. Puis elle éclate de rire. Le détective le plus nul du monde se rend compte qu'il vient d'avouer ne pas avoir de plan à la personne qu'il cherche à coincer. En buvant le thé qu'elle lui a offert. Il ricane, puis s'esclaffe. Pourtant, il devrait se liquéfier de honte. Mais il apprécie la compagnie d'Angela.

Lorsque, sortant du café après leur en-cas, la vision de Göteborg et de ses passants le rappelle à la réalité, il se rend compte à quel point il est stupide. En fait, il ne sait rien de plus sur Amanda que lorsqu'ils sont entrés. Elle, en revanche, a appris pour qui il travaille, qu'il n'est pas originaire de Suède et qu'il a été journaliste.

— D'ailleurs, l'argent est déjà dépensé, lâche-t-elle, ce qui constitue tout de même en quelque sorte un fait. Alors tu auras du mal à le récupérer.

— Comment ça ?

— L'argent... Je ne l'ai plus. Même si tu me torturais, enfin, ce n'est pas ton genre, à mon avis...

Vérités ou mensonges ? Et la torture ? Il n'a évidemment jamais envisagé de telles méthodes. Elle, en revanche, si.

— Quand même ravie d'avoir fait ta connaissance, affirme-t-elle en lui tendant la main.

La conclusion bizarroïde d'une rencontre surréaliste... Kouplan ne sait pas comment réagir. Par réflexe, il prend la main tendue. Et maintenant ? Faut-il la suivre ? Est-ce encore possible ? Elle s'y attend peut-être.

— Tu es folle, riposte-t-il en secouant sa main. Je ne te quitte pas d'une semelle.

Il y a tout de même une chose qu'elle ignore, se console Kouplan tandis qu'elle l'entraîne à travers une ville où les gens ont quitté leur travail et accélèrent le pas sur le trottoir, contournent des adolescents à l'intérieur de tramways ou d'autobus, se hâtent de rentrer chez eux, de retrouver leurs familles et leurs téléviseurs.

— Je suis sincère, promet Amanda. L'argent est dépensé, tu ne le récupéreras pas en me suivant.

Voici ce qu'elle ignore : il ne cherche pas à récupérer l'argent. Peut-être n'est-il pas si bête que ça, finalement. Peut-être est-ce bien joué de prétendre vouloir récupérer l'argent tout en accomplissant sa véritable mission. Peut-être vient-il au contraire de faire un coup assez rusé.

— C'est toi qui le dis, répond-il.

Ils s'arrêtent devant un immeuble gris qui pourrait paraître peu attrayant s'il n'était pas situé dans le centre de la deuxième ville de Suède. Les fenêtres sont à croisillons et la porte, étroite.

— Tu vas attendre ici jusqu'à ce que je ressorte ?

— Non, infirme Kouplan. Je vais te suivre à l'intérieur.

— Je suis en colocation, prévient Amanda. Avec un policier.

Un peu tard, Kouplan se rend compte qu'elle l'étudie. Le mot « policier » active sa production d'adrénaline, les muscles de ses jambes se contractent, son mécanisme de fuite s'enclenche.

— Je plaisante, reprend Amanda. Je suis en sous-location.

Elle tape le code et invite Kouplan à passer. Celui-ci se demande si on peut considérer qu'il a forcé l'entrée.

— Alors comme ça, tu as peur des flics…, constate Amanda en appuyant sur le bouton d'appel de l'ascenseur.

17

Jenny et Amanda ont eu ensemble le coup de foudre pour une maison. C'était la quatrième qu'elles avaient vue au salon de l'immobilier et peut-être la vingtième de toutes celles qu'elles avaient visitées. Le toit formait un auvent au-dessus de la terrasse et encadrerait à merveille la vue sur mer qu'elles obtiendraient en abattant quelques trembles.

— Viens voir ! s'exclama Amanda.

Elle se trouvait à l'étage. Deux escaliers conduisaient à deux lofts, laissant au centre de la maison un salon spacieux avec une hauteur de plafond considérable.

— Ici, on pourrait mettre un canapé avec une peau de mouton, déclara Amanda à Jenny qui venait de monter. Regarde dehors !

Le modèle exposé avait de grandes fenêtres dont l'appui inférieur était à quelques centimètres du sol et la limite supérieure, un peu au-dessous du plafond, mais on pouvait en choisir de plus petites pour éviter les regards indiscrets. Le modèle d'exposition avait deux dépendances : un sauna et une cabane en rondins.

Jenny s'assit à côté d'Amanda, lui prit la main pour sentir sa chaleur et imagina la mer.

N'est-ce pas ainsi que cela s'était passé ? Les yeux d'Amanda ne brillaient-ils pas quand, d'un geste, elle s'était retournée vers Jenny et allongée sur le sol ?

— Ici, on pourrait mettre ta lampe thaïlandaise.

Peut-on réellement dire une chose pareille sans être sincère ?

La parcelle, dénommée 3 :116, appartient à un certain Tord Lundberg. Il lui aurait été si simple de le vérifier… M. Lundberg a indiqué un numéro de téléphone fixe mais pas de portable. Quand elle appelle, il se présente d'emblée.

— C'est à propos d'un terrain à Slandön, annonce Jenny.

— Ah. Ah oui. Je n'y suis pas allé depuis très longtemps. Vous spéculez ?

— Non, mais j'ai quelques questions. Vous connaissez une certaine Amanda ?

— Ah non, je ne crois pas.

— Et Angela ?

— Dites-moi, de quoi s'agit-il, au juste ?

— Eh bien, une dénommée Amanda Martinez prétend être propriétaire de votre terrain.

— Vous êtes de la police ?

— Non, je voulais simplement savoir si le terrain appartenait à Amanda ou pas.

— Et vous avez donc trouvé mon nom au cadastre.

— Oui.

— Eh bien, vous avez votre réponse, alors.

Jenny exprime son assentiment avec son soupir.

— Je vous remercie pour votre aide, ajoute-t-elle plus par routine que par gratitude.
— Il y a bien une dame qui m'a appelé l'année dernière, dit Lundberg. Elle s'appelait peut-être Amanda.
— À propos du terrain ?
— Oui. Elle voulait l'acheter. Je lui ai dit que je lui céderais pour sept cent mille couronnes. Il m'a coûté dix mille, mais je sais ce qu'il vaut.
— Et elle l'a acheté ?
— Elle est inscrite en tant que propriétaire ?
— Non.
— Eh bien, vous avez votre réponse, alors.

Elle a déjà passé l'autre coup de fil. Elle n'avait pas de nouvelles d'Amanda depuis deux semaines et commençait à douter du bien-fondé de leur projet de construction. Et si Amanda rencontrait quelqu'un d'autre et décidait de vendre le terrain... Ou d'y emménager seule... Quel moyen Jenny aurait-elle de prouver qu'elle avait financé la construction de la maison ?

Elle n'était pas morte d'inquiétude. Amanda lui avait fait savoir qu'elle serait en déplacement professionnel en Espagne pour un temps indéfini. De plus, elles n'étaient pas dépendantes l'une de l'autre mais simplement amantes. Jenny eut donc l'impression de faire preuve d'initiative en appelant l'entreprise en bâtiment Jörn pour demander la facture. De toute façon, elle avait prévu de le faire tôt ou tard. « Nous ne sommes au courant d'aucun versement » n'était pas la réponse qu'elle attendait. Les battements de son cœur redoublèrent. « Il doit y avoir une erreur », avait-elle dit à trois personnes de suite au téléphone. Elle lut à la dernière, une comptable, le numéro IBAN inscrit sur la facture. « Non, ce n'est pas le nôtre », lui avait-on répondu.

Elle appela ensuite le portable d'Amanda, même si elle n'était pas censée le faire pendant son séjour à l'étranger. Puis elle lui envoya un mail : « Où es-tu ? » À ce stade, elle gardait encore son calme, il pouvait s'agir d'un vaste malentendu.

C'est en entendant la réponse automatique qu'elle comprit que quelque chose clochait sérieusement. L'heure était grave. Sous l'effet de la panique, sa poitrine se serra et sa respiration se bloqua. Elle rappela le portable d'Amanda : « Le numéro que vous avez demandé n'est plus attribué. »

Et elle perdit pied.

18

Kouplan a du mal à cerner Angela. Avec Jenny, c'était plus facile : carriériste riche et hyper intelligente. Jesper : prétentieux artiste à la manque. Mais la décoration rustique de l'appartement d'Angela jure avec ce qu'il sait par ailleurs sur elle : une citadine souriante en perfecto rouge, les cheveux noués en chignon, des ombres dans le regard.

— J'ai eu de la chance, fait-elle en accrochant son perfecto à un cintre bleu barbeau. Il y a une crise du logement, à Göteborg, mais j'ai trouvé cet appartement en sous-location jusqu'en août.

Les circonstances nous rendent complexes, songe Kouplan. Comment se catégoriserait-il lui-même ? Comment associer son passé, son corps et ses actes sous une seule et unique étiquette ?

Le long du chemin, il a répété mentalement, comme un mantra, les questions qu'il allait lui poser. Désormais, il s'interroge : *Tu ne lui demandes rien ? Où est l'argent ? Pourquoi Jenny ? Allez !*

— Pourquoi tu lui as pris son argent ?

Les mots lui semblent explosifs. Il a vécu la même chose avec Pernilla l'année précédente. Il se posait un tas de questions mais avait du mal à les dire tout haut. Dans son pays, c'est mal élevé.

Angela ne répond pas, ce qui ne lui facilite pas la tâche. Automatiquement, il a envie de s'excuser, mais parvient à s'abstenir.

Elle va aux toilettes. Un imposteur expérimenté ne devrait pas lui laisser ainsi l'accès libre à son appartement. Kouplan en profite autant que possible : il parcourt le tas de courrier dans le couloir. Tout est adressé à une certaine Sandra Mellqvist. Il ouvre la porte d'entrée et vérifie le nom sur la plaque : Sandra Mellqvist. Dans la cuisine, sur la table en pin, il y a un ordinateur portable qu'il n'ose pas ouvrir. Tous les passages aux toilettes ont une fin.

De retour, Angela l'invite à s'asseoir sur le canapé, s'installe à côté de lui et l'observe. Kouplan commence à s'habituer à son visage, elle va peut-être enfin répondre à sa question.

— Comment tu m'as trouvée ?
— Pourquoi tu lui as pris son argent ?
— C'est personnel. Comment tu m'as trouvée ?

Cela lui rappelle quand, âgé de neuf ans, il se disputait avec Nima qui en avait à l'époque quatorze. Impossible de gagner – sauf en marchandant. « Dis-moi ce que papa a dit sur le mollah, et je te dirai ce que maman a dit sur papa. »

— Je te raconte comment je t'ai trouvée et toi, tu me dis comment tu es tombée sur Jenny.
— Je peux te raconter ce que j'ai pensé quand je l'ai rencontrée.
— D'accord.

— Margaret Thatcher. Alors, comment tu m'as trouvée ?

Il soupire mais ne dit rien sur la méthode Facebook.

— Je pensais que tu vendrais la bague et j'ai interrogé tous les bijoutiers.

— De toute la Suède ?

— Oui, d'abord de Stockholm, ensuite de Göteborg. Après, j'allais passer à Malmö, mais je n'ai pas eu besoin. Pourquoi elle t'a fait penser à Margaret Thatcher ?

Angela observe l'homme-garçon assis dans son canapé. Pourquoi a-t-il peur de la police ? Il parle un suédois presque parfait, mais vient d'un « autre pays ». Soit c'est un criminel, soit…

— Et toi, qu'est-ce que tu t'es dit en la voyant ? réplique-t-elle. La Dame de fer, non ? En tout cas, moi, c'est ce que j'ai pensé.

Pourquoi Jenny l'a-t-elle engagé ? Mystère… Avec une paire de lunettes sur le nez, il ferait un Harry Potter oriental parfait. Il semble rechigner à poser des questions, et ne récupérera de toute évidence aucun argent. Si elle lui demandait de partir sur-le-champ, il s'exécuterait. Mais dans ce cas, il raconterait à Jenny où elle se trouve, et quand Jenny veut quelque chose, ce n'est plus une dame de fer, mais un cœur de pierre.

— Tu t'appelles Amanda ? demande John.

— Tu t'appelles John ?

Agaçant. Il est gentil, elle le voit bien. Et il est au courant qu'elle a utilisé un faux nom soit à Göteborg, soit à Stockholm, alors elle décide de lâcher ce morceau-là.

— Non, je ne m'appelle pas Amanda. Ce n'était pas moi.
— Tu as donc menti à Jenny depuis le début.
— Oui.
C'est hasardeux, mais quel soulagement... L'aveu lui fait du bien. Elle croise le regard de son interlocuteur.
— Tu as déjà été obligé de faire semblant d'être quelqu'un d'autre ?
Un millimètre de son œil se révèle, un soubresaut musculaire presque imperceptible.
— Tu as remarqué, reprend-elle, qu'après un moment, on se confond avec son personnage ?
Elle soupire, abandonnant la façade dénommée Amanda. Ce qui a commencé comme une libération s'est terminé en enfermement dans une coquille pétrifiée.

Amanda l'insouciante, ce personnage qui n'aurait jamais existé si Angela ne l'avait pas fait vivre sous sa peau, était son rêve le plus secret. D'une certaine manière, elles se fondaient donc en une seule et même personne.
Angela s'était d'abord mise à ressembler à Amanda, puis elle était *devenue* Amanda. Elle se regardait dans la glace comme une adolescente, cheveux détachés, en combinaison : *Est-ce bien moi ?*
Jenny lui avait déclaré son amour. Amanda n'avait pas prévu que : premièrement, Jenny ait un côté doux qui la rende capable d'aimer et, deuxièmement, qu'elle tomberait amoureuse d'elle. Cela signifiait-il qu'elle aimait aussi Angela ?
Quand est-ce qu'on devient une image de soi ?

— J'aurais voulu être Amanda, confessa Angela. Et puis c'est allé... très, très loin.

La voix forcée qu'elle avait au café a laissé place à l'authentique. Kouplan l'entend à son soulagement, celui qu'il éprouverait lui-même s'il pouvait dire la vérité. Angela triture les franges de la couverture en laine drapée sur l'un des accoudoirs du canapé.

— J'aurais aimé tout avouer à Jenny, mais...
— Mais quoi ?
— D'abord, elle n'est pas commode.

Il y a du vrai là-dedans. Kouplan hésiterait lui-même à avouer ses péchés à Jenny, surtout s'ils la concernaient directement. Ce qu'il ne comprend pas, en revanche, c'est pourquoi Angela s'est présentée sous une fausse identité depuis le début.

— Tu dis que tu étais obligée de faire semblant d'être quelqu'un d'autre, rappelle-t-il. Qu'est-ce que tu veux dire par là ?

Angela penche la tête en arrière et ferme les yeux comme Kouplan le fait parfois pour s'isoler du monde extérieur. Quand elle les rouvre, ils sont humides.

— J'aimerais beaucoup te le dire, mais je ne peux pas, John. D'accord ?

Il avait oublié qu'il s'appelait John. Un instant, il les voit tous les deux de l'extérieur assis sur le canapé, empêtrés dans leurs faux noms. D'ailleurs, Angela est-il son vrai prénom ?

— C'est parce que tu es recherchée pour imposture et escroquerie ?

C'est la question la plus provocante qu'il lui ait posée jusqu'ici, et il est assez content d'en avoir eu le culot. Angela lui accorde un vague sourire.

— Non.

— C'est parce que certaines personnes n'ont pas le droit d'exister ? demande-t-il, hésitant. Je veux dire dans ce pays.

Amanda croise fugitivement son regard.

— Tu ne sais pas ce que c'est, répliqua-t-elle, d'avoir constamment peur dès qu'on passe la porte de chez soi. Et maintenant...

Elle se lève vivement.

— Tu veux du thé ?

Il la suit dans la cuisine.

— Maintenant, quoi ?

— Je vais devoir déménager. Encore une fois.

Il a envie de lui dire qu'il comprend très bien, qu'il ne la dénoncera pas, qu'il sait de quoi elle parle. Mais quel que soit le point de vue qu'on adopte, Angela est un escroc et on ne raconte pas sa vie à ce genre de personnage. Elle pourrait utiliser ces informations contre lui, les ombres qui parcourent ses yeux recèlent trop de dangers, exactement comme leur brillance. Il s'en tient donc à boire du thé aux fruits rouges pendant que le ciel au-dehors prend une teinte bleu sombre.

— Maintenant, va-t'en, implore Angela.

Il secoue la tête.

— Qu'est-ce que je vais raconter à Jenny ? Que je t'ai trouvée, que je suis rentré chez moi et que tu as à nouveau disparu ?

— Tu préfères : « Je suis avec elle, envoie un gorille » ? Décidément, tu ne connais vraiment pas toute l'histoire.

Kouplan, toujours sage, Nima, toujours impatient. C'est en tout cas ce que disait leur mère. Cependant, à cet instant, Kouplan perd son sang-froid.

— Alors explique-moi, bon sang ! Qui es-tu ? D'où viens-tu ? Pourquoi tu as été obligée de faire semblant d'être une autre ? Qu'est-ce que tu fais ici, à Göteborg ? Comment tu t'es transformée en Amanda ? Pourquoi Jenny ? Comment tu t'es procuré le terrain puisque tu n'as pas de papiers ? Qui te poursuit ? Allez, vide ton sac !

La respiration d'Angela s'accélère, elle soutient avec défiance le regard de Kouplan. Deux fois, elle s'apprête à parler mais s'interrompt. Finalement, elle crispe les mâchoires, accroupie sur sa chaise à barreaux dans la cuisine de Sandra Mellqvist. Elle semble soudain si petite...

— Tu n'as qu'à dormir sur le canapé.

19

Je découche cette nuit. Si Jenny te demande ce que je fais, dis-lui que je suis peut-être sur une piste. Ma batterie est faible.
K

Cette nuit-là, Kouplan dort sur un canapé dur avec une bosse au milieu. Ce n'est pas le pire des lits qu'il ait occupés. Le problème, finalement, c'est de ne pas en avoir un à soi. Ça lui donne le sentiment d'être un bout de bois flottant ou une graine de pissenlit qui vole au gré du vent. Il s'apitoie sur son sort, puis pense aux vrais sans-abri. Kouplan a quand même un lit à Hallonbergen. Même s'il appartient à Regina.

En Iran, son lit aux montants bleus avait une table de chevet intégrée. Nima occupait la chambre voisine, et Kouplan, plus jeune, se faufilait chez lui quand il avait fait un cauchemar. « Viens dans ma forteresse », lui disait Nima, et ils faisaient semblant d'être entourés d'une muraille. Nima lui racontait des histoires sur un héros dénommé « Nima le fantastique » qui chevauchait de par le monde et luttait contre les êtres maléfiques des cauchemars de Kouplan. Des dragons.

Des garçons en colère. D'affreuses sorcières aux cheveux longs. Parfois, il y avait aussi une princesse dans l'histoire : « Nesrine la sage ».

— Pas une princesse, protestait Kouplan, un prince !

Nima riait parce qu'il faisait nuit autour de sa forteresse, que sa sœur avait peur et que les histoires n'ont pas de limites.

— D'accord, un prince. Le chevalier Nesrine.

Il est 3 heures du matin lorsque Kouplan est réveillé par un coussin brodé qui lui pique la joue. La sueur, cette satanée sueur, a mouillé les draps qui ne sont pas les siens. Il entend du bruit à la cuisine, une voix tantôt rieuse, tantôt sérieuse. Angela a fermé la porte, mais pas complètement. À travers l'entrebâillement, des mots et deux centimètres de lumière filtrent. L'œil collé à la fente, Kouplan voit Angela accroupie sur une chaise, le regard fixé sur un écran qui l'éclaire d'une lueur froide. À part l'ordinateur et le néon au-dessus de l'évier, la pièce est plongée dans la pénombre. Il y a de l'émotion dans la voix d'Angela, elle doit parler dans sa langue maternelle. « *Mamita* », dit-elle à plusieurs reprises, et « *notengo* ». Ce sont les seuls mots que distingue Kouplan, mais sans les comprendre. À son oreille, le reste n'est qu'une suite de perles qui tombent en staccato.

Une voix de femme aiguë et fatiguée s'élève du haut-parleur de l'ordinateur. Kouplan l'entend à peine. Aucune importance puisque la conversation se déroule en espagnol. La femme coasse deux fois, riant comme un fumeur à la chaîne ou toussant comme une enfant. « *Te amo* », ajoute Angela. Ça, Kouplan le comprend.

Angela remue, baisse une jambe, remonte l'autre. Kouplan s'éloigne de la fente à pas de loup, puis enfonce ses pieds froids sous la couverture empruntée et, les yeux fermés, écoute la fin de la conversation. Lorsque, dans la cuisine, Angela éteint la lumière, Kouplan reste allongé dans l'obscurité. La porte émet un clic discret.

« *Mamita* », « *notengo* ». Il pourra toujours faire traduire ces mots par Google, mais il aurait tout de même besoin d'un locuteur de l'espagnol. *Siri*, lui murmure une voix intérieure qu'il fait immédiatement taire. Pourquoi pas demander à la jeune fille de l'Espresso House ? Elle avait l'air d'être latino-américaine. Ou à quelqu'un dans un restaurant de tapas ? Ou dans un cours de suédois pour immigrés ? « *Te quiero* », souffle la voix de Siri. Peut-être rêve-t-il, car il distingue les contours de son visage.

— *Te quiero*, disait Siri en lui caressant les joues, le cou, les épaules. On peut le dire à quelqu'un qu'on aime bien, mais *te amo*, c'est plus fort.

— *Man asheghetam*, disait Kouplan en entrelaçant ses doigts aux siens.

Il était sincère. Des mots, oui, mais vrais. Une chaleur se répandait doucement dans son corps, hésitante – avait-il le droit d'éprouver ce sentiment ?

— *Manasheschatam*, l'imitait Siri. Ça veut dire quoi ?

— Je t'aime.

— Moi aussi, je t'aime.

Il se levait sur un coude, elle faisait de même, attrapait son poignet et, avec un sourire irrésistible, le repoussait sur le matelas. Ses doigts continuaient leur chemin vers le bas, le nombril et au-delà.

— J'ai quand même le droit de m'occuper de toi aussi de temps en temps.

Une réplique de rêve dans un scénario imaginaire, sauf pour un détail qu'elle dut détecter dans ses yeux, parce qu'elle s'interrompit.

— Tu n'as qu'à fantasmer. Dis-toi que c'est ton... Eh ben, ton truc... Heu... grand et dur...

Kouplan avait beaucoup fantasmé, il était bien entraîné, mais la réticence de Siri et le fait qu'elle n'éprouve pas les sentiments adéquats l'en empêchaient.

Non pas qu'on doive nécessairement éprouver ceci ou cela, mais quelque chose clochait, tout de même. Elle, une fille, désirait une autre fille. Kouplan tâchait de se l'expliquer en repensant aux paroles de sa mère : « Quand on est petit, c'est difficile de comprendre que d'autres partagent nos sentiments. Quand on est grand, c'est difficile d'admettre qu'en plus, ils puissent en éprouver d'autres. »

Siri et Kouplan essayaient de surmonter le problème, tant bien que mal. Kouplan n'avait qu'à s'imaginer ce qu'il voulait et Siri, caresser sa poitrine – partout sauf sur les seins. Elle acheta même un godemiché équipé d'une ceinture. Kouplan était autorisé à utiliser le *strap-on* du moment qu'il ne l'appelait pas « bite ». « Tu as le droit de fantasmer tout ce que tu veux, disait-elle, mais laisse-moi mon imaginaire aussi. »

Elle lui répétait les expressions les plus importantes qu'elle avait apprises en Bolivie : « *Te amo. Te quiero. No pasaran.* » Malheureusement, « *Mamita* » et

« *notengo* » n'en faisaient pas partie. D'ailleurs, à l'époque, Kouplan était trop occupé à apprendre le suédois, d'abord en déchiffrant la série des *Alphonse* et le reste du fonds pour enfants de la bibliothèque, puis en passant aux étagères « lecture facile » et, enfin, en s'attaquant à Astrid Lindgren. Dans le dictionnaire bilingue, il ne trouva ni *cabochon* ni *pétoire* ni *mécépavré*.

— *Mécépavré*, murmure-t-il dans la pièce aux rideaux crochetés.

Puis, avec l'accent régional, il imite la bonne Lina de la version cinématographique : « *Mécépavré*. » Il apprenait des films entiers par cœur, parlait avec l'accent de Stockholm ou du Småland et, inspiré par la comédie *Le Touring Club*, un dialecte dont il pensait que c'était du suédois jusqu'à ce que Siri lui annonce que c'était du norvégien. Ça lui a carrément servi d'imiter autant de voix différentes. Il le murmure avec l'accent de Stockholm : « carrément servi ».

Avant de s'endormir, il s'élève au-dessus de chez Sandra Mellqvist, au-dessus des nuages et de la couche d'ozone, et contemple la Terre et son petit corps couché sur le canapé. Il s'entend murmurer des répliques de cinéma suédois. Dans la maison où il habitait, à Téhéran, la tête de sa mère repose sur l'épaule de son père. Encore ailleurs, il ne voit pas bien où, son frère Nima est sain et sauf. Vivant. En sécurité.

20

Découvrir quelqu'un au réveil, c'est le voir réellement, tel qu'il est. Puis, plus il sort de l'endormissement, plus il se recouvre de sa carapace. Lorsqu'il s'aventure enfin dans le monde, c'est entièrement recouvert d'un cocon en plastique. Ce matin-là, Angela a de tout petits yeux et porte un T-shirt déformé.

— Salut.
— Salut.

Une tasse de café à la main, elle fait une vague grimace.

— Fais-toi une tasse de café instantané, si tu veux. C'est dégueulasse, mais il faut bien quelque chose pour se réveiller.

Kouplan s'assied sans prendre de café. Son corps est aussi lourd que s'il avait passé toute la nuit en filature. Angela tripote une mèche de cheveux. Son chignon de la veille est défait, hirsute.

— Tu as l'intention d'emménager ici ?

Il aurait dû y réfléchir pendant la nuit au lieu de ressasser de vieux souvenirs. Il ne peut pas s'imposer indéfiniment, il lui faut un plan.

— Seulement jusqu'à ce que tu me racontes tout.

Elle hausse les sourcils et avale une gorgée.

— Qu'est-ce que tu veux savoir ?

Elle prononce ces mots dans une apparente sincérité. Comme s'il n'y avait qu'à demander.

— Ça faisait partie d'un plan ? réplique-t-il. Tu as pris rendez-vous avec elle dans le but de l'escroquer ?

— Non, je militais au sein d'un petit groupe écolo, elle voulait faire construire des immeubles au milieu d'un parc. C'est comme ça qu'on s'est rencontrées. Elle, c'était… l'ennemi.

Les cellules grises de Kouplan travaillent lentement. Il change d'avis concernant le café, se verse de l'eau chaude et y mélange la poudre lyophilisée. Le résultat est assez fort.

— Pourquoi défendre un parc sous un faux nom ?

Soudain moins ensommeillé, le regard d'Angela s'aiguise.

— Plus je t'en dis, plus je prends de risques. Pourquoi je te dévoilerais quoi que ce soit ? Tu n'es peut-être pas capable de comprendre, tu crois peut-être qu'il s'agit seulement de chiffres et de comptes en banque alors que je te parle de vie et de mort.

Kouplan pourrait lui expliquer sa propre situation, cela la calmerait certainement – mais le rendrait, lui, encore plus paranoïaque.

— Je ne travaille que pour le compte de Jenny et je ne crois pas que ce soit elle qui t'effraie. Comme tu as pu le constater, je ne copine pas spécialement avec la police. Quel genre de menace est-ce que je peux bien représenter pour toi ?

— En fait, je n'en sais rien.

— Bon.

— Mais inutile de prendre des risques inconsidérés, n'est-ce pas ?

Cette question, déterminante depuis trois ans dans la vie de Kouplan, il la comprend très bien, hélas.

— Comment ça, de vie ou de mort ?
— À deux égards.
— Lesquels ?
— Je ne peux pas te le dire.

Voilà à quoi se résume leur conversation du petit déjeuner. Kouplan tâtonne, Angela fait blocage. La seule chose constructive qu'engendre cet entretien matinal, c'est que Kouplan sera payé cinquante couronnes pour l'avoir accompli. Le tarif s'applique même s'il garde le silence, alors il se tait. Il ne dit plus rien pendant plusieurs minutes.

— Ça faisait partie de la personnalité d'Amanda, lâche finalement Angela. J'avais décidé qu'elle militerait. Je ne peux pas t'expliquer pourquoi, j'avais besoin de me cacher derrière une façade de normalité. Tu comprends ?

Et comment... La stratégie est géniale. Mais il n'en dit rien, il fronce les sourcils et tente de prendre un air songeur et pénétrant. Angela débarrasse les tasses.

— J'avais même commencé à aimer ce parc.

En la voyant fermer la porte à clé et arpenter la rue comme si elle lui appartenait, Kouplan est impressionné par sa contenance. S'il était policier, il doit l'admettre, jamais ne lui viendrait à l'idée de l'arrêter.

— Si tu ne veux pas prendre de risque, demande-t-il, pourquoi tu ne restes pas tout simplement chez toi ?

Angela se tait. Ils empruntent une rue perpendiculaire.

— On peut mourir demain, déclare-t-elle enfin. On peut tomber malade ou avoir un accident. Il vaut mieux essayer de profiter de ses derniers instants comme si on menait une vie ordinaire, non ?

— Ou en feignant d'en mener une.

— Ou en s'en créant une.

— On va où ?

— À mon travail.

Durant la marche, il a l'impression de remarquer des détails dans le comportement d'Angela qui lui ont échappé la veille : sa manière de regarder autour d'elle, la tension qui monte au passage d'un véhicule de police. Il se plaît à imaginer que ses propres réactions sont aussi discrètes que les siennes et cela le calme. Il doit connaître la vérité.

— Tu es suédoise ?

Si elle dit oui, elle ment. Il a observé son dos en contre-jour devant un écran d'ordinateur qui parlait espagnol. Angela pousse un soupir.

— John, je ne peux pas répondre à ce genre de question. D'accord ?

— Jenny croit que tes parents sont espagnols.

— Je sais.

— Moi, je viens d'Iran.

Il lui jette un coup d'œil en coin pour voir si le renseignement la fait fléchir. Possible, l'expression de son visage s'adoucit.

— Et moi, d'un pays... d'Amérique du Sud.

— Tu es ici depuis combien de temps ?

Elle calcule en silence.

— Huit ans et demi.

Ça fait beaucoup. Si sa demande de permis de séjour a été rejetée, elle peut en refaire une. Le délai de carence est passé. Enfin si – il ose à peine formuler la pensée – ses demandes n'ont pas été rejetées deux fois.

Il existe une autre possibilité : qu'elle ait un permis de séjour parfaitement en règle mais qu'elle soit poursuivie par des individus X ou Y. Dans ce cas, la raison pour laquelle elle évite la police serait qu'elle vient d'escroquer presque un quart de million de couronnes à Jenny. Kouplan fait bien de se le remémorer, l'idée le soulage : *Nous ne nous ressemblons pas. Angela vole, moi, je travaille.*

Et il est en plein travail justement.

Il se demande combien de temps Jenny va encore tolérer qu'il ne lui fasse pas de rapport.

Chaque immeuble a son langage. Il raconte des histoires de vieilles origines, de temps meilleurs, de politiques de logement de masse ou encore d'angles de rue exclusifs et de vues coûteuses. L'immeuble devant lequel ils s'arrêtent tous deux évoque à Kouplan un début de siècle fortuné. Angela tape le code et pousse le lourd portail.

L'escalier est large, l'ascenseur, minuscule. Un souvenir ressurgit dans l'esprit de Kouplan : une vaste entrée de marbre, un troisième étage voué à la prostitution… Angela sort une clé.

— Tu ne peux pas m'accompagner.

— Pourquoi pas ? C'est ici qu'habite ta nouvelle victime ?

Le regard dur – ou peut-être triste –, elle se tourne vers lui et pousse un profond soupir.

— Bon. Entre.

Chaque immeuble a son langage et chaque appartement aussi. Celui-ci rappelle à Kouplan l'histoire de Marilyn Monroe.

On y a aimé, puis on s'y est séparé, murmurent les rideaux, solides et ornés de frêles flocons de neige comme si les occupants ne s'étaient pas rendu compte que le printemps était arrivé. Un piano richement orné et des meubles de salon qui ne viennent certainement pas d'Ikea. Un décor ravissant mais comme oublié.

— Bonjour ! s'exclame une voix d'homme dans une autre pièce.

— Bonjour, c'est Angela, répond-elle. Tu ne pourras sans doute pas rester, ajoute-t-elle à voix basse à Kouplan.

Kouplan rougit en prenant conscience de ce que signifie le mot « travail » pour Angela. Celle-ci ouvre une porte dans le hall, se penche et attrape quelque chose : un flacon de nettoyant ménager.

— Qui est ton ami ? demande l'homme d'une voix sombre et méfiante, mais cultivée.

Kouplan se retourne et découvre un grand vieillard aux yeux gris. Angela sort un aspirateur et une serpillière.

— Ne t'en fais pas, tu ne crains rien avec lui. John, je te présente Gustav. Gustav, voici mon ami John, qui est sur le point d'aller acheter notre déjeuner.

— Fais bien attention…

C'est la dernière chose qu'entend Kouplan alors que la porte se referme. Il se retrouve sur le palier.

L'avertissement s'adressait à Angela et Kouplan n'était sans doute pas censé l'entendre. Il se demande si les particuliers chez lesquels Regina fait le ménage lui font des remarques pareilles.

En bas des escaliers, il s'assied sur une marche pour deux raisons.

Premièrement, pour qu'Angela ne puisse pas lui fausser compagnie. Elle peut l'avoir expédié acheter le déjeuner dans l'intention de s'éclipser dès qu'il aura le dos tourné – si elle le considère comme une menace. Pourtant, ça n'a pas l'air d'être le cas. Ce qui le laisse perplexe. Ne devrait-elle pas avoir tout de même un peu peur de l'homme envoyé pour lui infliger une vengeance ? Enfin, au moins éprouver un brin de nervosité en sa présence...

Deuxièmement, il veut faire l'inventaire de ses pistes. Les renseignements notés dans son cahier lui semblent dérisoires en comparaison de tout ce qu'il a appris depuis. Il ouvre une nouvelle page et écrit : *Parle espagnol avec quelqu'un en pleine nuit. Dit « mamita » et « notengo » – quoi d'autre ? Fait le ménage dans un appartement chic où vit un homme (qui fait preuve d'une certaine sollicitude envers elle). Elle a peur, mais pas de moi.* Kouplan prend ses notes en persan. Il a tout de même affaire à une criminelle. Si elle se montre trop curieuse, elle n'y verra que des boucles et des points. Il relit ce qu'il a écrit quelques jours auparavant, après son rendez-vous avec Jenny : *Trouver ce qu'elle aime le plus au monde.*

— Vous ne pouvez pas rester ici, dit une voix indignée.

Une dame d'une cinquantaine d'années chargée de sacs le regarde avec la sévérité hautaine d'une maîtresse d'école. Kouplan se sent rétrécir.

— J'attends un copain, l'informe-t-il.

Il a l'impression d'avoir à nouveau treize ans, de se faufiler entre les narguilés des hommes, auxquels il aimerait désespérément ressembler. Il se sent comme une fiente sur une chaussure. Il ferme son cahier bleu et parcourt des yeux les bottines en cuir blanc de la dame, son manteau au large col et ses rougeurs sur le cou.

— Mais je vais y aller.

En franchissant la porte de l'immeuble qui se referme derrière lui avec deux clics distincts, il se demande comment cette femme vit sa condition. Comment, pendant toute sa vie, elle a arpenté les pièces bien chauffées de son appartement. Comment elle planifie son existence en inscrivant des événements dans un calendrier, dans l'intime conviction qu'elle mérite de les vivre. Comment, le soir, elle se couche dans son lit, qu'elle a choisi parmi des milliers d'autres à cause de son aspect, du matériau dont il est fait et de sa douceur.

« C'est ce que tu crois... Mais chacun a son enfer personnel », fait remarquer sa mère d'une voix aussi nette que si elle se trouvait juste à côté de lui.

Cela faisait longtemps qu'elle n'avait pas séjourné ainsi dans son esprit. Plusieurs jours. Dernièrement, il a surtout pensé à Nima et aux nombreux proverbes de son père.

Sa mère poursuit : « Tu n'en sais rien. Cette dame est peut-être sévère parce qu'elle a peur, et les rougeurs sur son cou sont peut-être des symptômes d'angoisse. » Elle disait toujours ce genre de chose quand ils étaient enfants : « Ah bon ? Farideh a été méchante avec toi ? De quoi tu crois qu'elle avait peur ? Elle semblait triste ? »

Alors que les autres mamans défendaient leur progéniture.

La voix de sa mère résonne dans l'esprit de Kouplan. Il sourit et tente de la retenir en achetant deux falafels à emporter.

21

Manifestement, ils vont manger dans la cuisine d'Angela. Au début, Kouplan se demande s'il a mal compris, si elle voulait qu'il achète des aliments à cuisiner. Elle prend un étui bleu marine dans le réfrigérateur, l'ouvre et en sort une seringue qui ressemble à celle de Kouplan. D'un geste familier, l'aiguille tournée vers le haut, elle la tapote, puis la plante dans sa jambe à travers son pantalon.

— C'est ma plus grande frayeur, déclare-t-elle le regard fixé sur la seringue. De ne plus avoir d'insuline.
— Qu'est-ce qui t'arriverait ?
Elle lui lance un bref coup d'œil.
— Je mourrais.
— Comment tu te la procures ?
— Avec de l'argent.

Ils mangent en silence, tenant du bout des doigts du pain imbibé de sauce tomate emballé dans des morceaux de Cellophane trop petits. Ils n'ont posé sur la table que le strict nécessaire. « Avec de l'argent. » Inutile d'en dire plus. Kouplan se demande si l'insuline est aussi chère que la testostérone. Peut-être même plus. Et pendant combien de temps deux cent mille couronnes sont censées sauver la vie d'Angela. Il s'essuie la bouche avec une serviette du kiosque à kebab.

— Combien te paye Gustav ? Pour le ménage, ajoute-t-il pour éviter les... malentendus.

— Combien te paye Jenny ?

— Cent cinquante couronnes l'heure. Pourquoi tu réponds toujours par des questions ?

— Au noir ?

Kouplan secoue la tête et prend soudain conscience que son employeur, Jenny, n'apprécierait guère qu'il discute de leurs petits arrangements plus ou moins licites avec Angela. Ni avec personne d'ailleurs. Angela le toise.

— Pas énorme.

Elle a raison. Pas en comparaison avec quatre cents couronnes, en tout cas. Mais c'est toujours plus que ce que Rachid et lui gagnaient au restaurant. Brusquement, Kouplan a une idée. Pour lui tirer les vers du nez sans prendre aucun risque, il lui suffit de faire quelques compromis avec la chronologie.

— Avant, j'étais sans papiers, explique-t-il. Je travaillais comme plongeur et je gagnais quinze couronnes l'heure.

Elle a bien sursauté en entendant *sans papiers*, n'est-ce pas ? Son regard n'est-il pas devenu inquisiteur ?

— Et maintenant ? demande-t-elle.

— J'ai refait ma demande après quatre ans. Et reçu mon permis de séjour.

Quelle est la différence entre un grossier mensonge et un rêve doré ? Quelques mois tout au plus, dans le meilleur des cas.

— Gustav me paye soixante-dix couronnes l'heure, confesse Angela. Au noir.

À la rédaction, on parlait souvent de torture. Kouplan se souvient du jour où Nima avait gonflé la poitrine – il devait avoir vingt et un ans – et claironné qu'il ne céderait jamais. Il se souvient du sourire las de Sepideh, la femme dont on taisait le nom quand on parlait du journal en dehors de la salle de rédaction.

— C'est une bonne résolution, avait-elle dit, mais tu ne sais pas de quoi tu parles, malheureusement. La torture brise les gens, c'est le but. Elle s'insinue dans leur corps, partout, et dans leur esprit, parce que le corps et l'esprit ne font qu'un.

Sepideh s'adressait à Nima, mais elle regarda deux fois Kouplan. Voilà sans doute pourquoi il se souvient de l'incident : il n'avait que seize ans et Sepideh avait posé sur lui un regard grave. Et parce que, malgré sa voix brisée, le regard de Sepideh était étonnamment limpide. Il se souvient d'avoir frissonné.

On pouvait être mis à l'isolement, ne plus entendre que les appels à la prière tonnant à travers des haut-parleurs de tous côtés, vingt-quatre heures sur vingt-quatre. On pouvait être pendu au plafond jusqu'à l'évanouissement. On pouvait être souillé. En prononçant ces mots, Sepideh regarda Kouplan droit dans les yeux. Et quand on n'était plus qu'un lambeau de chair, un vestige de soi-même, quand on se retrouvait seul avec la torture, les limites qu'on s'était promis de ne pas dépasser se mettaient à trembler comme de la gelée. On avait l'impression d'être dépecé. Ce n'était qu'à ce moment-là qu'on savait si oui ou non, on supportait la torture. Avant, tout n'était que spéculation.

Nima n'avait plus jamais tenu de pareils propos, mais il répétait volontiers que pour ne pas se laisser briser, il fallait opposer le mental à la torture. Comme s'il se préparait.

Kouplan, assis sur un canapé dans le quartier de Majorna à Göteborg, tente d'attraper un fil parmi ses pensées qui se bousculent, un fil qu'il pourrait rattacher à sa situation actuelle. La seule véritable torture qu'il subisse consiste à ne pas savoir où se trouve Nima. Le plus souvent, il évite d'y penser. D'ailleurs, ce n'est pas ce qui le tracasse à cet instant. Quelque chose lui échappe... C'est en rapport avec des limites...

La voix d'Angela n'est pas celle d'un muezzin. Elle ne parle pas à travers un haut-parleur. C'est la voix d'un être humain, tout simplement. Voilà pourquoi il est si difficile de tenir le cap. Comment prendre le petit déjeuner avec quelqu'un sans qu'il apparaisse subrepticement une connivence ? Comment découvrir ce que quelqu'un aime sans faire preuve d'une certaine empathie envers lui ? Angela est vivante, elle est bien réelle avec ses conversations nocturnes et ses piqûres d'insuline. L'image de Jenny, elle, devient de plus en plus floue dans l'esprit de Kouplan. Mais c'est toujours elle qui lui paye ses falafels.

Finalement, il lui suffit d'un tout petit effort pour l'imaginer furieuse qu'il ait éteint son portable et négligé de la tenir au courant de l'évolution de la situation, stressée par tout ce que cela peut impliquer, pour la voir faire les cent pas dans son bureau, ou courir, lèvres pincées, sur un tapis roulant, tentant de garder son sang-froid. Une femme qui lui a demandé de l'aide...

— Si je m'éclipse un moment, tu seras toujours là quand je reviendrai ?

Angela acquiesce. Il est fou de lui faire confiance. Dès les premières marches, il a l'impulsion de faire demi-tour, mais le langage corporel d'Angela l'a convaincu – ce qui, en soi, est inquiétant. Il ne la connaît que depuis vingt-quatre heures.

Göteborg, tout comme Angela, lui semble déjà un peu plus familier. Il sait où il va, de quels quartiers il doit se méfier et où se trouvent les supermarchés discount bardés de panneaux de promotion. Cinquante couronnes les cinq boîtes de tomates concassées. Un kilo de riz au jasmin. Il ne craint plus pour sa vie en traversant les voies du tramway, il les enjambe tranquillement après avoir jeté un bref coup d'œil des deux côtés.

Il pourrait presque passer pour un natif.

Jesper lui ouvre la porte avec du fil de fer enroulé autour de la main. Il lui montre chacun de ses doigts entourés d'une spirale métallique.

— Le titre, c'est : « Momie de notre temps ». Je vais entourer tout mon corps, tu vois. Au bout de mon index, il y aura un port USB. Qu'est-ce que tu en penses ?

Kouplan voudrait recharger son téléphone et récupérer son salaire, mais on n'est pas malpoli avec son hôte.

— C'est quoi, le concept ? demande-t-il.

— Enfin, pas autour de mon corps, reprend Jesper. Plutôt comme une carapace, tu vois. Le concept... Ben, c'est ça, le concept. Une momie, mais de notre temps.

— Mais ça symbolise quoi ? Le port USB, c'est pour dire que de nos jours, on est toujours connecté ? Même dans la mort ?

Un sourire éclate sur le visage de Jesper.

— Pas mal ! On meurt, mais notre page Facebook continue à vivre. C'est sûrement ce que je pensais, inconsciemment. Macabre mais vrai. Ce projet a tellement de niveaux d'interprétation !

Il glousse et va dans la cuisine.

— Jenny a appelé cinq fois.

La réplique agit sur Kouplan comme l'alarme d'un réveil, le replongeant brutalement dans la trahison d'Amanda, le dégoût de Jenny, la mission qu'on lui a assignée. Dire que ça ne fait que quatre jours qu'il a quitté Stockholm...

— Votre frère est franchement..., commence-t-il pour ne pas lui sembler trop familier.

— Spécial ?

— Inspiré.

Elle rit brièvement.

— C'est un fumiste. Demandez-lui ce qu'il faisait avant de devenir artiste.

— Quoi ?

— Demandez-le-lui. Mais d'abord, faites-moi un compte rendu des dernières vingt-quatre heures. En détail.

Kouplan lui parle des bijoutiers de Göteborg, de Herberts Guld & Juvel, de la fille de l'Espresso House. Il lui raconte tout cela parce que c'est vrai, mais surtout parce que ça lui laisse le temps de réfléchir.

— Ensuite, je l'ai vue, lâche-t-il.

À ce souvenir, son cœur bondit. Pendant un fragment de seconde, il se demande si Jenny ne l'a pas fait filer par un troisième larron, si, en fait, elle ne connaît pas déjà la suite.

— Vous êtes sûr que c'était elle ? s'exclame-t-elle d'une voix perçante.

— À quatre-vingt-dix pour cent.

Le mensonge est comme une ballade, il commence doucement, à un dixième de sa force. Kouplan ne peut déjà plus lui dire qu'ils ont fait connaissance.

— Je l'ai vue entrer dans un café. Elle a pris un gâteau à la pâte d'amandes. Ensuite, je l'ai suivie jusque chez elle.

C'est en partie vrai.

— Où elle habite ?

— Dans la Karl Johansgata. Il y a un autre nom sur la porte, mais je crois quand même que c'est son domicile actuel.

— Vous croyez ?

— Personne d'autre n'est entré ni sorti. Il s'agit d'un studio. Elle y a dormi et le lendemain matin, elle s'était changée, alors…

— Et vous, vous avez dormi où ?

— Dans l'escalier de secours.

Ce n'était pas exactement un mensonge, puisqu'il avait bel et bien dormi dans un escalier de secours – six mois plus tôt, dans le cadre d'une autre mission.

— Enfin, je n'ai pas dormi tant que ça, ajoute-t-il pour rendre son mensonge plus plausible. La seule chose qui s'est endormie, c'est mon derrière.

— Et après ? insiste Jenny d'une voix forte – sans doute le ton qu'elle emploie lorsqu'elle s'échauffe dans un débat politique, songe Kouplan.

— Le lendemain matin, elle est allée à une autre adresse. Je me suis caché tout en haut de l'immeuble, dans l'escalier. C'était l'appartement d'un vieux monsieur. Elle est restée chez lui à peu près deux heures.

— Sa nouvelle victime.

Jenny en semble intimement convaincue. Kouplan tente de se remémorer la conversation entre Angela et Gustav mais ne se souvient que de « Voici mon ami John ». Il croit vaguement qu'ils ont parlé de ménage et qu'il a vu Angela sortir un aspirateur. Pour brouiller les pistes ?

— Fort possible.

Angela fait le ménage chez Gustav pour soixante-dix couronnes l'heure. Angela vend son corps à des hommes, dans des appartements où se sont déroulées des histoires qui rappellent celle de Marilyn Monroe. Angela séduit une nouvelle victime et, par le plus grand des hasards, sait où il range son aspirateur. Toutes les hypothèses sonnent désormais comme des vérités.

— Bien, dit Jenny. Heureusement, elle ne vous a pas vu. Comme ça, elle ne se méfiera pas.

Kouplan tente de faire un « hum » d'assentiment, mais sa voix s'enroue.

— Continuez à la suivre, lui ordonne Jenny. Voyez si elle va chez d'autres gens. Essayez de trouver une bonne raison de leur parler. Ou donnez-moi leurs coordonnées et j'essayerai moi-même.

— Non ! s'écrie Kouplan. Vous m'avez chargé d'une mission, je m'en occupe.

— Et rassemblez des preuves.

— Des preuves de quoi ?

— Qu'elle escroque les gens.

— Je croyais que vous vouliez vous venger.

— Oui… Qu'est-ce que vous voulez dire ?

— Vous m'avez dit que vous vouliez que je la prive de ce qu'elle aimait le plus.

— Oui… Enfin, c'était quand même assez vague.

— Et maintenant, je dois prouver qu'elle escroque les gens ?

Silence, mais seulement de quelques secondes.

— Finalement, ça revient au même, conclut Jenny. Parce que ce qu'Amanda aime le plus au monde, c'est sa liberté.

Il l'interroge sur leur relation. Jenny affirme qu'Amanda ne lui a jamais paru effrayée ni anxieuse.

— Comment ça, des regards nerveux ? Non, je n'ai rien remarqué de tel. En vous familiarisant avec elle, vous verrez, c'est la confiance en soi personnifiée.

Se familiariser, songe Kouplan. *Vous et moi, on n'accorde sans doute pas le même sens à ce mot.*

Ils parlent de rémunération. Jesper lui donnera deux mille huit cent cinquante couronnes en liquide dès qu'il aura raccroché, c'est déjà arrangé. Ils parlent de la fonction appareil photo du vieux téléphone de Kouplan, qui a déjà dix ans. Kouplan n'est pas correctement équipé pour collecter des preuves. Après la conversation, la remarque de Jenny sur la liberté retentit encore dans l'esprit de Kouplan.

Ce qu'elle aime le plus au monde. Kouplan doit prendre son courage à deux mains et penser à la liberté.

S'il était libre, se dit-il en partant de chez Jesper, en se livrant corps et âme à la ville de Göteborg, s'il était vraiment libre, il absorberait goulûment les rayons de soleil qui lui réchauffent le crâne et il consacrerait une promenade à résoudre le mystère Angela-Amanda.

Il ne se dirait pas : Angela cache bien certaines choses mais d'autres, moins. Celles qu'elle montre ostensiblement peuvent se révéler aussi fausses qu'Amanda Martinez – *UNE VOITURE BLANCHE... LA POLICE ?* Non, elle tourne à droite. *Respire, Kouplan. Pourquoi m'a-t-elle laissé entrer chez elle ? Alors qu'elle sait pertinemment que je suis envoyé par Jenny... Un peu étrange, comme comportement, non ? Quelque chose m'échapperait-il ? Quelque chose dont elle est parfaitement consciente ? Pourquoi je me reconnais en elle et –* L'HOMME LÀ-BAS REGARDE PAR ICI, OU QUOI ? *Il me suit des yeux ? Un flic en civil ? Je marche bizarrement ? J'ai l'air suspect ? Détends les bras, Kouplan, balance-les comme quelqu'un qui se promène normalement. Raisonne en autochtone. Où en étais-je ?*

S'il était libre, il ne penserait pas toutes ces choses. Il balancerait spontanément les bras.

De retour en bas de chez Angela, il se rend compte qu'elle pourrait ne plus être là. Il se souvient du soulagement de Jenny quand il lui a dit ne pas s'être dévoilé. *Comme ça, elle ne se méfiera pas.* Elle est peut-être déjà loin. Dans un avion.

En sonnant à la porte de Sandra Mellqvist, il s'attend à tout et à n'importe quoi. Sandra elle-même pourrait ouvrir – il se l'imagine blonde avec une tête de maîtresse d'école d'âge mûr, tout juste rentrée de vacances. Angela pourrait refuser de lui ouvrir, elle pourrait faire semblant de ne pas être là ou ne pas l'être vraiment. Gustav pourrait apparaître dans l'encadrement de la porte. La police pourrait lui tendre une embuscade, surtout si Angela a compris son mensonge le plus transparent : « Avant, j'étais sans papiers. »

Angela entrouvre la porte. Il a l'impression qu'elle sourit en le voyant, mais peut-être est-ce dû aux ombres projetées par la cage d'escalier. Soudain, son ventre se noue.

22

Au début, il ne comprend pas bien d'où vient la douleur – une vague réminiscence d'une autre vie. Elle lui fait penser à des falafels. Son ventre se contracte, il a les tripes tiraillées. Occlusion intestinale ?

— Bienvenue, l'accueille Angela, peut-être un brin ironique.

Il l'écarte d'un geste.

— Les toilettes.

La pièce carrelée ornée d'une frise bleue est par ailleurs entièrement blanche. Kouplan, recroquevillé sur le siège des W-C, contemple des serviettes-éponges fleuries. Il a travaillé dans un restaurant de kebab, il connaît les façons de tricher avec l'hygiène.

Après un quart d'heure, elle frappe à la porte.

— Tout va bien ?

Des gaz, peut-être. Coincés au mauvais endroit, ils peuvent mettre K-O n'importe qui. Progressivement, la douleur s'apaise et l'inquiétude se dissipe. Si Kouplan avait fait une crise d'appendicite, il aurait fallu appeler un médecin.

— J'ai parlé à Jenny, annonce-t-il.

Angela mange des tartines de fromage sur du pain grillé. Elle semble prendre sur elle pour ne pas réagir inconsidérément. Il y a quelques semaines encore, sa peau était tout contre celle de Jenny.

— Tu lui manques.

Non pas que Jenny se soit exprimée ainsi, mais il sait qu'Angela n'est pas insensible, et il sait aussi qu'elle manque à Jenny. Angela mâche son pain pendant très longtemps sans le regarder.

— Je lui ai demandé comment elle avait obtenu cet argent, prétend-il – encore faux. Elle dit que c'était ses économies.

Angela ricane.

— Évidemment.

— Et à ton avis, d'où il vient ?

Angela lève les yeux.

— Comme tu as dû le remarquer, j'ai un petit problème.

— Ah oui ?

— En fait, je ne sais pas si tu feras le moindre petit effort pour me croire.

— Je ne peux pas essayer si tu ne me dis rien.

— Je ne te dirai rien si tu n'essayes pas.

C'est le même tralala depuis vingt-quatre heures. Il faut briser ce cercle vicieux, et Kouplan doit s'y coller. La vérité doit s'inviter chez Sandra Mellqvist, la vérité doit vaincre, enfin. Il ferme les yeux en racontant la sienne – au cas où elle ne supporterait pas la lumière. Il n'est pas sûr de bien faire.

— Je ne m'appelle pas John.

— Je sais.

Elle est sur le point de lui prendre la main. S'il le voit, c'est qu'il a les yeux ouverts.

— Toi aussi, tu vis dans la clandestinité, fait-elle.
— Caché.

À ce simple petit mot, sa gorge se serre. C'est une réaction inopinée. L'émotion refoulée depuis trop longtemps déborde et, comme la nuit noire, s'écrase contre les carreaux.

— Pourquoi ? demande-t-elle.

Aussi laconique que possible, il choisit soigneusement ses mots et parvient à dompter les sentiments qui veulent à tout prix s'en mêler.

— Je n'ai pas obtenu mon permis de séjour. Et je ne peux pas rentrer.

La noirceur le dévore, le dépèce, souffle du froid sur son squelette.

Angela avale bruyamment sa salive, comme si elle se débattait elle aussi avec les mots. Elle lève une tranche de pain grillé, la repose, ramasse une miette sur son doigt et la contemple. Kouplan se tait, il n'a pas pleuré depuis deux ans. Finalement, elle pousse un soupir et parle d'une voix ténue.

— Je suis colombienne.

Angela avait vingt-trois ans quand elle a traversé l'Atlantique. Cinq ans plus tôt, l'Office national des migrations lui a notifié son premier refus. Le deuxième date de l'année précédente.

— Je ne pouvais pas imaginer qu'on me déboute à nouveau. Que deux personnes différentes, à quatre ans d'intervalle, ne me prêtent pas foi.

— C'est une question de preuves, pas de conviction. Mon avocat m'a appris un principe essentiel : le renversement de la charge de la preuve.

Ce n'est pas la première fois que Kouplan parle à un autre sans-papiers, mais il ne l'avait jamais fait dans un canapé en grignotant du pain grillé. Quand Rachid et les autres plongeurs du restaurant d'Azad décrivaient leur situation, ils ponctuaient leurs récits de geignements. Leur existence désespérée ne tenait qu'à un fil, ils comptaient les centimes. Avec Angela, c'est différent. En partant de rien, elle s'était construit une vie.

— Je préfère oublier ma première année ici, reprend-elle. Mais ce qui ne tue pas rend plus fort, n'est-ce pas ?

Elle croise son regard, l'air défiant de quelqu'un qui refuse une vie de minable. L'épreuve l'a grandie.

— Mais comment ? demande-t-il, car il voudrait vraiment le savoir.

Elle le scrute, jaugeant sa loyauté. Inutile de jouer le sans-papiers compréhensif. Pour la première fois depuis longtemps, il est presque lui-même, sans artifice.

— En Colombie, j'étais actrice. Pas célèbre, mais je travaillais avec une compagnie de théâtre et je passais des auditions pour des *telenovelas*. Mon Dieu... J'ai l'impression que c'était dans une autre vie.

— On a tendance à oublier qui on est... Que cette personne-là, qui avait un emploi et une identité, c'était nous.

— Qu'on menait une vie normale, renchérit Angela. Comme tout le monde, sans rien de particulier.

— Pourquoi tu as été obligée de partir ?

Angela secoue la tête et soupire.

— Une autre fois. Quoi qu'il en soit, mon métier d'actrice m'est resté. On ne meurt pas complètement, même si on en a l'impression.

Kouplan sait de quoi elle parle – sans doute plus qu'elle ne le sait elle-même. Les souvenirs fusent : des stores baissés, l'atmosphère comme une couverture étouffante sur tout ce qu'il était alors. Son cœur avait failli cesser de battre avant le dernier sursaut qui l'avait tiré de sa léthargie…

— En Iran, j'étais journaliste. Je l'avais presque oublié. Et puis j'ai fait un rêve…

— Moi aussi ! l'interrompt Angela. Qu'est-ce qui se passait dans le tien ?

— J'étais avec mon… ami.

En fait, il pense à Nima, mais il préfère éviter le sujet.

— À la rédaction de notre journal, à Téhéran… C'était un journal d'opposition… On avait constamment peur. Dans mon rêve, on était tellement terrorisés qu'on n'écrivait plus rien. Le journal ne paraissait plus. On passait nos journées cachés sous nos tables. « On est vraiment obligés de vivre comme ça, dans la terreur ? » m'a demandé mon ami. Il grandissait en parlant. La table sous laquelle il était caché s'est brisée. Il s'est redressé. « On est vraiment obligés de vivre dans la terreur ? Nous sommes journalistes, non ? » Finalement, il hurlait : « Nous sommes journalistes, non ? »

Kouplan a le souffle court. Il n'a jamais raconté ce rêve à personne ; le récit doit être exact, c'est important.

— Waouh..., dit Angela. Et quand tu t'es réveillé... ?

— J'ai réfléchi à des solutions.

Angela se penche en arrière dans son fauteuil. Kouplan remarque le geste, car c'est la première fois qu'elle le fait devant lui. En contemplant son visage détendu, il l'imagine endormie.

— Je vois ce que tu veux dire.

Ce qu'Angela avait appris dans sa profession, c'est que les très bons acteurs se fondent dans leur personnage. Pas simplement dans un rôle, non, dans un être humain à part entière. On n'était pas l'ami de quelqu'un ? On pouvait le devenir. On était indésirable dans la société où l'on se trouvait ? Cela pouvait changer. Devenir quelqu'un qui n'était jamais arrêté par la police et qui s'exhibait dans des soirées mondaines, c'était possible.

— Cela dit, il ne s'agissait plus d'une simple audition pour une *telenovela*.

— Non, admet Kouplan.

— C'était... Excuse-moi de dramatiser un peu, mais il s'agissait de vie ou de mort. Bien jouer le rôle que je m'étais assigné me donnait le droit de vivre.

La première année, elle était restée cachée chez d'autres Latinos, se nourrissant de restes, observant les Suédois à travers l'écran d'une télévision. Exactement comme Kouplan au centre d'hébergement, et quasiment en même temps.

— Je les imitais sans savoir ce qu'ils disaient, sourit Kouplan.

— Je lisais les sous-titres pour mieux distinguer les mots parlés. Je comprenais bien qu'il fallait maîtriser la langue. C'est à ce moment-là que j'ai... Que je me suis rendu compte de mon potentiel d'actrice... Et que j'ai décidé de devenir une femme qui rencontrait un homme suédois.

Une Latina qui rencontrait un homme suédois devait arborer un large sourire, porter une queue-de-cheval au quotidien et des talons hauts pour les occasions festives. Elle ne devait jamais se montrer faiblarde, mais pas non plus virile – l'équivalent d'une Suédoise, en gros, mais avec des lèvres plus charnues. Angela avait mis deux semaines à construire son personnage. Elle avait emprunté des habits de circonstance et s'était inscrite sur le plus grand site de rencontres de Suède. Petit à petit, elle était devenue une autre.

— Amanda.
— Non, rétorque Angela. Patricia.

En fermant les yeux, Kouplan visualise les quatre visages d'Angela. Dans l'appartement de Sandra Mellqvist, la lumière est éteinte et il flotte une vague odeur de stéarine. Son coussin brodé lui chatouille la joue. Il le retourne pour dormir sur le côté lisse, s'efforçant d'ignorer la fermeture Éclair qui le traverse, et les crampes qui le tenaillent toujours dans un coin de son ventre.

Il revoit le visage d'Amanda sur les impressions couleur de Jenny : élégance coûteuse, rire contagieux – tout comme Jenny elle-même, mais dans une version plus libérée. D'après Angela, ce fut un rôle agréable à jouer. D'ailleurs, sur les images, elle semble gaie, toujours souriante. Kouplan se demande à quel point on peut faire semblant d'être heureux.

Il imagine Patricia, la « jeune femme ordinaire » qu'elle vient de lui décrire. Sur son profil internet, elle disait aimer la Suède pour ses forêts et ses lacs, et volontiers cueillir des champignons. Elle voulait apprendre à faire du slalom, mais elle ne parlait pas encore parfaitement le suédois. La plupart de ses interlocuteurs lui demandaient si elle était « chaude ». Sauf l'un d'eux, Dag, qui était tombé amoureux. Patricia, l'hétérosexuelle en jean, était devenue suédoise aux côtés de Dag. Une ombre traverse le visage d'Angela quand elle prononce le mot « hétérosexuelle ». Kouplan se dit qu'il aimerait aborder le sujet avec elle.

Il voit Angela, enfin, ce qu'elle projette d'elle-même. Le perfecto rouge et le chignon dans la nuque sont ses derniers accessoires. Citadine sûre d'elle, toujours en mouvement, un gobelet de café haut de gamme à la main. Il s'agit du troisième rôle d'Angela, celui que Kouplan a poursuivi et qui lui a offert un sandwich.

Son quatrième visage est apparu à Kouplan à travers une fissure, lorsque les autres se sont lézardés, la première fois qu'elle lui a parlé de ce que cela impliquait de s'appeler Amanda... Non pas à travers ses paroles, mais dans les changements qu'il avait observés sur ses joues, la ride soucieuse, apparemment sincère, qui s'était formée sur son front. Ce quatrième visage, il l'avait revu plus tard en silhouette, la nuit, éclairé par un écran d'ordinateur, inconscient d'être observé. Kouplan collecte les témoignages furtifs de ce personnage et les assemble pour constituer un tout, qui porte sans doute un autre nom.

En ciselant les contours de cette Angela qui a fui une vie pour en créer une nouvelle, Kouplan tente de saisir les racines de la personne chez laquelle il dort pour la deuxième nuit consécutive. Les questions fusent dans son esprit : qui peut bien être cette femme qui joue plusieurs rôles depuis huit ans ? D'ailleurs, qui est-il, lui qui se comporte comme une punaise apeurée depuis qu'il est devenu un sans-papiers ? Il médite sur Angela parce que son cas lui parle de lui-même. Il a le sentiment que, enfoui au fond d'elle, il existe un noyau qui n'est jamais en contact avec le monde extérieur. Du moins, il le souhaite.

Il médite également pour oublier la douleur qui se cramponne à ses entrailles.

23

Est-ce la sueur ou les palpitations qui le réveillent ? Une crampe sévit au creux de son ventre, sa couverture est entortillée autour de ses jambes comme s'il voulait l'essorer. En prenant conscience du lieu où il se trouve, il entend la voix d'Angela depuis la cuisine. Elle lui semble lointaine comparée à la puanteur et à l'anxiété qui ont envahi son corps. Il respire, dilate ce gosier qui l'a presque étouffé dans son sommeil, se dit : *Inspire, expire et pense à de jolies images*. Quelque chose de tiède lui colle au dos, il sent quelque chose de froid contre sa cuisse. Un liquide lui mouille l'entrejambe. Brusquement, une crainte surgit dans son esprit, le réveillant définitivement. Il passe son doigt entre ses jambes et sent l'odeur de la sécrétion dans le noir : ferrugineuse.

La main en coupe sur son caleçon, il se précipite aux toilettes. A-t-il taché les draps ? Le canapé de Sandra Mellqvist est-il définitivement maculé ? Combien de sang a-t-il perdu et pourquoi ?

La lumière crue de la salle de bains l'éblouit douloureusement, puis le calme. Il ne s'agit que d'une petite tache rouge foncé, de la taille d'une pièce de cinq couronnes. Le liquide n'a pas traversé son caleçon. Il fixe la tache des yeux.

Quand Kouplan a eu ses règles pour la première fois, il était informé du phénomène. Sa mère lui avait expliqué ce que cela signifiait : devenir femme. Il n'avait pas avoué à sa mère qu'au fond de lui, il était convaincu que cela ne lui arriverait pas.

Il le lui disait par d'autres biais, comme en refusant de porter le hijab.

— Moi non plus, je n'ai pas envie, répondait-elle, mais il y a des choses qu'on est obligé de faire.

— Pas Nima, protestait Kouplan.

Sa mère lui faisait un sourire pédagogue.

— Seulement les femmes, Nesrine. Comme toi et moi. Mais si ça ne dépendait que de moi, on ne le porterait pas non plus.

Ces conversations-là, Kouplan pouvait les entamer, mais jamais les conclure, car comment avouer à sa propre mère que malgré les apparences, on n'est pas une femme ? Surtout quand c'est ce qu'elle croit sans jamais en avoir douté...

Ainsi, il savait qu'il n'aurait jamais ses règles, mais il ne le confiait à personne. Chaque jour qui passait sans que l'hémorragie ait lieu le renforçait dans sa conviction. Il n'était pas celui qu'on croyait. Un jour, il serait un homme. Il avait déjà des poils doux et noirs aux coins des lèvres. Comme ceux de Nima, ils s'épaissiraient. Ses muscles se développeraient et sa voix deviendrait sombre et gutturale comme celle de son père. On le regarderait avec un sourire ébahi : « Mais tu es un homme ! Et dire que nous nous sommes trompés pendant tout ce temps ! »

Le jour de ses premières règles fut un jour de déni. Peut-être s'agissait-il seulement d'une blessure... Son corps ne pouvait tout de même pas lui faire cela. C'était une erreur, un accident ou, au pire, une maladie.

Quand il avait finalement compris, il avait eu l'impression que c'était son cœur qui se vidait de son sang.

Il fixe toujours la tache des yeux. Depuis combien de temps ? Il n'en sait rien. Suffisamment pour que le sang ait séché sur sa peau et ses poils. À l'aide d'un bout de papier, il vérifie qu'il n'en sort plus. Ce n'était pas censé arriver.

Ses dernières règles datent d'il y a plus d'un an. Il prenait alors de la testostérone depuis trois mois. Cela lui avait prodigué un soulagement indescriptible, non seulement parce qu'il échappait ainsi à la douleur et au rappel anxiogène qu'il était un jour devenu femme, mais, surtout, cela signifiait que les hormones fonctionnaient. Son corps réagissait comme il le fallait, le dosage recommandé par l'inconnu semblait approprié. Il n'avait pas besoin de consulter.

Sur le mur, le nécessaire de toilette d'Angela est suspendu à côté des serviettes-éponges. Kouplan le vide doucement, trouve un protège-slip et un tampon et remet le vernis à ongles et le rouge à lèvres à leurs places exactes. Un an plus tard, le voilà obligé encore une fois d'enfoncer en lui un objet indésirable.

No pasaran, se dit-il en se faufilant dans le couloir. C'était l'expression préférée de Siri : « Ils ne passeront pas. » Elle la hurlait avec rage dans les manifestations, ses mèches blondes bondissaient. Un jour, elle le prononça tout bas après avoir fait l'amour avec Kouplan.

— On n'entre pas, lâcha-t-elle à propos des jambes que Kouplan n'écartait jamais. *No pasaran.*

Désormais, il porte à cet endroit une saucisse en coton munie d'un fil qui le chatouille désagréablement. Dans la cuisine, Angela est assise devant son écran. Même s'il avait le courage de la déranger, il ne saurait pas quoi lui dire. Il y a des secrets qui, quand on les confie, vous isolent encore plus.

Angela renifle – des pleurs ? Kouplan s'en veut de ne pas avoir appris l'espagnol quand il en avait l'occasion. Avec un téléphone un peu plus moderne, il pourrait enregistrer la conversation et la faire écouter à un trad... Il s'interrompt en pleine pensée. On ne peut pas faire grand-chose avec un Ericsson T610, mais on peut laisser un message sur sa propre messagerie.

Kouplan tient son téléphone dans l'entrebâillement de la porte. La personne qu'on entend parler à travers le haut-parleur ne sera pas très audible sur l'enregistrement, mais la voix d'Angela résonne haut et clair, surtout quand elle est contrariée. Kouplan croit d'abord qu'elle se dispute avec son interlocutrice, puis il se dit qu'il s'agit sans doute plutôt d'une complainte, d'une expression de désespoir. Brusquement, il a l'impression qu'Angela le voit dans la vitre. Instinctivement, il recule, interrompt l'enregistrement et retourne en catimini dans le salon, où il se blottit entre ses draps humides et pose les mains sur son ventre. Dans une autre vie, sa mère lui a appris que la chaleur soulage, enfin, un peu.

24

Ironie du sort : c'est la Journée internationale de la femme. Angela en informe Kouplan lorsque, ayant matelassé son caleçon de serviettes hygiéniques, il la rejoint pour prendre le petit déjeuner.

— En Colombie, dit-elle, on donne des cadeaux aux femmes ce jour-là. En Suède, on manifeste.

Un caprice du destin a voulu que Kouplan ait ses règles le jour de la femme – du moins espère-t-il qu'il s'agit de règles.

— Tu préfères les cadeaux que les manifs ?

Elle hausse les épaules en minaudant.

— Tu as jusqu'à ce soir.

Angela n'en sait rien, mais elle vient de guérir Kouplan. Ce petit geste, cette étincelle d'espièglerie dans son regard, refait de lui quelqu'un dont une femme, en ce jour solennel, attend des cadeaux. Un homme qui saigne un peu, mais un homme.

— Je vais voir ce que je peux faire, affirme-t-il. Des diamants, ça ira ?

— Oui, je prends. L'or, les émeraudes, tu vois ce que je veux dire... Un petit quelque chose suffira.

Kouplan sourit et mord dans son pain grillé. Ils sont assis à une table qui n'appartient à aucun d'entre eux et plaisantent au sujet de diamants qu'aucun d'entre eux ne possédera jamais. Ils sont en vie, ils mangent. Ensemble.

— Qu'est-ce qui est advenu de Patricia ?

Dag faisait pitié : un homme de quarante-trois ans qui ne demandait qu'à aimer. Angela le décrit comme quelqu'un de gentil, d'attentionné et peut-être d'un peu maniaque. Les cheveux châtains. Ce n'était pas la faute de Patricia s'il avait voulu signer un contrat de bail avec elle lorsqu'ils avaient parlé d'emménager ensemble. Il avait même insisté.

— Comme tu le sais peut-être, les numéros d'identité, on peut les vérifier, dit-elle. J'avais juste inventé une suite de chiffres.

Ce jour-là, de triste mémoire, son compagnon lui avait demandé en la regardant droit dans les yeux qui elle était. Elle avait trouvé quoi lui répondre a posteriori. Qu'elle avait une identité secrète à cause d'un ex-mari violent.

— Ou la vérité, suggéra Kouplan.

Angela prend un air las.

— Dis donc, « John », on en est où avec la vérité, toi et moi ?

Kouplan se sent humilié. Il n'est pas comme elle, il ne ment que quand il ne peut pas faire autrement. Il lui a raconté son passé et compte même lui donner son nom. S'il avait été dans la situation d'Angela, il aurait tout avoué, sûrement, enfin, sans doute.

— Il est devenu méfiant. Un jour, on s'est disputés et il a menacé d'appeler la police. Ça a été la fin de Patricia.

Kouplan pense à Dag, l'homme aux cheveux châtains qui ne connaissait pas sa propre femme. Et soudain, elle avait disparu. Dag avait dû considérer cela comme une trahison.

Kouplan pense à Jenny dans sa villa, maudissant une histoire d'amour et d'argent – qu'elle aura bientôt regagné grâce à son travail.

Décidément, comparées à certaines situations, leurs colères à tous les deux ne sont que des rots dans l'espace.

Lorsqu'elle est devenue Amanda, avant de déménager, Patricia a commencé par se procurer une carte d'identité. Kouplan lui demande comment elle a fait et obtient exactement la même réponse qu'à sa question sur l'insuline.

— Avec de l'argent.

Angela ne lui précise pas s'il s'agissait de celui de Dag. D'ailleurs, d'une certaine manière, c'est hors de propos.

— C'était plus facile à Stockholm, personne ne savait qui j'étais, personne ne s'en souciait.

— Je sais, mais enfin... Tu t'es installée à Stockholm et, du jour au lendemain, tu as décidé de draguer une femme politique ?

Angela le dévisage. La hargne qu'il lit dans son regard l'oblige à détourner les yeux. Elle se tait pendant si longtemps qu'il finit par la regarder à nouveau.

— Tu te fais une fausse idée de moi, reprend-elle. Tu crois que je prévois toutes les rencontres que je vais faire, toutes les occupations que je vais avoir, tous les moyens que je vais trouver pour payer mon insuline et… ? Je ne prévois rien, John. Dans ma vie, les choses arrivent, voilà tout. J'essaye simplement de garder la tête hors de l'eau.

Il a envie de lui dire que ce n'était qu'une question, que c'est inutile de réagir avec une telle violence, mais il se retient. Angela rougit. Ce n'est pas à lui de lui dicter ses réactions.

— Excuse-moi, j'ai dit une bêtise. Comment tu as rencontré Jenny ?

Elle secoue la tête et lève les yeux au ciel. Un sourire furtif se dessine sur ses lèvres.

— La politique, il n'y a rien de pire. Je n'ai vraiment pas cherché à tomber amoureuse d'une femme politique.

C'est la première fois qu'elle lui en parle aussi ouvertement. Elle doit en être elle-même émue, car le mot « amoureuse » continue à faire des échos dans la pièce alors qu'elle ajoute :

— Et je ne peux pas dire que cette histoire m'ait réconciliée avec le milieu.

Dans le but de se fondre dans la masse, Angela avait rejoint les Amis du parc, un groupe hétéroclite de personnes dont le guide malgré lui était un maigre barbu en bonnet pointu, un certain Georg qui zozotait et s'était un jour présenté sur une liste du PC à Vansbro. Parmi les autres militants, il y avait Mirjam aux dreads et au souffle court, Per qui sortait tout juste d'une dépression, William le Bon qui ressemblait à un elfe et deux sœurs costaudes qui trouvaient que les tracts et les rendez-vous avec les élus étaient une perte de temps. Elles achetaient des cadenas à la boutique Le Spécialiste des verrous et demandaient au groupe de s'enchaîner pour les tester avant l'arrivée des pelleteuses.

Dès la première réunion, Angela avait compris qu'elle aurait du mal à se fondre dans cette masse-là. Son jean était trop à la mode et ses plus petits talons déjà trop hauts. Mais personne ne protesta contre sa présence et, lors de la deuxième réunion, elle portait un gilet acheté dans un dépôt de l'Armée du Salut.

Elle prononce le verbe « acheter » comme s'il s'agissait d'un acte anodin. Dans l'univers de Kouplan, cinquante couronnes, c'est déjà une petite fortune. Enfin, pas en ce moment précis, mais en général.

Le plus drôle avec la tenue d'Amanda, c'est que Georg y avait fait référence quelques semaines plus tard. Les bourgeois, disait-il, ne laisseraient jamais entrer quelqu'un comme lui dans leurs bureaux. Même en costume, il serait démasqué. Mirjam se faisait généralement traiter de droguée. Quant aux deux sœurs, elles clamèrent que si elles se retrouvaient nez à nez avec un individu de droite, il leur serait impossible de réfréner leur haine.

— Et Amanda ? proposa Georg. Ne le prends pas mal, Amanda, mais tu es celle d'entre nous qui a l'air le plus centriste.

— C'est dingue comme les choses s'enchaînent, fait remarquer Angela. Réfléchis. Toi et moi, nous sommes ici tous les deux parce que Georg avait des préjugés sur l'apparence « centriste ».

— Je devrais le remercier, lance Kouplan – et le regrette immédiatement. Enfin, je ne dis pas que tu as bien fait de voler Jenny.

— Évidemment. Mais ça t'a donné du boulot.

— Ce n'est quand même pas Georg qui a planifié l'escroquerie.

Angela jette un coup d'œil par la fenêtre.

— Personne n'a planifié la prétendue escroquerie.

Kouplan attend qu'elle poursuive, mais elle se tait, la respiration lourde et le regard perdu quelque part entre le ciel et les toits.

— « Prétendue » ?

Elle tourne les yeux vers lui.

— Comment ça s'appelle quand on vole un voleur ?

Brusquement, Kouplan se dit qu'elle est peut-être en train de lui raconter des salades. Angela a menti à Dag et à Jenny, alors pourquoi pas à lui ? Il fait de son mieux pour mémoriser cette histoire insensée ou, du moins, improbable.

— Au début, l'histoire du terrain, c'était juste un truc comme ça, assure Angela. J'étais parano, tu sais, j'avais l'impression que Jenny me soupçonnait. Comme Dag. Pourtant, on était super amoureuses, même passionnées, enfin, je ne sais pas... Bref, un jour, dans le métro, j'ai entendu quelqu'un parler d'un terrain dans l'archipel. Je me suis dit que ça faisait typiquement suédois et juste assez bourgeois. Amanda devait posséder un terrain dans l'archipel.

Une pensée traverse l'esprit de Kouplan à la vitesse d'un éclair : il ne raconterait jamais des choses pareilles, inventées de toutes pièces, sur lui-même.

— Tu as sûrement fait pareil, enchaîne Angela. Transformé ta voix, ajouté un détail insignifiant qui n'est pas entièrement vrai. Comme d'avoir été détective en Iran.

Elle le dit apparemment sans porter de jugement, mais Kouplan se sent profondément gêné, voire indigné. Elle s'arroge le droit d'égratigner son image de lui-même... Pour qui se prend-elle ? Que sait-elle de ses mensonges à lui ? Il y a quand même une différence, non ?

— Bref, on ne pouvait pas se montrer en public. C'est dans ce contexte que je lui ai parlé du terrain. Ensuite, je n'ai pas pu faire marche arrière.

— Tu aurais quand même pu éviter de lui voler deux cent mille couronnes.

— Laisse-moi terminer. Ce que je te raconte, c'est la raison pour laquelle on est parties dans l'archipel visiter le terrain. Il s'est passé d'autres choses aussi mais... John !

Elle l'interpelle comme s'il ne l'écoutait pas.

— John, tu dois me croire. Sinon, je ne te dis plus rien.

Son regard le taquine. Mieux vaut arrêter de se sentir offensé quand elle le traite de menteur. Il faut rester au-dessus de ça.

— Jenny sait ce qu'elle veut, reprend Angela. Elle a l'habitude d'avoir de nombreux projets en cours, elle est maniaque, il faut toujours qu'elle contrôle tout.

— Oui.

— Mais parfois, quelque chose lui échappe. Comme le jour où son téléphone portable a sonné en son absence.

— Elle l'avait oublié ?

— Elle en avait deux. J'ai répondu. C'était un mec de l'entreprise de BTP BEON qui voulait vérifier que l'argent était bien arrivé et que tout était prêt pour la réunion. Tu as entendu parler de BEON ?

— Non.

— Ils raflent tous les chantiers à Stockholm. En tout cas depuis que Jenny est devenue conseillère municipale.

Elle garde le silence et laisse à Kouplan le temps de réfléchir. *Recherche sur BEON*, note-t-il mentalement. *Appeler Jenny. Reconstituer la chronologie d'Angela, vérifier si ça colle.*

— Comment peux-tu savoir si elle a accepté des pots-de-vin ? Le type parlait peut-être de versements tout à fait anodins.

— J'ai vérifié, qu'est-ce que tu crois ? J'ai consulté ses transactions sur son ordinateur et, finalement, j'ai pris rendez-vous chez BEON... Un vrai détective privé ! Tu tiens toujours à la défendre ou tu veux savoir ce que j'ai découvert ?

— Savoir ce que tu as découvert.

— Jenny a escroqué la ville de Stockholm de trois cent quinze mille quatre cents couronnes. Tu crois qu'elle l'a fait parce qu'elle est pauvre, comme nous ?

Question rhétorique. Il la laisse répondre.

— Non, elle l'a fait parce que c'est une femme politique corrompue parfaitement ordinaire.

Angela ne prend plus la peine de contrôler sa voix qui grimpe dans les aigus.

— C'est à ce moment-là que j'ai perdu tout mon respect pour elle.

25

Kouplan a du mal à croire que Jenny ait pu détourner plus de trois cent mille couronnes. Non pas qu'il ait détecté quoi que ce soit d'honnête ou de fragile dans son regard, mais parce qu'elle n'engagerait pas un détective pour se venger du vol d'une somme qui ne lui appartient pas depuis le début. Les gens ont quand même une conscience, non ?

D'un autre côté, cela impliquerait qu'Angela lui ment. Ou – son expérience de l'automne précédent le lui a appris – qu'elle est persuadée de quelque chose qui peut se révéler faux.

Une sonnerie. Deux. Kouplan se faufile hors de l'appartement. Lorsque Jenny répond, il est dans la cage d'escalier.

— Bonjour, dit-il tout bas pour éviter que sa voix ne se réverbère.

Il sort dans la cour et se dirige vers le kiosque et sa jolie vendeuse.

— Ça avance ? demande Jenny. Du nouveau ?
— Un peu. Juste une petite question.
— Oui ?
— Comment vous étiez-vous procuré l'argent ?

Il lui a déjà posé la question, mais cette fois-ci, il remarque une hésitation dans la réponse. Même si elle ne dure pas plus d'une ou deux secondes.

— Je vous l'ai déjà dit, c'était mes économies.

— Vous en êtes sûre ?

— Comment ça ? Qu'est-ce que vous fabriquez, au juste ?

Sa voix vibre, elle exprime un agacement qui n'a pas lieu d'être. Kouplan se demande s'il doit dépasser les bornes, puis décide de le faire.

— C'est BEON qui vous l'a versé ?

Silence. Une seconde. Deux. Trois. Quatre.

— Pour qui vous travaillez, à la fin ? interroge Jenny.

— Pour vous.

— Je vous ai engagé pour vous rendre service. Alors s'il vous plaît, rendez-moi service en retour. Ne m'accusez pas de trucs complètement dingues. Enfin, je suppose que vous avez parlé avec Amanda.

— Oui.

— Elle est convaincante, n'est-ce pas ?

Vous l'êtes toutes les deux, songe Kouplan. *Mais je ne suis pas un idiot pour autant.*

— Ce n'est vraiment pas bien, Kouplan, reproche Jenny. Vous avez dévoilé votre jeu. Elle est sûrement déjà loin de Göteborg, en route pour l'étranger. Bonne chance pour la retrouver maintenant.

— Je la surveille, ment Kouplan.

— Sérieusement, vous n'allez quand même pas croire à ses histoires complètement démentes alors que vous savez le genre d'individu que c'est ? Vous m'écoutez, au moins ?

— Parfaitement.

Il l'écoute. Et ce qui résonne le plus fort, c'est qu'elle n'a pas dit « non ».

Il fait un tour à la bibliothèque, où on lui apprend que les ordinateurs sont en accès libre et qu'il suffit d'ouvrir une session avec les identifiants inscrits sur sa carte de bibliothèque.
— Je n'ai pas de carte ici, répond-il avec son sourire le plus charmant et ennuyé. Je suis de… Jönköking.
Il paraît qu'à Göteborg, on n'aime pas tellement les gens de Stockholm. La bibliothécaire lui rend son sourire ennuyé.
— Impossible, malheureusement. Mais vous pouvez vous faire faire une carte très rapidement. Il suffit de présenter vos papiers d'identité.
Kouplan prétend les avoir oubliés chez lui.
— Mince… Je voulais juste vérifier deux ou trois trucs, ça n'aurait pris que dix minutes…
Avec une légère grimace, la bibliothécaire le jauge du regard.
— Qu'est-ce que vous vouliez vérifier ?

Elle reste derrière son dos alors qu'il tape « BEON » dans le moteur de recherche Google. L'entreprise a été fondée en 2005 et, depuis 2012, elle a effectué un grand nombre de chantiers pour la ville de Stockholm. Il vérifie l'année où Jenny est devenue conseillère municipale. 2011. Il lance une recherche avec les mots-clés « BEON Jenny Svärd » et « Svärd mission BEON » mais cela ne donne rien. La bibliothécaire jette un coup d'œil à l'écran.
— Vous cherchez du travail ?

Kouplan secoue la tête.

— Je voudrais savoir si c'est Jenny Svärd qui décide quels projets la ville de Stockholm confie à BEON.

De ses doigts fins, la bibliothécaire tape des mots-clés comme « Agence BTP ville de Stockholm » et « contrats BEON » et lui annonce finalement qu'elle a trouvé la réponse dans un PDF.

— Regardez, dit-elle en désignant des mots qui n'existent pas dans les dictionnaires bilingues.

— Qu'est-ce que ça veut dire ?

— Ces trois chantiers, vous voyez ? Svärd est l'une des signataires. C'est pour un exposé à l'école ?

— Hmm, répond Kouplan en se levant. Merci.

— En sciences politiques ? lui demande la bibliothécaire.

Avant de partir, Kouplan regarde attentivement ses rides mélancoliques autour de la bouche et les racines grises de ses cheveux sous sa teinture châtain clair.

— Merci mille fois pour votre aide.

Mission suivante : se rendre à l'Espresso House. La caissière, dont il est quasiment sûr qu'elle est latina, est déjà sa confidente. En chemin, il se rend compte qu'il pourrait y croiser Angela. D'après la jeune fille, elle y va « genre tous les jours ». Inutile qu'elle le surprenne en train d'enquêter sur elle.

— Excusez-moi, s'entend-il dire à trois mecs dans la rue.

Il n'aime pas ça. Pour diverses raisons, par exemple le sentiment d'exclusion, il préfère aborder les filles.

— « Excusez-moi »…, l'imite un des garçons avec un large sourire moqueur.

— Vous parlez espagnol ?

Et aussi à cause d'un truc qui lui est arrivé quand il travaillait au kebab d'Azad. Enfin, c'est peu probable qu'on lui saute dessus en pleine rue. L'un des garçons acquiesce énergiquement.

— ¿ *Que pasa ?* demande-t-il avec un clin d'œil. Mais n'essaye pas de parler espagnol avec Jorge ! Hein, Jorge ?

Il donne un coup de coude dans les côtes de Jorge. Kouplan sort son téléphone. Le locuteur de l'espagnol tend le cou.

— Waouh ! Le dernier iPhone ! Je croyais qu'il ne sortait qu'en septembre.

Ricanements. Kouplan ouvre sa boîte vocale.

— Vous pouvez me traduire ça ?

— Pas de problème. Deux cents couronnes. Je rigole, c'est gratuit. Vas-y.

Dans la plus grande concentration, trois gamins d'à peine vingt ans sont penchés sur l'Ericsson T610 de Kouplan, qui émet la voix d'Angela, ténue. Les paroles de son interlocutrice sont noyées dans le bruit de fond de l'enregistrement. Un tramway passe et les trois garçons baissent simultanément la tête pour mieux entendre.

— D'accord, dit Jorge. Elle voudrait être avec sa mère, c'est à elle qu'elle parle.

— Ta gueule, tu ne parles pas espagnol ! ricane un garçon. Je rigole ! ajoute-t-il avec un regard en coin à Kouplan. Il a raison, c'est sa mère. Elle va se faire opérer.

— Elle a besoin de se faire opérer, intervient un autre. Elle va peut-être se faire opérer, si l'argent arrive. Elles s'inquiètent toutes les deux.

— Elle a un truc au ventre, continue Jorge.

— Un kyste, précise le premier. Une boule, quoi. Elles voudraient être réunies. Elle voudrait, c'est-à-dire la mère, elle voudrait venir en Suède, mais ce n'est pas possible.

— *Sabes que no es posible*, dit le troisième. « Tu sais que ce n'est pas possible. » On dirait ma mère.

— Ah ouais, putain, approuve le premier. Exactement.

Le trio s'éloigne sans lui demander pourquoi il avait besoin de cette traduction ni qui est cette mère qui a un kyste au ventre. On ne lui a pas non plus demandé s'il était « un mec ou une fille ». Parfois, songe Kouplan, on a vraiment l'impression que les gens ne se soucient que d'eux-mêmes. D'ailleurs, de temps en temps, ce n'est pas plus mal.

Il retourne à la bibliothèque, prend place à une table et fait son possible pour ressembler aux autres étudiants. Sauf que ceux-ci ont tous des ordinateurs portables alors que Kouplan prend des notes dans un vieux cahier dont la couverture se détache. Il ne lui reste plus que cinq pages vierges. Il trace un trait vers Angela, écrit *mère*, *kyste au ventre* et *veut venir en Suède*. Une pensée pour sa propre mère lui donne un haut-le-cœur. Il prononce en silence un rapide : *Mon-Dieu-s'il-te-plaît-fais-qu'il-ne-lui-arrive-rien*. Si elle avait besoin d'être opérée, lui aussi volerait de l'argent à des conseillers municipaux qui roulent sur l'or. S'il en avait la possibilité.

D'où venait l'argent ? écrit-il sur une nouvelle page. Il a l'intuition que sa meilleure preuve est la réponse évasive de Jenny. Sinon, elle aurait clamé son innocence. Il ne se souvient pas mot pour mot de ce qu'elle a répliqué, mais ce qui l'a énervée au plus haut point, manifestement, c'est qu'il soit entré en contact avec Angela. Et puis les faits ont été confirmés par la bibliothécaire qui a trouvé un document sur le rôle joué par Jenny dans l'attribution de chantiers à BEON. Angela serait-elle capable d'inventer de toutes pièces une histoire pareille ? Est-il plausible que, pour concocter son récit, elle ait fait des recherches aussi avancées sur Internet, qu'elle se soit même renseignée sur les entreprises de BTP auxquelles Jenny avait eu affaire ? Et si c'était le cas, pourquoi Jenny n'a pas nié les faits ?

La bibliothèque est un lieu paisible, comme une école ou un hôpital, un espace où les gens s'adonnent à des activités calmes qui développent l'esprit. À côté de Kouplan, une blonde suit du doigt les lignes d'un très gros livre en poussant parfois un soupir. En face de lui, un jeune homme qui pourrait être lui-même consulte tantôt un ouvrage sur papier, tantôt l'écran de son ordinateur. Il a la coupe que Kouplan aurait aussi s'il avait les moyens d'aller chez le coiffeur.

Si un policier entrait dans la bibliothèque à cet instant, cela ne passerait pas inaperçu. Quelque chose changerait dans l'atmosphère, le calme se transformerait en vigilance et les étagères, en murs protecteurs. À la bibliothèque, Kouplan se sent en sécurité – un sentiment traître par lequel il se laisse bercer.

Toutes les bibliothèques ont la même odeur.

À la bibliothèque de Jönköping, on trouvait des ouvrages en suédois et en anglais. Pour commencer, Kouplan alternait littérature jeunesse suédoise et littérature générale anglophone – cette dernière lui permettait de se détendre et de se sentir comme un être humain. Sinon, à force de consacrer ses journées à « Regarde, Titou, c'est Chien », on devient fou. Kouplan se souvient avec émotion du jour où il était passé à l'étagère de « lecture facile » en suédois : il avait dévoré toute la série de Fogelström sur la ville de Stockholm ainsi que neuf adaptations de Selma Lagerlöf. C'était une lutte constante, des chamailleries incessantes avec son dictionnaire bilingue de plus en plus rabougri. Un jour, environ un an plus tard, il s'était brusquement aperçu qu'il lisait le suédois sans le remarquer. Le livre s'intitulait *Barjos & Neuneus*.

Siri lui avait fait un sourire béat quand, n'ayant pas trouvé le mot dans le dictionnaire, il lui avait demandé la signification de « barjo ».

— Des fous dans notre genre, avait-elle dit. Tu ne te reconnais pas ?

Se reconnaître était un verbe réflexif qui pouvait avoir deux sens : se reconnaître en quelqu'un d'autre ou savoir qui on est.

D'après Siri, Kouplan devait se reconnaître dans le livre parce qu'on y confondait Simone avec un garçon et que cette dernière l'acceptait sans broncher. Dans sa nouvelle classe, elle devenait Simon et s'empêtrait dans une aventure avec Katti, une fille populaire de l'école, alors qu'en réalité, elle était amoureuse d'Isak. Si Kouplan se reconnaissait dans Simone...

— Hmm..., avait-il répondu à Siri qui s'attendait à une expression d'adhésion.

Le fait même qu'elle lui pose la question l'avait blessé. Simone était une fille qu'on confondait avec un garçon. Kouplan, un garçon qu'on prenait pour une fille. Que son propre corps prenait pour une fille. L'histoire de Simone la barjo lui faisait tourner les pages, les mots cessaient d'être du suédois, devenaient immédiatement lisibles, il voulait connaître le fin mot de l'histoire. Il en fut déçu.

Ces événements avaient dû se dérouler environ un mois avant que tout ne soit fichu en l'air.

— J'ai terminé les *Barjos*, avait-il déclaré, le regard tourné vers le plafond.

La tête de Siri reposait sur son maigre bras et son tendre corps le recouvrait à moitié. Elle avait écarté ses dreads entortillés.

— Je ne me suis pas reconnu.

Désormais, Siri lui caressait la poitrine en évitant les boules de graisse. Ils ne les nommaient même plus, Siri trouvant « boules de graisse » trop dépréciatif et Kouplan ne voulant pas les qualifier de « seins », trop féminin.

— Moi non plus, assura-t-elle. Pourquoi est-ce qu'elle est obligée de tomber amoureuse d'Isak alors qu'elle a Katti ? Elle n'a pas le droit d'être goudou ?

— Je voulais dire que je ne me suis pas reconnu quand elle s'est mise en garçon.

— Habillée en garçon, le corrigea automatiquement Siri. Parce qu'elle se rechange en fille après ?

— Parce que c'est tout le temps une fille.

— Alors que tu te sens comme un mec.

Toujours les mots. « Se sentir » avait peut-être un sens très profond en suédois, mais il frôlait tout de même dangereusement celui de « feindre ».

Bizarrement, Kouplan s'était senti plein de gratitude la première fois que Siri l'avait prononcé à son sujet.

— Tu te sens comme un garçon ? avait-elle dit cette fois-là.

Le soulagement de Kouplan avait frisé le bonheur. Mais quelques mois plus tard, l'expression était un boulet qui le retenait en arrière.

— Alors que je suis un homme, répondit-il. Avec une très petite bite.

Il la provoquait sciemment. Elle n'était pas la seule à pouvoir dire des choses qui fâchent.

— Tu en as de toutes les tailles, répliqua Siri avec un signe de tête vers le tiroir de sa table de chevet.

Dans sa voix résonnait un avertissement.

— Je parle de la vraie, signifia Kouplan.

Il ne comprenait pas lui-même pourquoi il insistait. Cela ne pouvait que mal se terminer.

— De ma minibite.

Enfin, si, il insistait parce que son membre enflait dans son caleçon à chaque fois qu'il en parlait. Il insistait pour la même raison qu'enfant, il continuait à taquiner Nima quand ce dernier lui demandait d'arrêter. Parce qu'il sentait qu'en le faisant, son membre grossissait. Siri avait poussé un soupir.

— Tu sais que je suis lesbienne, Nes. Tu veux me refroidir, ou quoi ?

— Tu es excitée ?

— Non.

— Alors je ne peux pas te refroidir.

— Si, en disant ça. Ça me refroidira pour les jours à venir aussi.

« Ma bite », faillit répéter Kouplan, mais il se retint.

Elle aussi taisait quelque chose. Des idées ressassées s'insinuaient entre Siri et Kouplan, dans l'air qu'ils respiraient ensemble, dans leurs sueurs entremêlées, parmi leurs poils entrecroisés. Siri rompit la glace.

— Je me disais que tu te reconnaîtrais parce que tu es androgyne, dit-elle. Comme Simone. Elle se comporte comme un mec et aime jouer ce rôle, même si c'est seulement provisoire. Je me disais que tu pouvais t'aimer en tant que créature androgyne. Parce que tu es les deux et qu'en toi, les deux sont formidables.

La fille en Kouplan n'était pas formidable. Elle se réduisait à des concentrations graisseuses indésirables et au comportement des autres envers lui. Il la vivait comme une camisole de force gonflée aux mauvais endroits.

— Tu crois vraiment que je peux m'aimer comme ça ?

— Moi, je t'aime comme ça. Tu es masculin en dedans et féminin en dehors. Je trouve ça attirant, tu ne le comprends pas ? Tu ne vois donc pas que c'est beau ?

On peut aimer une femme aux dreadlocks blonds et durs, à la peau douce là où le cou devient nuque, une femme qui ambitionne de rappeler au monde le sens de la solidarité et d'autres notions oubliées, une femme aux seins mous et aux lèvres chaudes qui a toujours une pièce à donner à un mendiant. On peut aimer qu'elle ne soit qu'à vous, on peut aimer qu'elle vous aime et, en même temps, détester ce qu'elle aime en vous. C'est possible.

Siri trouvait beau ce qu'il avait mais qui n'était pas lui. Kouplan se tut. Elle s'endormit sur son bras. Il resta immobile même quand il eut des fourmis, car elle était ce qu'il avait éprouvé de plus beau.

26

Lorsque Jesper ouvre la porte à Kouplan, il ne tient pas un pinceau ruisselant à la main, il n'a pas le regard teinté de sauvagerie et n'est pas enroulé dans du fil de fer censé constituer une œuvre d'art impérissable. Il a des rides fatiguées autour de la bouche et les paupières qui tombent.

— L'humanité est un triste ramassis de parasites, le salue-t-il. Encore un match à l'extérieur ?

Kouplan ne comprend pas de quoi il parle et secoue la tête.

— Opprimer ou être opprimé, précise Jesper, voilà ce à quoi se résume notre condition. Disparaître ou écraser. Et ça, qu'est-ce que ça représente ?

Il désigne la sculpture qu'il a créée trois jours auparavant, désormais placée dans le hall.

— Un truc bleu, répond Kouplan.

Jesper secoue la tête.

— Je voulais dire : qu'est-ce que ça signifie ? Alors que nous vivons, que nous nous parasitons, que nous mourons, que nous faisons des enfants qui s'exploitent ensuite entre eux, qu'eux-mêmes font des enfants qui exploitent les enfants des autres… Et ça, qu'est-ce que ça représente ?

Kouplan fait une grimace compréhensive.

— Toujours un truc bleu. On prend un café ?

La misanthropie éphémère de Jesper s'avère bénéfique.

— Tu ne voudrais pas plutôt un verre de vin ? suggère-t-il en s'en servant un. Qu'est-ce que tu m'avais demandé sur Jenny, au fait ?

— Tu dis que certains exploitent et que d'autres sont exploités. Et Jenny, dans tout ça ?

Jesper ricane comme si la réponse était trop facile.

— Jenny s'en sort toujours.

— Si je te pose une question, tu me promets de ne pas le lui dire ?

C'est plus qu'acceptablement naïf. Toute l'histoire entre Jenny et Angela ne découle-t-elle pas du fait qu'une promesse ne vaut rien ?

— D'accord.

— Est-ce qu'elle est capable de voler ?

Jesper réfléchit. Les yeux plongés dans son verre, il fait tournoyer le liquide comme s'il s'apprêtait à en sentir le bouquet.

— Je ne le crois pas. Sa carrière est très importante pour elle, c'est vrai, mais de là à voler quelqu'un…

— Et si ce n'était pas quelqu'un, mais une grande entreprise, ou l'État ?

Jesper médite. Kouplan observe ses mouvements oculaires en tentant d'y déceler quelles parties de son cerveau s'activent. Il croit avoir lu quelque chose à ce sujet.

— Ça dépend, dit Jesper avec un profond soupir. J'aimerais beaucoup pouvoir t'affirmer que ma sœur est au-dessus de ça.

— Alors… Elle ne le ferait pas ?

— J'aimerais pouvoir te l'affirmer, répète Jesper en insistant sur le « j'aimerais ».

— Mais… ?

— Tu connais l'école Anders à Stockholm ? Pédagogues spécialisés, méthodes éducatives très efficaces pour les enfants qui ont des problèmes psychiatriques… L'école s'est fait expulser de ses locaux et a dû cesser ses activités.

— Ah oui ?

— Jenny aurait pu l'empêcher. Alors oui, elle est immorale.

Il boit trois gorgées de vin.

— Cela dit, on est tous pareils. Nous avons inventé la morale pour pouvoir faire ce que nous voulons par ailleurs. C'est une construction qui cache notre comportement de bêtes dans la jungle. Nos seuls buts, au fond, c'est survivre, baiser et avoir des enfants qui seront plus forts que ceux du voisin.

Morale et survie. Kouplan les imagine en bouts de bois dérivant dans deux directions opposées et projette mentalement quelques vérités sur la porte des toilettes, son canevas du moment. Jesper est peut-être complètement à côté de la plaque, mais il a tout de même mis le doigt sur une chose. Le diabète d'Angela, sa mère malade… Combien pèse la morale en comparaison ? Une escroquerie qui compense une décision injuste d'expulsion, un vol qui compense l'injustice de tout un système. Faut-il lutter contre les injustices en en créant de nouvelles ? Quels sont les principes fondamentaux du monde ? Si, en fin de compte, tout est injuste… Kouplan retient son souffle et s'apprête à examiner le papier-toilette qu'il vient d'utiliser. Au mieux, il sera blanc avec une tache de pipi un peu plus foncée. Dans ce cas, le danger sera passé et il pourra se considérer comme sain et sauf.

Mais le sang forme une traînée rouge foncé qui ressemble à une carte de Suède.

Sur l'ordinateur fixe de Jesper, Kouplan cherche des explications. Il lit le témoignage de quelqu'un qui s'est mis à saigner du nez après avoir pris des anabolisants, ainsi qu'un rapport détaillé sur les diverses causes de saignement au niveau du rectum. Il tape de nouveaux mots-clés : « santé transsexuels hormones ». Les résultats l'informent sur des changements qu'il a déjà vécus : transformations de la voix, des muscles et de la pilosité. Puis : « Certains décident de prendre des hormones sans suivi médical. Ce choix comporte de gros risques. »

Il se renseigne également sur BEON et Gustav chez lequel Angela fait le ménage. Il tape ensuite *Angela Torres actress Colombia* ; cela dit, il est quasiment sûr qu'elle ne lui a pas donné son vrai nom. Une multitude de beautés souriantes apparaissent à l'écran – pas d'Angela. Des expressions artificielles, surjouées. L'onglet sur les hormones le dérange, il le ferme. « Si vous connaissez quelqu'un qui prend des hormones sans suivi médical, conseillez-lui de vérifier régulièrement son état de santé général auprès d'un professionnel. S'administrer des hormones en automédication présente des risques graves pour la santé. »

— Dis donc, Kouplan, lui dit Jesper, qu'est-ce que tu fabriques, au juste, pour Jenny ?

— Des repérages, répond prestement Kouplan.

Il se demande ce que Jenny aurait répondu. Jesper est tout de même son frère. Kouplan n'est-il pas autorisé à lui parler de l'affaire ? Jesper s'assied.

— Pour quoi ?

— Pour... Eh ben... Un projet de construction, des trucs comme ça. C'est confidentiel.

— En rapport avec son boulot ?

— Oui.

Jesper sourit.

— Des trucs payés en liquide ? Sans factures ?

— C'est en parallèle avec le boulot. Mais lié. Je dois trouver... des trucs.

— C'est pour ça que tu te poses des questions sur son éventuelle immoralité ? Pour savoir si c'est un projet moralement condamnable ou pas ?

— Quelque chose dans le genre.

Jesper prend un air théâtral et darde sur Kouplan un regard dramatique.

— Alors je ne peux pas t'aider. Mais je peux te dire une chose : si elle était mêlée à des affaires douteuses, je crois quand même que tu devrais rester dans son camp.

— Comment ça ?

— Jenny possède deux choses que je n'ai pas, et trois que tu n'as pas, toi : de l'argent, des contacts...

Il compte sur ses doigts.

— ... et un capital culturel.

Göteborg ressemble à la mission de Kouplan. La ville est pleine de routes qu'on croit droites et qui finissent par dévier, de rues qu'on croit parallèles et qui se croisent subitement. Quand Kouplan essaye de changer d'itinéraire pour se rendre chez Angela, il est obligé de revenir au point de départ et repartir.

Le point de départ, dans son cas, c'est qu'il travaille pour Jenny. Quelle que soit la façon dont elle se procure son argent, c'est elle qui lui permet d'acheter de quoi manger. Il pense au proverbe : on ne scie pas la branche sur laquelle on est assis. *Choisis ton camp, Kouplan. Celui qui te paye ou l'autre, qui ne te paye pas.*

Le raisonnement est en contradiction avec tout ce que ses parents lui ont appris.

Quand il rentre, Angela est devant la télé. Enfin, quand il revient, pas quand il « rentre ». Elle a acheté des hot-dogs et lui en propose un. Il refuse malgré les protestations de son estomac, qui crie famine.

— Tu es végétarien ?
— Non.
— Tu n'as pas faim ?
— Je suis un peu musulman sur les bords.
Elle rit.
— Un peu sur les bords ? C'est-à-dire ? Faute de grives, on mange des merles.
— Je ne t'ai pas demandé de me nourrir.
— Mais tu as faim. Mange du pain, au moins.

Tout comme Pernilla, Angela se mêle de ses habitudes alimentaires. En mâchant son pain, il perçoit un arrière-goût qu'il imagine être celui du cochon, mais qui peut aussi bien venir de produits chimiques. Angela l'interroge.

— Qu'est-ce que tu penses des talibans ? Tu trouves qu'ils ont raison ?

— Qu'est-ce que tu penses de Breivik ? Ça revient au même.

— Tu pries cinq fois par jour ?

— Non.

— Tu lapides les homosexuels ?

— Non.

— J'ai de la chance, alors.

Le mot « homosexuel » lui rappelle Siri. À vrai dire, il n'a jamais pensé à Angela en ces termes. Il a pris pour acquis qu'elle adaptait son orientation sexuelle aux circonstances. Faute de grives, on mange des merles…

— Je n'aime pas les hommes, déclare Angela dans un brusque souci de pédagogie. Pas de cette façon-là, en tout cas. Ne le prends pas mal.

C'est la deuxième fois qu'Angela lui parle manifestement comme à un homme. Elle ne peut pas savoir à quel point cela lui réchauffe le cœur, ni combien il est heureux de ne pas être désiré par une lesbienne. Et il ne le lui dira en aucun cas.

— D'accord.

— Ravie que tu ne me lapides pas.

Il rit et grignote des graines de sésame tombées dans son assiette.

— Ravi que tu ne me lapides pas non plus.

— C'est vraiment sympa de ne pas s'entrelapider.

27

Kouplan rapporte des assiettes à la cuisine, songeur. Angela regarde une émission sur les robes de mariées. Il pourrait lui parler de la question alimentaire, lui expliquer que ça n'a pas grand-chose à voir avec la religion, que c'est une histoire de ressenti. Qu'il est ici, qu'il parle couramment suédois, qu'il a oublié les proverbes de son père et la voix de sa mère tellement il s'est efforcé d'acquérir sa nouvelle langue. Qu'il n'a même pas pu dire au revoir à Nima, qu'il est devenu quelqu'un qu'il ne devrait probablement pas être. Mais elle ne comprendrait pas le rapport avec la viande de porc.

Il y a pourtant d'autres problèmes qu'elle est sûrement la seule à pouvoir comprendre.

— Il t'arrive de te demander quel genre de personne tu serais devenue si tu ne vivais pas dans la clandestinité ? lui demande-t-il, de retour dans le salon.

— Comment ça ?

— Ce que je veux dire, c'est qu'on vieillit dans la peur. Je suis devenu plus prudent et plus nerveux, en tout cas, c'est ce que je crois. Je n'arrive plus à faire la part des choses entre mon caractère profond et ce qui est lié aux circonstances. Si je n'étais pas obligé de cacher mon identité, je serais peut-être malgré tout devenu plus prudent avec l'âge. On ne sait même plus si on sait qui on est.

Les mots dégringolent de sa bouche en cascade, cela faisait un moment qu'il y pensait. Angela se tait. À la télé, une Américaine cherche une « trompette du genre sirène ».

— Je ne raisonne pas comme ça, répond-elle finalement. Je me dis que la vie me façonne. Et que je n'aurai pas d'autre vie que celle-ci. Voilà qui je suis. La peur est un sentiment que je dois surmonter. Maintenant, pas plus tard, parce que je n'ai que ce présent-ci à vivre. On dirait que tu considères ta vie présente comme une parenthèse.

— Je ne pige pas comment tu arrives à surmonter la peur. Où tu trouves le courage.

— Je ne pige pas comment tu arrives à vivre dans la peur. C'est peut-être ton dernier jour en vie, il faut en profiter mieux que ça.

Angela possède une sacrée force. Elle l'observe, Kouplan retient volontairement son attention, espérant que son regard lui transmettra un peu de son énergie. Il voudrait en être inoculé, la laisser féconder ce qu'il est devenu. Il se demande comment elle s'est construite.

— Raconte-moi ce que tu as fui.

— Tu as entendu parler de la mafia colombienne ?

Ainsi commence le récit d'Angela. Il s'agit de trafic de drogue, « un commerce bien plus important en volume que le marché suédois des bonbons », ce qui n'est pas peu dire. Il s'agit également d'un dénommé Stephan. Enfin, il est mort.

Elle habitait à Bucaramanga, dans un appartement équipé d'une gazinière et décoré de posters. De vieilles affiches de cinéma qui lui rappelaient les grands du show-business. De temps en temps, elle cherchait l'étincelle d'Elizabeth Taylor dans son propre regard. Parfois, elle la trouvait. Dans la rue, il y avait des gangs. Quasiment tous les garçons se retrouvaient dans un gang, manipulés par de plus grands qu'eux. Les mecs avaient leurs tatouages et les filles, leur corps, mais tout n'était pas que misère. Angela aimait une dénommée Evita.

— Il y a si longtemps…, évoque-t-elle avec nostalgie.

Stephan protégeait des femmes. Alors que les coups de feu retentissaient comme du pop-corn entre les murs, la nuit – le jour aussi, d'ailleurs –, il fallait quelqu'un pour les protéger. Angela n'avait ni livres ni petit ami. Stephan décida donc qu'elle lui appartiendrait. Ainsi commencèrent les ennuis.

Angela ne voulait pas parler de ce qu'il lui avait fait ni de son impuissance face à lui. En Colombie, la réalité d'une femme est limitée.

Evita était plus forte qu'elle. Quand Stephan voulait tripoter certaines parties de son corps, elle refusait. Ensuite, elle le racontait à Angela, la nuit.

— Tu peux mourir demain, *mi amor*. Tu veux vraiment passer ton dernier jour sur terre au service d'un homme comme lui ?

« Merci, disait Evita à Stephan, mais je me passerai de ta protection. »

— Tu sais, quand on raconte sa vie à quelqu'un..., souffle Angela. Et que cette personne ne te croit pas...

Le jour où Evita est morte, ou peut-être le lendemain, Angela s'est mise à vomir. Elle se disait que l'âme d'Evita n'était pas restée longtemps au ciel, qu'elle l'avait seulement effleuré avant de redescendre pour plonger dans son utérus. Elle comprit alors qu'il fallait partir.

Kouplan écoute. Elle va certainement lui dire que l'enfant est mort. Quelque chose dans sa voix lui rappelle celle de Pernilla quand elle parlait de sa Julia disparue. Mais les enfants – il le sait mieux que personne – ont différentes façons de disparaître.

— Il a neuf ans. Il vit avec ma mère à Calavia.

Kouplan se tait. Si sa mère avait dû les abandonner, Nima et lui... Angela semble parfaitement impassible. Pour raconter des choses tragiques, il suffit parfois de prononcer les mots. Inutile d'en rajouter. Ensuite, on est soulagé.

— Il avait onze mois la dernière fois que je l'ai vu.

Kouplan fait preuve d'une certaine lenteur. Il lui faut un moment pour faire le lien avec les conversations nocturnes d'Angela.

— Et ta mère qui s'occupe de lui est malade.

Angela se fige.

— Comment tu le sais ?

Jenny lit *Le Grand Livre de la respiration*, dont la quatrième de couverture promet à son lecteur de retrouver la sérénité. De plus, la veille, au salon de coiffure de Malou, une mère d'enfant en bas âge avait prétendu que l'ouvrage l'avait transformée. « Quand, dans la vie, on traverse une période de déséquilibre, on a tendance à mal respirer, et une respiration inhibée détériore la qualité de vie. Mais on peut agir sur son propre flux respiratoire et, donc, sur sa qualité de vie, même dans des situations difficiles ou stressantes. » Jenny entrouvre les lèvres et aspire un filet d'air, laissant son ventre « s'ouvrir vers l'intérieur ». Elle se sent comme un sac de patates gonflé d'air. Amanda est sûrement en train de manipuler Kouplan, Jenny aurait dû le voir venir. Serait-elle la dernière des idiotes ? Payerait-elle un détective qui se laisse embobiner par sa cible plutôt que d'obéir à son employeur ? Elle aurait dû lui offrir un meilleur tarif. Ou rien du tout.

Amanda a dû lui parler de BEON dès le départ, au passage, l'air de ne pas y toucher. Jenny imagine le tableau : Kouplan se dévoile bêtement et Amanda se fait immédiatement passer pour le gentil de l'histoire. Mais quelle importance d'où vient l'argent ! Ce qui est clair comme de l'eau de roche, par contre, c'est qu'Amanda le lui a volé. Jenny aurait mieux fait de prévenir le Trésor public… Elle ricane intérieurement et expulse trois bouffées d'air pour « réveiller son diaphragme ». Elle aurait dû engager un agent de recouvrement, ils ne posent que deux questions : qui et combien. Le jour où elle avait accueilli Kouplan dans son bureau, n'avait-elle pas remarqué qu'il réfléchissait trop ? Ne l'avait-elle pas lu sur son visage ?

Le plus inquiétant n'est pas qu'il croie les salades d'Amanda mais qu'il décide éventuellement d'aller plus loin – car finalement, quels moyens de pression a-t-elle sur lui ? Elle commence à s'apercevoir à quel point cela lui ressemble peu d'avoir confié une mission pareille à un inconnu comme Kouplan. C'est un événement unique dans sa vie : un projet voué à l'échec.

Elle accomplit le dernier exercice du chapitre, compte jusqu'à dix et expire. Appeler ses anciens clients, cela ne suffisait pas, elle aurait dû procéder à des vérifications plus poussées, elle va sans doute devoir se rendre à Göteborg pour le remettre sur la bonne voie. Ses yeux parcourent les lignes de la page à un rythme effréné. Le flux respiratoire est la clé de tout. « Vous êtes désormais plongé dans une paisible sensation de recueillement. »

— Et toi ? demande Angela.

Les émissions de téléréalité se succèdent : après les robes de mariées, des obèses relookés.

— Toi qui sais tout de moi, même ce que je fais la nuit... Qui es-tu ?

Sa voix est ténue, presque agressive. Kouplan se demande s'il est allé trop loin. Le fils d'un policier trouverait peut-être cela anodin d'écouter à la dérobée des conversations personnelles en pleine nuit et de les enregistrer sur son téléphone, mais voilà, Kouplan est le fils d'une psychologue et d'un homme aux mille proverbes.

Quand on a livré son histoire vraie à l'Office national des migrations et qu'ils l'ont invalidée, il ne vous reste pas grand-chose. Quand on porte son existence sous ses vêtements comme un secret honteux qu'il faut cacher, on n'a pas besoin en plus d'être écoutée la nuit.

— D'accord. Je m'appelle Kouplan.

C'est sa manière à lui de lui demander pardon, il espère qu'elle le comprend. Elle fait un vague sourire.

— Je me disais aussi que John, ça ne faisait pas très iranien.

Kouplan ne dit pas que « Kouplan » ne fait pas persan non plus. De toute façon, ces histoires de noms... On leur donne une importance démesurée. Il n'« est » pas son nom précédent, pas plus qu'il n'« est » l'actuel.

— En Iran, j'étais journaliste et le gouvernement n'appréciait pas ce qu'on écrivait dans mon journal.

— Qu'est-ce que vous écriviez ?

— Des choses sur la peine de mort. Mon... Un collègue du journal s'était spécialisé dans la liberté d'expression. Un jour, il a disparu.

Les sanglots de ses parents. Les espoirs de sa mère – Nima s'était peut-être enfui à temps –, le désespoir de son père, qui s'efforçait tout de même de s'inspirer un peu de la réaction de sa femme. Le silence total de Nima.

— Voilà pourquoi j'ai fui, dit Kouplan rapidement, tentant de ne pas se laisser émouvoir par son propre récit. Et que je suis arrivé au centre d'hébergement pour les réfugiés de Jönköping.

— C'était comment ?

Il lui lance un bref coup d'œil. Personne n'a envie de raconter ce qu'il a vécu dans un centre d'hébergement. Aussitôt qu'on en sort, on fait tout pour l'effacer de sa mémoire. S'il en reste des traces, comme de crayon de papier gommé, on s'empresse de les recouvrir d'autres phrases.

— Et toi, tu étais dans quel centre ?

— À Uppsala.

— Eh bien, le mien était sûrement exactement pareil que le tien, mais plus au sud. Ensuite, j'ai emménagé chez ma copine.

Malgré lui, une onde de chaleur se répand dans son corps. « Ma copine » : deux mots qu'à l'époque, il prononçait dès qu'il le pouvait. Ils entérinaient sa place dans le monde, dans son nouveau pays, sa capacité à aimer et sa virilité. Même si Siri ne le voyait pas ainsi.

— Mon ex, corrige-t-il.

Angela ne dit plus rien, elle l'observe pendant un moment puis elle se tourne vers la télévision. Les présentateurs tâtent les seins d'une participante et lui disent qu'elle a des lolos formidables et féconds et qu'il ne faut plus les cacher sous une tente. C'est une vision répugnante. Comme si on n'avait pas le droit de détester ses propres – prétendus – seins.

Siri était du même avis que les présentateurs de l'émission.

— Ça me fait du mal que tu ne t'aimes pas, disait-elle.

La douleur de Kouplan la faisait donc souffrir, elle aussi. C'était d'autant plus perturbant. Parfois même, cela mettait Kouplan en colère.

— Eh bien si ça te contrarie à ce point, répliqua-t-il un jour, je vais tout de suite arrêter d'être né dans le mauvais corps.

D'ailleurs, il ne se détestait pas, et Siri avait ses bons côtés. Elle lui avait ouvert les yeux en rapportant à la maison de la documentation sur le transsexualisme. « Né dans le mauvais corps » était une formule récurrente. Il la goûta en persan. Posséder le mauvais corps ne signifiait pas que l'âme qui l'habitait fût tordue. Il se souvient du sentiment de se reconnaître, de l'image d'un homme viril sur la couverture d'une brochure, avec une barbe de trois jours et une poitrine plate. Kouplan avait du mal à déchiffrer le texte.

— Il a pris des hormones, lui expliqua Siri.

L'homme de la photo avait donc été comme lui. Kouplan en eut le tournis.

Dysphorie de genre. Siri dut le lui lire tout haut. Elle connaissait déjà un peu le sujet et avait entendu parler d'évaluation psychologique et de mastectomie – l'ablation des seins.

— Comment on fait ? demanda Kouplan.

Elle se renseigna. Il y avait deux moyens : un long qui demandait plusieurs opérations, et un rapide qui laissait de grosses cicatrices. Pendant longtemps, Kouplan voulut lui en demander plus sur le deuxième, mais c'était en lien avec le mot que Siri ne voulait pas l'entendre prononcer.

Ils lurent les brochures. Siri regarda des vidéos postées sur des blogs de trans américains, suivit des débats sur la stérilisation forcée et apprit aux autres membres du collectif à dire « transsexualisme » au lieu de « transsexualité ». Elle fit découvrir à Kouplan le site d'un trans qui n'avait pas pris la peine de s'administrer des hormones ni de se faire opérer. Elle aurait sûrement aimé qu'il se contente de cela. Kouplan savait que sa réaction la décevrait.

— Tu voudrais, lui demanda-t-elle un jour avec une gaieté forcée, qu'on t'appelle « il » ?

Elle souriait, mais il vit à quel point cela lui était difficile. D'ailleurs, la question lui sembla irréelle. Il avait la vague impression qu'on se moquait de lui.

— Ça n'a pas d'importance, dit-il en rougissant.
— Tu es sûr ? Mais tu te sens comme un mec, non ? C'est vrai, quoi.

Il se tortilla, ne sachant quoi dire. Il n'arrivait pas à digérer la question, bien plus énorme que Siri ne pouvait l'imaginer. Il voulait donner la réponse la plus juste possible. Le sujet était brûlant, il le sentait à l'intérieur de lui.

— Appelez-moi comme vous voudrez. J'ai l'habitude qu'on me dise « elle », alors…

Il retint son souffle.

— Mais si tu avais le choix ? insista Siri. Si je te le dis plutôt comme ça : ça te dérange si on t'appelle « il » ?

L'émotion qui traversa Kouplan était le résultat de vingt ans de refoulement. Un nœud qui, tout à coup, commence à se défaire. Une crampe sur le point de lâcher. Et aussi une espèce de terreur.

— Qu'est-ce qu'il y a ? demanda Siri. Qu'est-ce que tu allais dire ?

Il fit plusieurs tentatives, ouvrant et refermant la bouche.

— Le truc, parvint-il finalement à répondre, le cœur battant, c'est que je ne mérite pas qu'on m'appelle « il ».

De longues secondes s'écoulèrent, il s'en souvient très bien. Siri fronça les sourcils, puis éclata de rire.

— Qu'est-ce que tu crois que j'ai fait pour mériter d'être appelée « elle » ? Rien ! On naît et plof, quelqu'un vous colle un pronom. Qu'on le mérite ou non… De toute façon, on a à peine le temps de sortir, tout poisseux, et de pousser un hurlement que c'est déjà là.

Quel mauvais argument... Tu l'entends toi-même, non ?

Elle appela Tommy, le seul des colocataires à se trouver sur place à ce moment-là.

— Il faut que je te raconte un truc sur Nes, dit-elle. Il est complètement taré.

Kouplan s'en souvient comme d'un jour de terreur et d'euphorie. Il avait eu l'impression de décoller comme une fusée, non, d'être un poumon qui vient de respirer pour la première fois. Tommy et les autres suivirent l'exemple de Siri et Kouplan devint « il » – un « il » qui flottait à dix centimètres au-dessus du sol. Ce soir-là, Siri rompit avec lui.

— Elle m'a quand même appris le suédois, lâche Kouplan.

— Qui ?

Une nouvelle émission vient de commencer, un concours de cuisine. Une jeune femme attrape un homard et tente de l'enfoncer dans un faitout. La bestiole s'agrippe au bord du récipient comme si elle connaissait le sort qu'on lui réserve.

— Mon ex. Elle m'a appris des expressions qu'on ne trouve pas dans les dictionnaires bilingues, comme « ne pas cracher dans son verre ». Tu sais ce que ça veut dire ?

— Non.

— Boire. Et aussi « gerber ». Quand on vomit.

— Elle buvait beaucoup ?

Kouplan secoue la tête. Ce n'est pas ce qu'il voulait dire.

— Elle te manque ?

— Non, je ne veux plus jamais la revoir.

Il se sent toutefois moins convaincu que quatre ans auparavant.

— Et ça m'étonnerait que je le fasse, parce qu'elle habite encore à Jönköping.

— Qu'est-ce qu'elle t'a fait ?

— Elle a couché avec quelqu'un d'autre.

C'était vrai. Après la rupture, certes, mais, à l'époque, Kouplan n'avait pas encore déménagé. Siri, pourtant encore plus ou moins considérée comme la « copine » de Kouplan, avait couché avec une certaine Pauline tout de noir vêtue, qui se maquillait des étoiles autour des yeux. Kouplan tente de ressentir la même rage qu'il éprouvait alors mais, en fait, il se demande juste comment va Siri.

— De toute façon, je ne peux pas aller à Jönköping, déclare-t-il. Pas plus que toi, tu ne peux aller à Uppsala.

Angela regarde en silence une pub pour du dentifrice, puis pour les supermarchés ICA et enfin pour une crème hydratante à l'acide hyaluronique.

— Parce que quelqu'un du centre pourrait te reconnaître, ajoute-t-elle.

Il n'arrive plus à éprouver ce sentiment brûlant, cette haine qui l'avait envahi quand il avait compris que Siri avait fait l'amour avec Pauline. Le souvenir lui laisse seulement l'arrière-goût d'une pilule amère avalée il y a bien longtemps. D'ailleurs, c'était Pauline qui lui avait finalement permis de se procurer de la testostérone. Elle connaissait quelqu'un à Stockholm.

Ulrik le blond lui revient à l'esprit. Ils s'étaient donné rendez-vous dans son appartement de Hagsätra, où, sous les yeux de Kouplan, il avait ouvert des boîtes blanches provenant de la pharmacie.

— Ici, lui avait-il montré de l'index. Tu enfonces la seringue tout droit. Une fois tous les trois mois.

Voilà ce que Kouplan avait reçu pour toute prescription. En contrepartie, il avait donné tout l'argent qu'il possédait et plus encore. Il avait emprunté le reste. Ulrik s'était contenté de son numéro de téléphone et de son adresse mail pour seule garantie, ce qui faisait de lui un ange. Qu'il faudra, un jour, rembourser.

Dans une cavité à l'intérieur de Kouplan, le sang dilate un des tampons d'Angela. Encore un.

« Si vous connaissez quelqu'un qui prend des hormones sans suivi médical, conseillez-lui de vérifier régulièrement son état de santé général auprès d'un professionnel. S'administrer des hormones en automédication présente des risques graves pour la santé. »

28

Angela se met à parler le lendemain du 8 mars, au petit déjeuner. À la radio, on annonce une agression lors d'une manifestation, on parle de nazis, mais ça se passe à Malmö. Même si c'était à Göteborg, Kouplan n'aurait pas la force d'être plus terrorisé qu'il ne l'est déjà.

Angela parle de la mort.

— C'est une forme inhabituelle de cancer, je ne sais pas comment ça s'appelle en suédois. Une tumeur entre le foie et… l'autre truc. Là. Ça ne peut pas être opéré par un médecin ordinaire.

Elle pointe le doigt sous ses côtes et cherche ses mots comme Kouplan.

— Je croyais que c'était un kyste, dit celui-ci.

Elle hoche la tête et prend une bouchée de pain grillé.

— C'est ce qu'ils ont cru au début, alors, en famille, on l'appelle encore kyste. C'est comme ça, tu sais bien, quand on parle de la mort. Il a disparu. Il est passé de l'autre côté. En espagnol on dit : « Il est avec les anges. » *Está con los ángeles.*

— En persan, on dit qu'on a un beau destin. *Insha'Allah taraf aghebat be kheir shod.*

Il préfère parler de problèmes linguistiques que de maladie, le sujet le met mal à l'aise. *Ah bon ? Ta mère est en train de mourir d'un cancer ? Ça alors.*

— C'est affreux, fait-il en sachant pertinemment que c'est insuffisant.

— Au cas où tu te demanderais où va l'argent, une petite partie paye mon insuline et j'envoie le reste à ma mère. Par Western Union.

La radio a cessé de parler, on passe une chanson d'Avicii. Angela ramasse des miettes sur la table.

— En tout, y compris l'aller et retour en Argentine, ça va coûter cent trente mille dollars. Il y a six mois, ça me paraissait complètement inaccessible, mais l'argent de Jenny a été…

Elle s'interrompt un instant et cherche ses mots.

— Quand j'ai compris qu'elle l'avait détourné, que finalement, il s'agissait de l'argent des contribuables, j'ai perdu tout le respect que j'avais pour elle. Et j'ai commencé à me dire qu'il pouvait servir à ma mère. Est-ce que tu as déjà été confronté à un dilemme ?

Question rhétorique. Kouplan ne répond pas, il énumère mentalement les choix difficiles qu'il a été forcé de faire dans sa vie, enfin, ceux qui lui viennent à l'esprit. Il en compte trois.

— Je ne veux pas que tu te fasses une mauvaise idée de moi, Kouplan.

Un : quitter Téhéran. Trois semaines après la disparition de Nima, le jour où ils avaient été obligés d'admettre qu'il ne reviendrait pas. La police était venue à la rédaction et avait saisi son ordinateur. « Fais-le », suppliait sa mère. « Ne le fais pas », disaient ses yeux.

Une de leurs relations aidait les Iraniens à traverser l'Europe et sa mère avait fait des économies.

Deux : vivre en homme. Ou plutôt, en garçon. Il avait vingt-quatre ans la première fois qu'il s'était présenté comme « Kouplan ». D'abord à un inconnu, pour tester le nom, puis à une employée de l'association de défense des réfugiés. Elle lui avait demandé son âge et, quand il avait répondu seize ans, elle avait ri et dit qu'elle lui en donnait treize.

— Hmm, dit-il. Ne t'inquiète pas, ce n'est pas le cas.

— Ma plus grande crainte, maintenant, c'est que quelqu'un nous vole l'argent. Ou…

Kouplan ne comprend pas.

— Comment ça, que quelqu'un vous le vole ? Elle le dépose à la banque, non ?

— Manifestement, tu n'as jamais mis les pieds en Colombie. Là-bas, les gens cachent leurs économies sous le matelas. Ma mère les met dans un vase.

Il se demande si son propre suédois est comparable à celui d'Angela. Bafouille-t-il comme elle de temps en temps ? Cherche-t-il ses mots plus qu'un natif ? Peut-on détecter que sa langue maternelle est le persan ? Lors de leurs premières rencontres, il a eu l'impression qu'elle s'exprimait avec l'aisance d'un autochtone. Dorénavant, il se rend compte que certains de ses mots sortent par à-coups et que d'autres paraissent… aiguisés. Comme « vase ».

— Quelle est ta deuxième plus grande crainte ?

— Que je n'aie pas le temps de gagner le reste de la somme. Qu'on me dénonce avant. Kouplan ?

— Oui ?

— Il faut que j'aille au boulot. Tu fais la vaisselle ?

La question peut sembler anodine. Kouplan et Angela, une famille provisoire dont l'un des membres part travailler. Un clin d'œil au citoyen lambda. En Suède, les hommes font la vaisselle.

Les choix de Kouplan n'ont pas tous été aussi difficiles, même si face à son interlocuteur de l'Office national des migrations, ils le paraissaient.
Cela n'avait pas été difficile de rejoindre la rédaction du journal honni par le régime – et donc par Allah lui-même. Nima y travaillait, ce qui constituait une raison suffisante. Depuis le jour où Kouplan était sorti de l'utérus de sa mère, Nima, cinq ans, fort, le dos droit, sûr de lui, était immédiatement devenu l'idole et protecteur de son cadet. Si Nima avait demandé à Kouplan de se jeter dans un précipice, l'aurait-il fait ? Probablement.
Cela n'avait pas été spécialement difficile d'aborder des sujets comme la peine de mort ou la liberté d'expression, d'interviewer des dissidents ni de citer des militants pour les droits de l'homme. Il y a des choses qu'on accomplit pour son propre épanouissement et d'autres, pour le bien-être de ses semblables. Quoi qu'il en soit, celui qui lutte pour la démocratie en ressort grandi. C'est essentiel. Dans la famille de Kouplan, on le savait, voilà pourquoi ce type de décision allait de soi. D'ailleurs, avait-on vraiment le choix ? Il ne s'agissait pas d'un dilemme, en tout cas.
La troisième voie difficile dans laquelle s'est engagé Kouplan ne découle pas vraiment d'un choix non plus, il s'agit d'un genre de passivité. Il en a honte, il en souffre. Il a promis à *baba* de ne pas essayer de les joindre, c'est vrai, mais il n'aurait pas dû tenir cette

promesse. Tous les soirs, il récite intérieurement leur numéro de téléphone. Cependant, les circonstances l'empêchent d'agir. La peur de leur incompréhension. Il préfère vivre en imaginant qu'ils le soutiendraient.

Lorsque Angela rentre enfin, Kouplan a fait la vaisselle du petit déjeuner, préparé des spaghettis qu'il a trouvés dans le garde-manger, fait la vaisselle du déjeuner et gagné cent douze couronnes, car il n'a pas consacré plus de trois quarts d'heure à la mission de Jenny. Se trouver seul chez Angela, cela ne compte pas comme une filature, il ne faut pas exagérer.

Il a passé les quarante-cinq minutes en question à fixer des yeux les pages de son cahier bleu en se demandant quel genre d'homme il était. Pouvait-il en toute circonstance être qualifié de bon et honnête ? Un gars loyal ou un traître ? Loyal envers qui ? Il n'était parvenu à écrire qu'une phrase inachevée : *Scier la branche sur laquelle on est assis.*

— Je me suis dit qu'on méritait bien ça, lance Angela en franchissant la porte.

Sur la table de la cuisine, elle pose un sachet de crevettes fraîches et une bouteille. Le téléphone de Kouplan vibre alors qu'elle débouche le vin. Il est 5 heures de l'après-midi.

— Après tous les emmerdements qu'on a eus dans la vie, toi et moi, ajoute-t-elle.

Kouplan vient de recevoir un SMS de Jenny : *Je viens à Gbg demain. Rdv chez Jesper à 14 h.*

— Hé ho…

La main d'Angela s'agite devant le visage de Kouplan.

— Je disais : tu manges des crevettes, quand même ?

Les crevettes se présentent en habit. Le regard noir, le dos courbé, elles attendent dans la plus grande soumission. Les mains d'Angela les cassent avec dextérité, sans scrupules, ses ongles écartèlent leurs pattes fines, se faufilent sous leurs carapaces et en sortent la chair molle. Kouplan les dévisage.
— Le vin, c'est un cadeau de remerciement, explique Angela. De la part d'un client chez qui je fais le ménage. Il quitte la ville. Les crevettes, par contre, je les ai achetées moi-même.

Elle se lèche les doigts, tentant de savourer ce moment de bonheur dans une vie par ailleurs pénible. Soudain, Kouplan sait à quelle catégorie d'hommes il appartient : celle de ceux qui scient la branche sur laquelle ils sont assis. En un seul geste, il saisit une crevette, cherche son regard dans la profondeur des deux points noirs et brise le petit corps.

La boisson se propage dans ses veines. Un vin d'assez bonne qualité, pas du genre à faire tourner le sang comme du vinaigre. Son bouquet lui évoque des vacances aux couleurs de vignes et des muscles qui se détendent.
— Pour Jenny, c'est toi la méchante.

Angela acquiesce.
— Évidemment.

Elle avale une gorgée et tripote une crevette sans la décortiquer.
— En fait, il n'y a ni gentils ni méchants, continue-t-elle. Pas vrai ? Il n'y a que des gens, des nécessités, des circonstances.

Kouplan s'insurge.

— Pas seulement. Il y a l'amour et la sagesse. Et la morale.

Angela fait une grimace, comme s'il venait de dire une chose affreusement triviale.

— Il y a le besoin d'aimer et le besoin de se sentir généreux et intelligent. Mais alors, écoute : pourquoi, dans le monde, il y a des enfants qui meurent de faim ?

— Quels enfants ?

— Des petits Colombiens, des enfants de la rue. Pourquoi est-ce qu'ils meurent de faim, alors que Sandra Mellqvist possède un écran plat de quarante pouces ?

Elle hoche la tête en direction du meuble télé.

— Parce que Sandra Mellqvist n'est pas au courant que des enfants meurent de faim ? reprend-elle.

— Elle le sait sûrement.

— Alors Sandra est méchante ?

Kouplan ne répond pas. Il tente de se rappeler le sujet initial de la conversation.

— Si Jenny savait ce qui arrive à ma mère, est-ce que ce serait méchant de sa part de ne pas me donner d'argent ?

— Non, c'est son argent.

— Pour elle, ce ne sont que des chiffres. Pour moi, c'est la vie de ma mère.

Il acquiesce.

— Le monde est injuste.

— Tu ne trouves pas, note Angela en se penchant en avant, qu'il est devenu plus juste depuis que j'ai pris cet argent ?

Kouplan vide son verre.

— Je ne sais pas, mais en tout cas, j'en aurais fait autant.

Après avoir parcouru tout le corps de Kouplan, le vin doit trouver une issue. Kouplan sent battre ses tempes, mais le reste de sa tête va plutôt bien. Pendant quelques heures, il a oublié la police, ses problèmes d'argent, de permis de séjour, sa famille au loin et ses taches de sang. Malheureusement, il retrouve ces dernières en s'essuyant. Le papier-toilette est maculé d'un rouge foncé qui tire sur le marron. À travers le brouillard de l'ivresse, l'inquiétude le taraude à nouveau.

— Ton médecin, demande-t-il à Angela, tu l'as trouvé comment ?
— À travers des relations.
— Il prend combien ?
Elle lève les yeux. Sa crevette s'immobilise.
— Comment ça ? Ça dépend de quoi il s'agit. Il n'est pas très cher, mais les médicaments, oui.
Kouplan répond « hmm », puis marmonne une phrase inarticulée sur un vague mal de ventre.
— J'y vais demain à deux heures et quart, dit Angela. Tu n'as qu'à m'accompagner.
Kouplan va chercher son téléphone sur le canapé et relit l'écran : *Rdv chez Jesper à 14 h.* Dilemme.
C'est comme si le destin lui donnait un coup de pouce.
Ou comme si, sans bruit, l'univers venait de poser un doigt sur la balance.

29

Jenny a perdu le contrôle depuis longtemps. Une caresse a suffi. Elle n'a rien vu venir. Quoi qu'il en soit, l'ancienne Jenny ne se serait certainement pas comportée comme elle l'a fait.

Par exemple en laissant son amante se charger des échanges avec les autorités dans le cadre d'une affaire qui se montait à plusieurs millions de couronnes – alors que, de plus, il s'agissait de son argent personnel.

Par exemple en envoyant un inconnu infliger une très vague vengeance à ladite amante.

Rien de tout cela ne ressemble à Jenny Svärd.

Au fond, le but de ce voyage est donc de se retrouver elle-même. Les vitres de l'aéroport de Bromma miroitent, lui renvoyant le reflet de sa silhouette et de son attaché-case. Deux voyageurs en pleine discussion lui lancent des regards en coin. Sans doute murmurent-ils son nom ou « femme politique ». Le troisième passager assis dans l'appareil est un homme d'affaires indien qui n'a aucune raison de la reconnaître. Il semble néanmoins la considérer comme une égale. Il faut dire que Jenny maîtrise les codes vestimentaires jusqu'au bout des ongles.

Tout comme Amanda. Son cœur se serre. Jenny songe brusquement qu'elle pourrait elle-même être une imposture. Cet état d'esprit ne lui ressemble pas non plus.

Si Jenny était des mains, elle serait deux pinces qui se resserrent implacablement autour de sa proie. Ses auriculaires suffiraient à immobiliser l'ennemi, même s'il se tortillait comme une anguille. Ils le tiendraient en étau. Des pouces d'acier compléteraient la poigne. Quand Jenny se débarrasse de quelque chose, c'est qu'elle a déjà trouvé mieux. Il ne s'agit pas d'un masque. Elle est parfaitement consciente du degré de connaissance du dossier, de prudence et de force intérieure qu'il faut à un adversaire pour l'affronter. Ses interlocuteurs se regardent sûrement à plusieurs reprises dans le miroir de l'ascenseur avant de pénétrer dans son bureau.

Voilà la Jenny Svärd qu'elle est venue récupérer et réinsuffler dans son corps. Elle procède à son enregistrement sur l'une des bornes en libre-service de l'aéroport.

Parfois, du coin de l'œil, elle a l'impression d'entrevoir Amanda. Dans une situation de deuil, cela n'a rien d'extraordinaire – et quand on est victime d'une escroquerie ? Il suffit parfois d'un reflet de lumière sur une boucle de cheveux. Un jour, elle a aperçu un tailleur sur une paire de fesses arrondies et en a presque avalé sa salive de travers. Elle qui n'est même pas lesbienne…

Peut-être un peu dégoûtée des hommes.

Après l'acte, ne s'était-elle pas demandé ce qu'elle fabriquait ? Le fait qu'Amanda soit une femme ne lui avait-il pas donné l'impression d'être vaguement déféminisée ? Que ressentait-elle, au juste ? Elle se cale contre le dossier de son siège, serre sa ceinture de sécurité et se dit que finalement, elle a bien du mal à cerner ce qu'elle éprouvait.

Ses camarades du parti auraient changé de comportement vis-à-vis d'elle. Sans franchement la rejeter, ils auraient posé un autre regard sur elle. Jenny Svärd serait devenue « la conseillère municipale lesbienne ».
Elle le sait parce qu'elle a déjà eu l'occasion d'observer le phénomène.
L'appareil fend la couche nuageuse et glisse sur une nappe de mousse de bain, dont des touffes éparses dérivent au-dessus de la ville de Stockholm. Aidée d'une longue-vue, Jenny aurait pu désigner à travers le voile blanc les immeubles qu'elle a vendus et les chantiers qu'elle a lancés. C'est ennuyeux que Kouplan ait abordé le sujet de BEON. Au-delà de l'accusation proprement dite, cela prouve à quel point elle a perdu le contrôle. Bref, si BEON n'avait pas remporté les contrats, on aurait fait appel à une entreprise similaire, qui aurait fait appel aux mêmes sous-traitants. Au sud, les nuages se dissipent et se transforment en ouate translucide.

Jenny ne connaît pas de conseillère municipale devenue lesbienne, non, mais elle sait quel regard les gens portent sur ce type de personnage. Autrefois, elle a eu un fils, enfin, quelque chose du genre.

« Quelque chose du genre » parce qu'il n'était pas à elle. C'est aussi, d'ailleurs, la raison pour laquelle ils ne se fréquentent plus. Il s'agit du fils de son ex-mari, ils ont vécu sous le même toit et, bien sûr, ce n'est pas à quinze ans qu'on adopte une nouvelle maman, mais c'était tout de même Jenny qui s'occupait de ses caleçons. Il se faisait appeler Bugg. Officiellement, il s'appelait Anna.

À chaque fois qu'on parlait de lui au féminin, il réagissait comme si on lui plantait un poignard en plein cœur. Jenny a peut-être un cœur de pierre et tous les autres attributs de la dureté, mais cela ne l'empêchait pas de s'en rendre compte.

Quand, par malheur, quelqu'un l'appelait Anna au lieu de Bugg, les témoins de la scène découvraient le pot aux roses. Leur regard se transformait. On devinait leur pensée. Et généralement, histoire d'enfoncer le clou, ils disaient quelque chose du genre : « Ne le prends pas mal, mais je croyais que tu étais un mec. »

Et Bugg répondait : « Je le suis. »

Voilà peut-être la raison pour laquelle Jenny a accordé sa confiance à Kouplan sans vérifier méticuleusement ses antécédents – en lui, elle voyait Bugg.

Le personnel de bord la dérange, on veut lui servir du café et une substance indéfinie emballée dans de la Cellophane. Cela ressemble vaguement à du quatre-quarts, mais il pourrait aussi bien s'agir d'éponge. En classe affaires, on a certains privilèges : être assis devant le rideau séparateur et se faire servir de l'éponge avant les autres. Jenny, si elle avait été son bon vieux moi sûr de lui, aurait fait signe au personnel de bord de la laisser tranquille mais, en l'occurrence, elle n'a pas le temps de dire ouf et se retrouve avec un gobelet de café à la main. Encore un signe de déséquilibre.

La *mafia gay*, comme on disait à l'époque dans les milieux conservateurs... Mafia qui a ensuite été rebaptisée « lobby LGBT », une expression politiquement correcte pour désigner une idée qui, au fond, ne l'est absolument pas. Les pédés – c'était généralement eux qui représentaient le groupe –, ces briseurs de familles, précipitaient l'humanité dans la dépravation, l'inconstance et la frivolité. On prononçait d'ailleurs le mot « inconstance » avec, parfois, un brin de nostalgie.

Peut-être ont-ils raison, se dit-elle brusquement. Décidément, à cette altitude, ses pensées s'éparpillent. Peut-être les conspirateurs du lobby LGBT ont-ils discrètement infiltré un jeune trans dans sa vie pour fragiliser son sens du masculin et du féminin. Ils ont ensuite rendu son mari ennuyeux et, juste assez de temps après son divorce, lui ont fait croiser le chemin d'une ravissante lesbienne qui l'a rendue ivre de caresses, douce et ouverte. Quand l'égarement était au plus fort, ils lui ont escroqué une belle somme pour financer la poursuite de leurs activités de lobbying. Quand elle a eu besoin d'un détective, là aussi, ils lui ont envoyé l'un des leurs. Quelle bande de manipulateurs, songe-t-elle, amusée mais tout de même légèrement parano. Car même si Bugg n'a bien sûr rien à voir dans cette histoire, l'idée que Kouplan – si, comme le croit Jenny, il est trans – puisse se trouver plus de points communs avec Amanda qu'avec elle-même, c'est-à-dire son employeur du moment, n'est pas totalement incongrue. Elle aurait vraiment dû y penser avant.

Heureusement, elle est en route. Elle va redresser le cap. L'appareil pique à travers les nuages voilés au-dessus de Göteborg. Une secousse parcourt la carlingue. Jenny décide de la considérer comme un coup de pied aux fesses.

Kouplan pense au corps. Il arrive qu'on se sente l'âme déchirée entre deux mondes, écartelée entre la Suède et l'Iran par exemple. Il arrive qu'on vous refuse le droit d'être là où vous êtes. Il arrive aussi, comme dans le cas de Kouplan, qu'on eût mieux fait de rester à Haga. Pourtant, on est dans un tramway qui file dans la direction opposée. Il arrive que les attentes implacables d'une conseillère municipale à la poigne de fer vous commandent de retourner à Haga. Pourtant, en dépit de cela, c'est le corps qui décide. On est à l'endroit où il se trouve, un point c'est tout.

Après vingt minutes de trajet, le corps de Kouplan descend du tram. Celui d'Angela aussi. Ils n'ont peut-être pas le droit d'être là, mais ils y sont. Avec le corps, on ne peut pas se tromper.

Le médecin d'Angela les reçoit à son domicile, un petit appartement laid et encombré de meubles mal assortis – rien à voir avec un logement de médecin tel qu'on pourrait se le représenter. Kouplan remarque ses yeux fatigués.

— Mikael, se présente le médecin en serrant la main de Kouplan. Vous parlez suédois ?

Il prie Kouplan d'attendre un instant, il doit discuter en privé avec Angela. Kouplan dédaigne la chaise à barreaux et préfère s'asseoir sur un fauteuil revêtu d'une moumoute rouge coquelicot qui, à une époque révolue, fut sans doute le dernier cri, et dont les poils lui chatouillent la peau à travers le bâillement entre son sweat et son jean.

Mikael et Angela passent onze minutes derrière une porte fermée. Lorsqu'elle réapparaît, Angela tient un sac en plastique dans la main et fait un signe de tête à Kouplan.

— Il attend un patient dans un quart d'heure, alors vas-y tout de suite.

Kouplan est reçu par le médecin – une occasion solennelle, même si la rencontre a lieu dans un bureau qui semble aussi faire office de remise. La petite table de Mikael côtoie un aspirateur et une pile d'albums de photos. Le médecin hausse les sourcils d'un air interrogateur.

— Angela ne m'a pas dit ce qui n'allait pas.

Kouplan trouve d'abord bizarre que Mikael ne l'interroge pas sur son identité, sur ce qu'il fabrique là, sur la raison qui lui fait croire qu'il mériterait des soins gratuits. Puis il pense à son père.

— Une centaine d'élèves, avait-il dit un jour, et chacun d'entre eux croit que je m'intéresse à son histoire personnelle alors que je ne lui demande qu'une analyse du *Kulliyat-e Shams-e Tabrizi*.

— Je prends des hormones, annonce-t-il.

Les choses se passent plus facilement que prévu. Devant un inconnu, les mots arrivent plus aisément. La fréquence cardiaque de Kouplan augmente seulement légèrement.

Il est obligé de s'y reprendre à deux reprises pour faire comprendre au médecin exactement quelles hormones il s'administre et pourquoi.

— Alors en fait, vous êtes une femme, commente le médecin, songeur.

Kouplan est sur le point de protester, comme quand il était petit et que Nima ne le laissait pas être chevalier. « Dans mon for intérieur, rien ne fait de moi une femme, aurait-il dit si cela en avait valu la peine. Il s'agit d'un malentendu entre moi et mon corps, et le monde entier s'empresse de prendre son parti. En fait, je suis un homme. »

— On peut dire ça comme ça, répond Kouplan. Bref, à propos des hormones, j'ai des saignements.

Mikael hoche la tête, prend des notes, l'interroge sur le quand et le comment mais pas le pourquoi, lui demande l'appellation, le dosage et le mode d'administration de ses hormones. Quand il le questionne sur le fournisseur, Kouplan secoue la tête.

— On observe des réactions très différentes à la même dose d'hormones. Vous n'auriez pas dû suivre ce traitement sans avis médical.

Kouplan s'était préparé à la remarque, mais il se sent tout de même rétrécir. Le soulagement qu'il a éprouvé en racontant son cas est remplacé par un léger malaise alors qu'il se voit à travers les yeux de Mikael : une émigrée sans papiers assez idiote pour s'injecter de la testostérone, *ce n'est pas à moi que tu penses*. Il n'aurait sans doute pas dû venir. Mikael va lui demander d'arrêter les hormones.

— Vous souffrez de saignements hormonaux.
— Ah bon ?

La voix de Kouplan évoque celle d'un oisillon.

— Les hormones que vous prenez agissent sur les trompes de Fallope, dans lesquelles peuvent apparaître des nodules remplis de sang. En fait, vous avez de la chance d'avoir saigné, sinon, vous ne vous seriez pas rendu compte que vous souffrez d'une complication qui s'aggrave.

Mikael tambourine sur le bord de la table. Kouplan fixe le mouvement de ses doigts.

— Et qu'est-ce que je dois faire ?

— Vous devez passer à un dosage plus faible d'hyposcédone. Les nodules se résorberont d'ici à trois mois.

Peu à peu, l'anxiété s'apaise. Kouplan n'éprouve bientôt plus qu'une légère crampe abdominale. Le médecin se tourne vers son ordinateur et saisit ses coordonnées.

— Je vais voir si je trouve le médicament à un prix plus raisonnable que ce qui apparaît là. En général, c'est possible.

Un ange à moitié chauve aux yeux fatigués.

Kouplan mesure l'angoisse dans laquelle il était plongé à l'aune de son soulagement. Il aurait pu être gravement ou même mortellement malade.

— Tu as retrouvé des couleurs, remarque Angela, souriante, en le voyant revenir. Il est merveilleux, n'est-ce pas ?

— Où tu l'as trouvé ?

— Tu sais, parfois, quand on a vraiment besoin de quelqu'un, on le trouve. Qu'est-ce qui… Pourquoi est-ce que tu devais voir un médecin, si je peux me permettre ?

Ils se retrouvent à l'air libre, dans les rues de Göteborg. Enfin, ils ne sont pas libres… mais pas mourants non plus.

— Je suis sous traitement, explique Kouplan. Si je ne prends pas mes médicaments, je me mets à saigner.
— Ah bon ? Mais qu'est-ce qui...
Il l'arrête. Quelque chose bat dans ses veines. La témérité d'Angela semble contagieuse. On peut mourir n'importe quand, et ils sont en vie.
— Angela... Enfin, quel que soit ton vrai nom, je crois que j'ai vraiment besoin de fêter ça !

Elle le scrute longuement, comme si elle le voyait pour la première fois, ou portait son enfant. Sur la table, deux bières. Ils partagent un plat de frites. Kouplan finit par ricaner, gêné.
— Heureusement que c'est toi qui as commandé, dit-il. Moi, ils m'auraient demandé de prouver mon âge.
— Je m'appelle Consuela, avoue-t-elle. Mais je t'interdis de le répéter à qui que ce soit.

Jenny fulmine. Elle répond à Jesper en vociférant. Si elle avait voulu du café, elle le lui aurait demandé. Une journée de perdue alors qu'elle a tant de choses importantes à accomplir... Enfin, c'est pire encore.
Ces derniers temps, elle a fait confiance à deux personnes, dont l'une pour des raisons extrêmement floues, et les deux l'ont trahie. Cela signifie que Jenny n'apprend rien de ses erreurs et qu'elle est plus affaiblie que jamais. Il est déjà 16 h 30.
On aurait pu penser que..., songe-t-elle, puis elle décide de le dire à voix haute.
— On aurait pu penser qu'un chômeur dans sa situation prendrait le travail qu'on lui confie un peu plus au sérieux. Combien tu lui as donné ?

Jesper la regarde comme quand il avait trois ans et que Jenny, cinq ans, piquait une crise de colère à cause d'une craie cassée.

— Tu ne peux pas essayer de te calmer un peu ?
— Combien ?
— Tiens, dit Jesper en posant devant elle une tasse qu'elle n'a pas demandée.

Elle avale quelques gorgées. Jesper sourit.

— Je lui ai donné la somme que tu m'avais dit de lui donner. Comment peux-tu être si sûre qu'il n'a pas un empêchement ? Il lui est peut-être arrivé quelque chose.

Elle ricane.

— Il ne lui est rien arrivé du tout. Putain de genre humain, je te jure...
— Prends une brioche.

Elle jette un bref coup d'œil à l'assiette.

— Deux.
— Je vais en chercher plus.
— Je voulais dire que j'en suis à deux dans mon régime cinq-deux. Je jeûne.

Amanda aurait compris tout de suite. Jenny déteste cette idée. La voici dans le prétendu atelier de son frère le baratineur, dans l'attente d'un SDF qui joue au détective. Jesper lui tourne le dos ; elle lève les yeux au ciel. Amanda lui empoisonne encore l'existence. Ça lui ressemble, d'ailleurs. Elle n'est même pas là, elle ne s'appelle même pas Amanda, et elle continue quand même à parasiter l'emploi du temps de Jenny.

Jenny comprend maintenant son stratagème : chaque rire, chaque caresse lui ont servi à déverrouiller l'existence de Jenny, à la rendre poreuse, prête à se laisser ratisser. Rien n'était vrai. Des foutaises. Jenny devrait pouvoir prendre ses distances maintenant qu'elle en est consciente.

Voilà pourquoi chaque seconde qu'elle consacre à Amanda est une seconde gâchée. Chaque instant passé à se remémorer son sourire qui lui brûle les entrailles est un instant gâché.

À 17 h 35, elle prend un taxi pour l'aéroport de Göteborg où l'attend un vol pour Stockholm.

Résultat de la journée : rien que des brûlures d'estomac.

Alors que des haut-parleurs informent les passagers sur les modalités d'utilisation de leur équipement électronique, Jenny jette un énième coup d'œil à son téléphone. Toujours pas de message de Kouplan. Sur l'écran, elle lit seulement les trois derniers SMS qu'elle lui a envoyés.

Où êtes-vous ? Je vous attends chez Jesper.

Appelez-moi immédiatement !

Kouplan ? Qu'est-ce qui vous arrive ? Je ne comprends pas ce que vous fabriquez !

Cela dit, on peut tout de même mourir en vol. Inutile de rater le paradis, s'il existe, à cause d'un simple SMS hargneux. Avant le décollage, elle en envoie donc un quatrième :

J'espère que ça va.

30

Quand aurait-elle dû commencer à s'en douter ? Quand aurait-elle dû se dire : « Heu... Il y a comme un truc qui cloche, là... » ? Quand aurait-elle dû cesser de se comporter comme une crétine en chaleur ?

Mai. Le lendemain du baiser d'Amanda au Tiki Room, elles se réveillèrent entre les draps en coton égyptien de Jenny, d'une densité de six cents fils/cm^2. Jenny était consciente de la présence d'Amanda dans son sommeil, elle en était sûre. Amanda à un centimètre de sa peau. En sentant le coton contre sa joue, elle avait également la certitude qu'Amanda resterait petit déjeuner. Ces draps étaient trop lisses pour une aventure d'une nuit.
Enfin, quelque chose du genre.
— Hé..., commença-t-elle. Hier soir... Mes souvenirs sont un peu flous.
Les doigts chauds d'Amanda effleurèrent sa peau et suivirent le contour de son visage jusqu'à son cou.
— Tu ne te souviens pas ? dit Amanda tout près d'elle d'une voix matinale rauque. Je peux te raconter. Tu étais un peu sur les nerfs, alors je t'ai calmée en te

faisant un massage. Tu portais ton chemisier rouge avec des boutons, enfin, ça, tu dois te le rappeler, non ? J'ai commencé par tes épaules. Petit à petit, j'ai déboutonné ton chemisier. Je t'ai sentie réagir, je devinais la texture de tes seins dans mes paumes. J'ai continué vers le ventre... J'ai enlevé les mains pour voir si tu me demanderais de continuer. Tu as poussé un gémissement.

Jenny tenta de se remémorer les événements. Elle se souvenait d'être rentrée avec Amanda. D'avoir bu un dernier verre, qui devait toujours être dans la cuisine, vide. Elles s'étaient embrassées et avaient terminé dans le lit de Jenny, en toute simplicité, comme deux adultes consentantes qui désiraient la même chose. Mais... un massage ?

— Ensuite..., ronronnait la voix d'Amanda dans son oreille, si proche que son haleine envoyait des vagues de chaleur à travers le corps de Jenny. Ensuite, j'ai caressé ta hanche, j'ai glissé la main sous ton pantalon, sous la dentelle de ta culotte. Très sexy, ta culotte, je dois dire. Et je t'ai sentie, Jenny. Tu mouillais beaucoup, ça m'a un peu surprise. Tes aines ont résisté au contact. Après, j'y ai mis ma langue.

Jenny ne se souvenait de rien de tout cela, mais les paroles d'Amanda parcoururent sa peau comme un courant électrique.

— Et après ?

— Tu as vraiment tout oublié ? J'ai commencé tout doucement, du bout de la langue, j'ai cherché ce que tu aimais, ce qui te faisait craquer, ce qui faisait battre ton pouls et le mien. J'étais très, très excitée. Tu t'en doutes, hein ? Mais le plus important, c'était de te titiller jusqu'à ce que tu fondes, que tu ne sois plus qu'une flaque... Je te demande pardon.

Jenny ouvrit les yeux.

— Écoute, Amanda, je ne sais plus combien j'ai bu de verres hier, mais ce que tu me racontes là ne me dit rien.

Les cheveux d'Amanda entouraient sa tête comme un nuage électrique. Elle se releva sur le coude, l'air légèrement vexée.

— Tu veux dire que tout ce qu'on a fait hier... Qu'il n'y a que moi qui...

Décidément, Jenny aurait mieux fait de se taire. Elle aurait dû abonder dans le sens d'Amanda, se laisser emporter par son récit et approcher ses lèvres des siennes. Si Amanda était susceptible, une remarque indélicate suffirait à l'éloigner. Sentant les cocktails de la veille tapisser sa langue d'une épaisse strate de déchets organiques, Jenny reprit son souffle et s'apprêta à faire des excuses maladroites lorsque Amanda l'interrompit.

— Attends..., dit-elle. Je peux me tromper de jour. J'ai dit hier soir ? Je voulais dire aujourd'hui, après le petit déjeuner.

Ce regard pétillant... Ce rire cru alors que Jenny la renversait, leur bagarre feinte, l'envie qui la picotait un peu partout.

Enfin la vraie vie.

Juillet. Elles prirent le ferry à travers l'archipel jusqu'à Slandön pour visiter le terrain d'Amanda, enfin, celui qu'elle prétendait posséder. C'était leur quatrième excursion. Cette fois, elles allaient marquer les arbres qu'il faudrait abattre. La maison s'étendrait sur cent vingt-quatre mètres carrés et serait de la couleur rouge traditionnelle. À l'étage, sur la mezzanine, il y aurait la chambre, une salle de bains et un balcon orienté à l'est, parce que tout le monde rêve de sortir sur son balcon au réveil. C'est-à-dire les acheteurs éventuels, mais Amanda et Jenny aussi. Si elles décidaient de garder la maison.

— On devrait boire du rosé, suggéra Amanda en jetant un coup d'œil à Jenny, puis à la cafétéria du bateau.

— À 9 heures du matin ? Bon, si tu tiens vraiment à ce que j'aie ma photo dans le journal…

— En tant que quoi ? Touriste le plus banal de l'archipel ? Ah ! J'ai l'impression d'être un skipper élégant et charmeur !

— Sur un bateau à moteur…

Amanda se pencha en arrière et leva le bras en feignant de porter un toast.

— Et il faudra dire l'ââârchipel avec des « âââ » comme les tiens. Allez, dis-le !

— L'archipel.

— Voilà ! Ah… Tu le prononces avec tellement de classe ! On porterait des chapeaux à larges bords. Des capelines. On arpenterait nonchalamment le pont jusqu'au bistro, où on commanderait un plateau de fruits de mer et un verre de rosé. Tu as emporté une capeline ?

Jenny rit. À chaque île qui passait, à chaque plaisanterie d'Amanda, l'étau de la ville se desserrait un peu plus, la laissant enfin respirer. Les électeurs la verraient boire du rosé en vacances ? Et alors ! Cela lui donnerait un petit côté populaire.

— J'ai oublié ma capeline à la maison avec le reste des années 1980.
Amanda lui lança un regard de défi irrésistible.
— Jenny, il y a des occasions qu'il faut fêter.
— Bon, un petit verre.

En faisant la queue au bistro derrière une famille et un couple en ciré munis de sacs à dos, leurs doigts se frôlèrent. Jenny précédait légèrement Amanda. On pourrait les voir, certes, mais il ne se passa rien. Jenny effleura la main d'Amanda – si une décharge électrique la traversait à cet instant, elle serait transmise à Amanda par contact et parcourrait son corps aussi.
La famille commanda quatre sortes de sandwiches, le couple, du café équitable. Jenny ouvrit la bouche, mais Amanda s'appuya sur le comptoir et décocha un ravissant sourire à la caissière.
— Mon amie et moi, voyez-vous, nous allons dans l'ââârchipel.
Jenny la regarda du coin de l'œil, pétrifiée mais secrètement amusée.
— Voyez-vous, continua Amanda sur le ton de la confidence, nous sommes invitées chez des amis à Slandön. C'est une île. Rien de bien extraordinaire, mais comme c'est âââdorable de leur part !
La caissière ne le comprit sûrement pas, mais Amanda faisait semblant de porter un chapeau à très larges bords.
— Bon. Et vous voulez quelque chose ?
— Excusez-moi ! La pleine mer qui approche, cela rend... oratoire ! Vous ne trouvez pas ? Bref, étant donné les circonstances, nous allons prendre deux

verres de rosé. Ça s'impose. Auriez-vous un rosé de l'âââchipel ?

Comme des gamines de dix ans qui partagent un secret, elles gloussèrent pendant toute la traversée – mais Jenny avait quarante ans et leur secret était une caricature complètement idiote.

— « Slandön, c'est une île » ! Et d'où tu as sorti cette histoire de chapeaux ? Je ne vois personne en chapeau ici.

— Ils sont rangés dans leurs valises. Tu as vu les bagages dans la soute ? Tu ne t'es pas demandé pourquoi ils avaient tous de si larges bords ? On a bien fait, je te le promets. En plus, je connais par cœur tous les épisodes de *La croisière s'amuse*.

— Espèce de folle… Dis donc, si jamais on gardait la maison… Je veux dire, pure hypothèse…

Amanda fit un sourire mystérieux, un sourire profond, car elles partageaient un désir mais ne l'avaient pas encore dit tout haut.

— Oui ?

— Ça te plairait, une balancelle sous le grand tremble ?

— Si ça me plairait ? Est-ce qu'on porte des capelines pour visiter l'âââchipel ?

Quoi de plus réel que cette journée ? Le goût du rosé, la détente, les gloussements, quelqu'un qui vous comprend…

Plus Jenny tente de trouver des points faibles dans le jeu d'Amanda, plus celle-ci lui paraît sincère.

Ça ne colle pas. Et c'est parfaitement insupportable.

31

Le père de Kouplan disait toujours que les gens ont un compas intérieur. Il suffit de fermer les yeux, de s'accorder au rythme de son cœur et on trouvera les sept portes. La première est celle de la possession, la deuxième, celle de la gloire. La troisième, celle des souhaits des autres, la quatrième, celle du désir charnel et la cinquième, celle de l'autorité. Les deux dernières renferment la honte et le dévoiement religieux. Pour sentir son compas intérieur, toutes les portes doivent être fermées. Alors seulement, on sait où aller.

Mais son père n'avait jamais dit à Kouplan ce qu'on doit faire quand son corps hurle et qu'on craint pour sa vie.

Kouplan soupçonne son compas intérieur de lui indiquer qu'il devrait être sincère envers Jenny. Un simple SMS suffirait : *Je ne peux plus continuer. J'interromps ma mission.*

Cependant, une telle mesure ferait encore gonfler ses nodules gorgés de sang. Il le sent. Ses hormones coûtent en principe plus de vingt mille couronnes, mais le docteur Mikael lui en a trouvé un stock pour seulement quatre mille deux cents couronnes. Que Kouplan n'a pas en sa possession.

— Mais où étiez-vous passé ? répond Jenny.
— Je serais venu si j'avais pu, je vous le jure ! Vous m'aviez dit de ne pas la lâcher d'une semelle.
— Et ça vous a empêché de répondre au téléphone ?
— Exactement. J'étais trop près d'elle, caché. Je ne pouvais pas.
— Où ça ?
— Dans une salle d'attente. Chez un médecin.
— Elle est allée chez le médecin ? Un dimanche ?
— Oui.
— Et pourquoi vous ne m'avez pas appelée pendant la consultation ?
— Plus de crédit.

Les mensonges viennent aisément. Ils lui paraissent plus vrais que la vérité, parce que eux, au moins, obéissent à une certaine logique.

— Vous plaisantez ! dit sèchement Jenny. Je vous paye, il faut tout de même que je puisse vous joindre ! J'ai fait un aller et retour à Göteborg pour rien. Une journée de perdue.
— Je ne vous ai jamais dit de venir.
— J'étais obligée ! Vous avez porté des accusations contre moi. Je sentais que vous étiez sur le point de prendre son parti.
— J'ai seulement discuté avec elle. Pour accomplir la mission que vous m'avez confiée ! Je suis dans votre camp ! Vous le savez, quand même ?

S'il ne lui mentait pas effrontément, il aurait été en colère contre elle. Voilà pourquoi il fait en sorte de le paraître.

— Vous voulez que je la démasque ou quoi ? Alors, ayez confiance en moi et en mes méthodes. C'est qui, le détective ?

— Qu'est-ce qu'elle vous a dit ?

— Quand ?

— Quand vous lui avez parlé de moi. Est-ce qu'elle a avoué m'avoir volé l'argent ?

Jenny a changé de ton. Elle est moins en colère, sa voix dérape.

— Elle m'a dit que vous aviez vous-même volé cet argent et qu'elle en avait plus besoin que vous.

— Qu'est-ce que c'est que ces foutaises ?

— Sur le fait que vous auriez volé l'argent ?

— Je ne l'ai pas volé ! Sur le fait qu'elle en aurait plus besoin que moi. Quand on a besoin d'argent, on travaille et on économise. Ce n'est pas comme si on mourait de faim, dans ce pays.

Kouplan choisit de ne pas partager son expérience dans ce domaine avec Jenny. Il préfère profiter de l'ouverture qu'il sent dans sa voix.

— Elle n'avait pas prévu de vous escroquer.

— Comment le savez-vous ?

— Je ne le sais pas, elle me l'a dit. Elle est tombée amoureuse de vous et, ensuite, elle a eu besoin de l'argent.

— Pour quoi faire ?

— Je n'en sais rien. Peut-être pour rembourser des dettes. Ou aider quelqu'un.

— Une vraie sainte !

— Écoutez, Jenny.

— Quoi ?
— J'ai un plan pour la démasquer. Vous avez raison, elle est sans doute en train d'escroquer cet homme.
— Ah bon ? Ça m'intéresse. Et c'est quoi, votre plan ?
— Je vais mettre l'appartement de ce monsieur sur écoute.
— Comment vous allez vous y introduire ?
— Je m'introduis où je veux. Mais il me manque quelque chose.
— Oui ?
— Le matériel d'enregistrement : micro et compagnie. Il me faudrait mon salaire d'hier et d'avant-hier. Et une avance pour la semaine qui vient. Il faut compter quatre mille deux cents couronnes.

Jenny garde le silence, puis :
— Je vais en parler à Jesper. Gardez les reçus.
— Cela va de soi.

Comme c'est facile de mentir... Kouplan le sait, il n'y a pas une personne dans ce pays à laquelle il ait raconté toute la vérité sur lui-même. Sa conversation avec Jenny lui en a fait prendre conscience. Le mensonge se forme sur la langue comme des perles qui dégringolent, l'une à la suite de l'autre, le tout s'écoule comme un chapelet. Consuela doit avoir la même expérience et, même s'il ne l'a pas vu de ses propres yeux, il peut imaginer comment, pour finir, Amanda lui a échappé. L'illusion d'une citoyenne insouciante est devenue une propriétaire sans terrain.

Pas de temps à perdre, Kouplan doit se procurer des reçus de matériel électronique.

Ce jour-là, Jesper lui ouvre la porte sans main momifiée ni taches de couleur sur le front. À part sa volumineuse tignasse, il a presque l'air ordinaire.

— Ma sœur a tendance à partir en vrille quand elle est en colère, dit-il pour commencer. Mais après un moment, elle se calme.

— Désolé, s'excuse Kouplan.

— J'ai l'habitude. D'ailleurs, j'ai trouvé assez amusant de ne pas être moi-même l'objet de sa fureur, pour une fois. J'ai essayé de la calmer avec des brioches, mais elle en était au deux.

— Deux brioches ?

— Au stade deux du régime cinq-deux. Un truc qu'ils font à Stockholm pour donner un sens à leur vie.

Il remet à Kouplan la somme de quatre mille deux cents couronnes : une avance d'une semaine et le temps déjà travaillé, comme Jenny lui a demandé de le préciser. Elle l'a aussi instruit de dire à Kouplan : « reçus », ce que Jesper trouve un peu bizarre.

— Si c'est ta paye, tu ne devrais pas avoir besoin de présenter des reçus.

— Je ne suis pas syndiqué.

— Travailleurs de tous les pays, unissez-vous, lance Jesper, le poing levé.

Puis il tend les billets à Kouplan.

— N'oublie pas le reçu.

Ils devraient s'unir, en effet. Combien sont-ils en Suède ? Cent ? Mille ? Dix mille ? En retournant chez Consuela, Kouplan fait le calcul. Il connaît au moins une autre personne qui s'est éclipsée du centre après avoir été déboutée. Combien existe-t-il de centres en

Suède ? Et combien de gens entrent dans le pays sans passer par un centre ? Avec quelle fréquence l'Office national des migrations fait-il des erreurs de jugement qui obligent les gens à passer dans la clandestinité ? Les estimations sont hasardeuses.

Et impossible de s'organiser. S'ils se réunissaient, on en profiterait pour les arrêter sur-le-champ. Leur seul mode d'organisation possible serait souterrain et échapperait à l'État et à la société : une mafia. Kouplan imagine un instant une société dans la forêt, un maquis de déboutés qui associeraient leurs connaissances pour cultiver la terre et construire des maisons. C'est utopique, Kouplan le sait bien. Les hivers sont trop froids et Google Earth montre tout, partout. Le seul syndicat de Kouplan, c'est Rachid et Consuela, qui connaissent sa situation. D'ailleurs, le sort de Kouplan pourrait être encore pire, comme celui de Rachid, qui habite avec sa femme et ses enfants dans une pièce de cinq mètres carrés sans fenêtres. Mais Consuela lui a montré qu'il fallait oser vivre.

Elle lui propose maintenant d'aller chercher ses médicaments. Elle a rendez-vous chez le docteur Mikael, et elle a vu à quel point il avait peur de sortir dans la rue. Kouplan secoue la tête.

— On n'a qu'à y aller ensemble.
— Tu ne me fais pas confiance ?

L'hésitation de Kouplan fait lever les yeux au ciel à Angela.

— À ta place, je ne me ferais pas confiance non plus, constate-t-elle. Allez, viens.

Elle enfile son perfecto, s'arrête devant le miroir de l'entrée et arrange son chignon.

— Ce n'est pas que je n'aie pas confiance en toi, confesse Kouplan. C'est que je n'ai confiance en personne.

— Mouais, c'est ça. Moi, si. J'espère seulement que tu ne vas pas me le faire regretter.

— Tu me fais confiance ?

Elle hausse les épaules.

— Je suis là, non ? Même en sachant que tu travailles pour Jenny. Si ce n'est pas une marque de confiance, alors... Bon, on y va ?

Consuela a raison. Elle aurait dû fuir, mais elle a ouvert sa porte à Kouplan. Enfin, la porte de chez Sandra Mellqvist. Pourquoi ?

— Tu n'as pas peur que je conduise Jenny jusqu'à toi ?

Consuela avance à pas rapides le long de rues que, désormais, Kouplan reconnaît vaguement. Elle semble parfaitement impassible mais surveille du coin de l'œil les vigiles et les véhicules de police aux alentours. Décidément, elle est douée. Si elle voulait travailler comme actrice, elle n'aurait aucun mal à se faire engager.

— Pour plusieurs raisons, explique-t-elle. La première fois que je t'ai vu, je me suis reconnue en toi. Quand tu as lâché ma boucle d'oreille. J'ai senti qu'on avait un terrain commun.

— Mais il n'y a pas que ça...

— Non...

Elle temporise.

— Quoi d'autre ?

— Qu'est-ce que tu aurais bien pu me faire ? Si tu avais été, disons, une espèce de Terminator, j'aurais peut-être réagi différemment. Si Jenny m'avait envoyé un gorille…

— Comment tu savais que je n'étais pas un tueur à gages ?

Consuela éclate de rire.

— Tu es trop chou, tu ne fais même pas très détective. Et si tu avais l'intention de récupérer l'argent, de toute façon, je ne l'avais plus. Qu'est-ce que tu aurais bien pu faire ? Je ne sais pas, on vit sur le fil du rasoir. On prend des décisions sur un coup de tête et la mienne a été de considérer que tu n'étais pas dangereux. Après, tu sais, il y a les sentiments aussi.

— La peur ?

— Ce qu'on ressent pour une femme. On perd un peu la tête. Je sais bien que c'est moi qui l'ai plaquée, mais j'éprouve encore quelque chose pour Jenny. Ça m'a fait plaisir d'avoir de ses nouvelles, la rupture me faisait souffrir.

— Tu me fais confiance parce que tu aimes la nana que tu as escroquée et parce que je suis chou ?

— Ça te paraît bizarre ?

Ils sont en bas de chez le docteur Mikael. Consuela ouvre la porte de l'immeuble. Kouplan secoue la tête.

— Pas plus que le reste.

32

Les nouvelles hormones se présentent sous forme de cachets. De petits cachets blancs répartis sur des plaquettes. Il doit en prendre un par jour, le matin. Quel soulagement ! S'injecter les hormones d'Ulrik, c'était à chaque fois quitte ou double.

Les saignements devraient s'arrêter après quatre ou cinq jours. S'il se sent agité ou anxieux, les premières semaines, c'est normal, mais si ça dure plus d'un mois, il doit contacter Mikael. Kouplan ne sais pas ce que s'imagine Mikael sur son mode de vie. Ça fait maintenant six ans que Kouplan est en permanence agité et anxieux.

Parties, les quatre mille deux cents couronnes. Kouplan doit se procurer des reçus, vivre de rien et résoudre sa crise de loyauté, mais ses entrailles ensanglantées sont désormais sous traitement et dans la vie, la règle principale, c'est une chose à la fois. De toute façon, on survit à tout, sauf quand on meurt.

— Tu as quoi, comme maladie ? lui demande Consuela.
— Une maladie hormonale.

— C'était tout l'argent que tu avais ?
— Une avance d'une semaine. Maintenant, je suis censé trouver où tu as caché l'argent.
— Je ne l'ai plus.
Il soupire pour qu'elle comprenne qu'il la comprend.
— Je sais.
— Qu'est-ce que tu vas faire ?
— Je ne sais pas.
Elle – son délégué syndical à Göteborg – le dévisage.
— Je t'invite à déjeuner.

Ils mangent de la pizza. Celle de Consuela est aux champignons et au jambon, celle de Kouplan, au kebab. Il repense au centre, puis à son époque chez Siri lorsque, légalement sur le territoire, il se sentait encore libre. Il repense à l'étroite chambre qu'il partageait avec Rachid, observant la ville de Stockholm à travers les lattes des stores baissés, à la terreur sourde que lui inspiraient les regards dans la rue. Et ici, il mange de la pizza au restaurant parce que Consuela refuse d'avoir peur. La liberté serait-elle à l'intérieur de nous ? De qui, en réalité ?

— À quoi tu penses ? demande Consuela en tirant sur un filament de fromage.
— À de la pizza au kebab, répond Kouplan. Le kebab, c'est turc, je crois. La pizza, c'est italien. Mais la pizza au kebab, ça n'existe qu'en Suède, alors on peut qualifier ça de suédois.

Voilà de quoi on discute entre gens libres.

— Le kebab, c'est toi, dit Consuela. Moi, je suis la pizza. Et c'est grâce à la Suède qu'on s'est rencontrés.

Kouplan regarde le morceau qu'il vient de découper et de piquer sur sa fourchette. Sa pizza a le droit de séjourner sur le territoire, contrairement à lui. S'il se gavait de pizza au kebab, pour finir, son corps serait constitué de pâte et de viande séjournant légalement sur le territoire. Cela dit, l'argument ne tiendrait pas la route devant un tribunal.

— J'ai dit à Jenny que tu avais peut-être besoin de l'argent.

Consuela secoue la tête en souriant.

— Je sais comment tu pourrais appeler ton agence de détectives : Les Détectives naïfs.

— Tu n'as jamais essayé de lui dire la vérité ?

— Non.

— Si elle avait su…

— Tu trouves ça plausible, toi ? « Au fait, Jenny, juste un truc en passant. – Oui, Amanda chérie, qu'est-ce qu'il y a ? – Eh ben, je ne m'appelle pas Amanda, je ne possède rien, j'ai un fils en Colombie et je n'ai pas le droit d'être ici. Ah, oui, j'oubliais, il me faudrait quelques centaines de milliers de couronnes. – Bien sûr, ma puce. Sept, ça ira ? »

Kouplan se tait. Il aimerait lui dire qu'il y a encore quelque chose entre elles, que la voix de Jenny se voile quand elle parle d'Amanda, que Consuela a pris des risques pour la simple raison que Kouplan venait de la part de Jenny et que dans un conflit, la vérité peut dissoudre l'hostilité.

— Quand est-ce que tu l'as eue au téléphone ? demande Consuela.

Son ton artificiellement blasé confirme tout ce que pense Kouplan de leur relation.

— Ce matin. Elle était à Göteborg hier pour me voir.
— Attends… Tu as vu Jenny ? À Göteborg ? Hier ?
Il secoue la tête.
— Non, et ça l'a mise hors d'elle. C'est son frère qui a tout pris. Elle a tourné en rond chez lui en poussant des jurons pendant plusieurs heures.
— Ah oui, c'est vrai, son frère habite ici.
— Tu le connais ?
— Non, mais elle me l'a dit. Un vrai loser, apparemment.
— Un artiste.
— Elle a dû être furieuse. Si elle est venue jusqu'ici rien que pour te voir, et que tu lui as posé un lapin…
— Jesper a essayé de la calmer avec des brioches, mais elle en était au deux.
Il s'attend à ce qu'elle lui dise : « Quoi ? » Il pourra alors lui répéter les explications de Jesper sur le régime cinq-deux. Mais Consuela sourit.
— Ce satané régime cinq-deux…

Elles vivaient ensemble. Kouplan le sait déjà, Jenny le lui a dit, mais le commentaire de Consuela sur ce fameux régime rend l'information nettement plus tangible. Elles vivaient ensemble, et pendant que, petit à petit, le mensonge de Consuela prenait des proportions insurmontables, leurs personnalités se rapprochaient l'une de l'autre et leurs corps apprenaient à dormir serrés l'un contre l'autre. On peut utiliser un faux nom, pas feindre des sentiments.

Soudain, sa mission lui apparaît, claire, dégagée de directives et de fantasmes de vengeance. Peut-être ne devra-t-il même pas faire semblant de venger Jenny.

Peut-être faudra-t-il contrevenir à ses souhaits pour lui donner ce qu'elle désire vraiment : la vérité et le moyen de pardonner à Consuela. Kouplan est le fils de l'une des psychologues les plus douées d'Iran, tout de même. Avant de l'engager, ses employeurs n'ont qu'à y penser.

Il se souvient du regard de Consuela quand elle a su que Jenny était venue à Göteborg.

De la voix de Jenny quand elle a appris qu'il avait parlé à Consuela.

Si elles se rencontraient maintenant, ce serait l'explosion. La décharge. Peut-être en viendraient-elles aux mains. Aucun pronostic ne peut prédire la réaction de Jenny l'intransigeante à la réalité de Consuela. Mais un fait demeure, dans cette histoire, il s'agit de sentiments plus que de vol. De mensonges plus que de trahison. Et ce genre d'affaire ne correspond pas aux missions des forces de l'ordre. Inutile que Jenny la signale au commissariat.

En revanche, elle l'a confiée à Kouplan.

Il faudra que la rencontre ait lieu dans un endroit neutre. Jenny et Consuela devront de préférence être au courant. Si c'est impossible, il faudra leur faire la surprise. Quoi qu'il en soit, ce sera important de les y préparer d'une manière ou d'une autre, Consuela pour qu'elle ne prenne pas ses jambes à son cou et Jenny pour qu'elle n'appelle pas la police. Kouplan le psychologue grattera la surface des deux âmes pour qu'elles deviennent plus réceptives l'une à l'autre. Il doit donc, sans qu'elles le sachent, devenir leur thérapeute.

— Ça t'a fait quoi de t'éloigner de Jenny ?

La télévision exhibe à nouveau des robes de mariées qui coûtent des milliers de dollars. La femme que suit la caméra qualifie son budget d'« illimité ».

— Ce que ça m'a fait ? J'ai eu... peur.
— De Jenny ?
— Je savais bien qu'elle se mettrait en rogne.
— Tu n'as pas éprouvé une certaine tristesse ?

Consuela lui jette un regard en coin.

— Qu'est-ce que tu crois ? Bien sûr que c'était... Enfin, pas drôle, quoi. J'aurais volontiers continué à jouer le rôle d'Amanda Martinez, la fiancée de Jenny qui vécut heureuse et ainsi de suite, mais les mensonges... Tôt ou tard, elle m'aurait démasquée. En plus, j'avais besoin de l'argent pour ma mère.
— Tu dis toujours que Jenny est dure.
— C'est vrai.
— Mais qu'est-ce qui te plaisait, chez elle ?

L'émission est interrompue par une page de publicité. Consuela se penche en avant, attrape la télécommande et baisse le volume.

— Son indépendance.
— Ah.
— Qu'elle ne soit pas une cruche. Quand Jenny veut quelque chose, elle prend le taureau par les cornes et elle l'obtient. C'est séduisant.

Kouplan se souvient du regard implacable de Jenny, de ces yeux gris acier qui ne vous lâchent pas. C'est vrai que cela peut paraître attirant... pour n'importe qui. La question était mal posée. Il pense à Siri et à ce qu'il éprouvait pour elle.

— Mais est-ce que tu... Tu n'as jamais eu l'impression qu'elle s'ouvrait ? À toi ?

Consuela tarde à répondre. Ils regardent une publicité pour les supermarchés ICA du début à la fin.

— La nuit, elle était différente.

— Ah bon ?

— Elle n'est pas très matinale. Elle restait au lit à cligner des yeux, elle faisait des bruits de bouche ensommeillés et disait... de belles choses. Avant d'enfiler son armure quotidienne, si tu vois ce que je veux dire.

— Je vois.

En tant que psychologue, Kouplan fait du bon travail. Sa mère serait fière de lui.

— Quand on était seules, pas au début, mais après un mois... Enfin, elle est dure, c'est un fait. Mais elle a aussi un côté doux. Elle prenait toujours soin que je n'aie pas froid. Et quand on s'est fiancées, elle m'a fait des bisous. Elle ne pouvait plus s'arrêter.

Un frisson parcourt le corps de Kouplan. Il n'y peut rien : une image de Siri le couvrant de bisous. Ses poils se hérissent.

— Elle faisait attention à toi ?

— Qu'est-ce que ça peut faire, à la fin ? Je veux dire pour les gens comme nous. Tu ne trouves pas ? Les histoires sentimentales, c'est un luxe qu'on ne peut pas se payer.

Kouplan a quitté le collectif de Siri le soir où il a reçu sa réponse : *L'Office national des migrations est au regret de vous annoncer le rejet de votre demande de permis de séjour.* Siri et lui ne formaient plus un couple, mais il se sentait encore chez lui dans le collectif. Son nom était toujours inscrit sur la porte de sa chambre. *Le rejet de votre demande.* Il était pourtant si sûr de pouvoir rester, c'était incompréhensible, il leur avait raconté la vérité. Ce soir-là, il dut mettre ses émotions au placard, faire sa valise et acheter un billet pour une destination où il serait plus en sécurité. Seule Siri avait pleuré.

— Les gens ordinaires ont du mal à comprendre, admet-il. On devient comme un robot. Complètement focalisé sur sa propre survie.

— Exactement.

L'émission a repris depuis longtemps, mais Consuela n'a pas remonté le son. La femme au budget illimité essaye une robe accompagnée d'un voile et d'un diadème. Sa mère a la lèvre inférieure qui tremble.

— C'est bizarre qu'on se soit rencontrés, dit Kouplan.

— Une pâte à pizza et un kebab parmi tant d'autres ?

— Je veux dire parce qu'on est dans la même situation. Est-ce qu'il s'agit d'une incroyable coïncidence ou sommes-nous plus nombreux que nous ne le croyons ?

Consuela secoue la tête.

— Aucun des deux, à mon avis. Tu n'as jamais remarqué qu'on est souvent attiré par les gens qui ont vécu les mêmes choses ?

— Alors quand Jenny m'a engagé, c'est parce que j'étais attiré par toi ? Avant même qu'on se rencontre ?

— Non, mais quand j'ai décidé de ne pas te fuir, c'est parce que j'ai senti qu'on avait quelque chose en commun. Il faut partager ce genre d'expérience, sinon, on est foutu.

Elle remonte le son de la télé. Ses paroles demeurent néanmoins suspendues dans l'atmosphère, comme les échos d'une vérité réconfortante. On est humain. On n'est pas seul.

Si quelqu'un les apercevait à travers la fenêtre, il croirait voir deux citoyens fatigués dans un canapé. Lui, Kalle, elle, Lisa. Ils soufflent après une longue journée de travail et parlent de la pluie et du beau temps. « Enfin le printemps », disent-ils.

33

Sa mère n'est pas seulement la meilleure psychologue d'Iran, mais également l'une des pires cuisinières du pays. Quand elle préparait à manger, elle tournait toujours en rond en grommelant, reprochant au riz de brûler au fond de la cocotte et aux légumes de finir en bouillie – par pure désobéissance.

— Il fait chaud, protestait-elle. Soit on en fait trop, soit pas assez, on est obligé de surveiller les casseroles comme s'il s'agissait d'enfants en bas âge. Mais les enfants, eux, grandissent, alors que la cuisine exige éternellement la même attention.

Il suffit à Kouplan de fermer les yeux pour la voir faire les cent pas en grondant des plats qui mijotent.

Kouplan a en partie hérité de l'incapacité de sa mère à concocter avec plaisir un ragoût d'agneau ou un caviar d'aubergine mais, tout comme elle, il a été élevé pour savoir le faire quand même. Ce jour-là, c'est donc lui qui cuisine pour Consuela. Il se sert de ce qu'il trouve dans le garde-manger : du riz, une boîte de tomates, de l'ail et des graines de courge. Dans le réfrigérateur, il tombe sur un concombre, qu'il râpe, et du bouillon cube. S'il se dépêche, il aura fini avant qu'elle rentre.

Lorsque le fumet commence à lui sembler acceptable et que le riz est moelleux, il a l'impression d'entendre un bruit de clé dans la porte, mais ce n'est qu'un voisin de palier.

Il garde le repas au chaud pendant un moment. Elle devait rentrer à 4 heures et il est déjà presque 5 heures. À 5 h 15, il se sert. Il allume la télé pour dissiper les hypothèses inquiétantes sur ce qui a bien pu lui arriver. Elle arpente sans souci les rues de Göteborg, si sûre d'elle... Si visible...

Le repas est plutôt bon. Il ravale ses mauvais pressentiments et envoie un SMS à Consuela : *Tu rentres quand ?*

A-t-elle dit ce matin qu'elle serait en retard ?

À 6 heures, il ne tient plus en place, il tourne en rond, il va et vient d'une fenêtre à l'autre, il essaye de se concentrer sur des images de singes bonobos qui possèdent quatre-vingt-dix-neuf pour cent de gènes en commun avec l'homme. Ils utilisent le coït pour résoudre les conflits, dit-on à la télévision. Ils aiment les fruits.

Kouplan verse une partie du repas dans une boîte en plastique et laisse le reste dans la casserole, sous couvercle. Si Consuela rentre tard, elle le réchauffera facilement. Elle n'a toujours pas répondu à ses SMS. Quand il l'appelle, les signaux se perdent dans le néant. Son téléphone est tout de même allumé. *Je m'inquiète*, lui écrit-il. *Fais-moi signe !*

Il est 22 h 30 lorsque son téléphone sonne enfin. Le cœur de Kouplan fait un bond, il attrape maladroitement l'appareil et regarde l'écran : ce n'est pas le numéro de Consuela qui apparaît, mais celui du docteur Mikael. Celui-ci soupire bruyamment à travers les éthers.

— J'ai une mauvaise nouvelle à vous annoncer.

Consuela avait-elle rendez-vous chez le médecin ? Elle n'a rien dit à ce sujet. Quelle mauvaise nouvelle un médecin peut-il bien avoir à annoncer à quelqu'un ? L'inquiétude de Kouplan augmente de façon exponentielle.

— Elle est... Il est arrivé quelque chose à Con... Angela ?

— Elle vient de m'appeler. Pas depuis son propre téléphone, depuis celui de la garde à vue.

— La garde à vue ? C'est quoi ?

Mais il connaît déjà la réponse.

— Ils l'ont pincée, Kouplan. Dans un contrôle de routine. Ils en font de plus en plus, cette année, comme vous le savez peut-être. Ce mois-ci, ils ont mis le paquet à Göteborg.

— La police ?

— Elle n'avait le droit qu'à un coup de fil, alors elle m'a appelé. Elle a beaucoup insisté pour que je vous avertisse.

— Elle va être expulsée ?

— Un vol l'attend. Il passera par Amsterdam. Schiphol.

Le ventre de Kouplan se noue. Des images défilent dans son esprit : la démarche insouciante de Consuela dans les rues de Göteborg, Consuela achetant un latte vanille, Consuela balançant son sac à main. Ça ne l'aura pas sauvée.

— Elle craint que la police ne vous trouve à son adresse, Kouplan. Y a-t-il quelque part où vous puissiez aller ? Une autre ville ?

— D'accord, dit Kouplan en s'efforçant de calmer ses pensées qui s'emballent. D'accord, répète-t-il en entrant dans la cuisine.

Il sort la boîte en plastique du réfrigérateur : riz à la tomate. Il la met dans un sac en plastique avec le paquet de tablettes de bouillon et une bouteille d'huile.

— J'aimerais pouvoir faire quelque chose, ajoute Mikael.

Kouplan a l'impression d'entendre une voix lointaine à travers un récepteur radio.

— Jenny ! s'exclame Kouplan. Jenny a des relations. Elle doit pouvoir faire quelque chose.

— Angela m'a parlé d'une certaine Jenny, mais…

— Je vais l'appeler tout de suite. Je lui expliquerai, elle comprendra…

Il parcourt l'appartement, cherchant du regard quelque chose qu'il aurait oublié. Il fourre les tampons de Consuela et ses nouvelles hormones dans le sac, soulève des plaids, trouve une chaussette mais pas l'autre.

— Kouplan ! l'interrompt le docteur Mikael. C'est trop tard. Angela l'avait compris, ça s'entendait à sa voix, l'avion attendait déjà sur le tarmac. Et quand elle a mentionné cette Jenny… Je ne la connais pas personnellement, mais il m'a semblé qu'Angela savait de quoi elle parlait. Elle a dit… Je n'ai pas très bien saisi, mais vous, vous comprendrez peut-être. Elle a dit qu'il ne fallait pas lui infliger la vérité.

La deuxième chaussette n'est ni sous le canapé ni coincée entre les coussins. Kouplan se met à transpirer. La police est peut-être déjà en route.

— Et merde...

— Ce n'est pas la première fois que ça arrive. Je reçois beaucoup de patients comme vous. Elle manquait de prudence, je le savais bien. Elle est sûrement déjà en route pour Schiphol.

Il trouve enfin l'autre chaussette coincée entre le dossier et un accoudoir. Il la sort, arrange le plaid et regarde autour de lui pour vérifier qu'il ne laisse pas de traces.

Il quitte l'appartement de Sandra Mellqvist avec un sac en plastique plein d'articles de toilette et de denrées prises au hasard. Sans verrouiller la porte – il n'a pas la clé. Sur la cuisinière, il reste une casserole contenant du riz à la tomate parfumé à l'ail.

Il file le long de rues qu'ils n'ont jamais empruntées ensemble. La paranoïa a pris le dessus sur la prudence. À quoi peut bien ressembler un contrôle de routine ? À quelle heure les agents de la police des frontières rentrent-ils chez eux le soir pour se mettre au lit ?

Sûrement déjà en route pour Amsterdam, a dit Mikael, mais seulement *sûrement*. Si Jenny connaissait toute la vérité, elle réagirait, c'est sûr. Elle est dure, mais pas méchante, et elle a encore des sentiments pour Consuela. Son vol l'attend, a dit Mikael. Peut-être jusqu'à demain. Le médecin a peut-être mal compris le délai. Combien d'avions sont prêts à décoller pour la Colombie sans préavis un mercredi soir ?

Il faut absolument qu'il parle à Jenny.

34

Jesper le force à dormir.

— C'est une question de vie ou de mort ! s'écrie Kouplan.

— On est en pleine nuit, réplique Jesper.

— Il faut que je parle à Jenny !

— Demain.

— C'est urgent ! Un avion va décoller, il faut l'arrêter !

— Aucun avion ne décolle à minuit. Soit il a déjà décollé, soit il le fera demain. Qu'est-ce que vous fabriquez, à la fin ? Tu avais dit « des repérages », il me semble, non ?

— Une amie commune a des problèmes. Il faut vraiment que je parle à Jenny !

— Essaye toujours, propose Jesper en lui tendant son téléphone. Mais Jenny met le sien sur silencieux de minuit à 6 h 30.

Les signaux de Kouplan retentissent dans le néant éternel. Peut-être Jesper a-t-il raison.

— Allez, on va se coucher, dit Jesper. Tu vas voir, ça va te faire du bien.

Comme on parle à un enfant.

Kouplan ne dort pas. Il ne rêve pas. Il voit Consuela rire en mangeant une pizza, faire claquer ses talons sur les pavés. Il la voit vêtue de son perfecto rouge, le jour où il l'a poursuivie à travers la ville. Elle le dévisage sans peur et lui offre un sandwich. Il n'a jamais rencontré personne comme elle et, maintenant, un autre pays profitera de sa présence.
« Il faut vivre, Kouplan », enjoint-elle. Le regard de Kouplan se perd dans le noir, entre les sculptures de Jesper. Faire semblant d'être libre, c'est presque l'être, mais il se demande à quel point l'impression est trompeuse quand, en réalité, on est prisonnier des circonstances. Si elle avait été un peu plus peureuse, elle aurait peut-être été plus vigilante. Elle se serait fondue dans le décor. Elle ne se serait pas fait pincer. Mais Kouplan sait bien que c'est impossible. Consuela est incapable de se fondre dans le décor.

Il essaye de s'endormir malgré ses jambes crispées. Pendant toute la nuit, il a l'impression d'étouffer.

À 6 h 30, il appelle Jenny.

— Je vais vous dire quelque chose et il va falloir me croire.
— Je suis pressée, Kouplan. Ça ne peut pas attendre ce soir ?
— Ce sera trop tard !
— Bon, bon ! Pas la peine de dramatiser. Je peux vous rappeler du taxi ?

Elle le rappelle du taxi.
— Vous disiez que c'était urgent…

— Eh bien... Comment dire... Le vrai nom d'Amanda est Consuela. Elle vient de Colombie et vit clandestinement en Suède.

— Je n'en crois pas un mot, mais d'accord. Qu'est-ce que vous voulez dire par « clandestinement » ?

— Elle est sans-papiers, immigrée clandestine. Elle vous aime, mais elle avait peur que vous la dénonciez.

— Alors elle m'a pris deux cent mille couronnes et elle s'est tirée.

— Elle avait besoin de l'argent pour l'opération de sa mère en Colombie. Il faut me croire. Allez... Faites-moi confiance !

— Je ne vous crois pas. Mais je vous écoute.

— Hier, elle s'est fait pincer par la police des frontières, ceux qui expulsent les sans-papiers. Elle est à l'aéroport en ce moment même.

— Dites-moi, c'est drôlement mouvementé comme histoire ! Consuela, puisque vous l'appelez comme ça, ne vient pas du tout de Colombie. Je l'aurais remarqué, sinon, vous ne croyez pas ?

— Comment ? Comment est-ce qu'on remarque que quelqu'un vient de Colombie ? S'il vous plaît, faites-moi confiance ! Un avion l'attend. On va l'expulser de Suède et l'envoyer dans un pays où elle va se faire assassiner ! Ça peut paraître bizarre, je sais, mais...

— Complètement invraisemblable.

— Oui, mais... Vous ne pourriez pas faire quelque chose ?

Jenny rit.

— Soit elle vous a fait avaler une histoire à dormir debout et elle veut encore de l'argent, pour verser des pots-de-vin à la police ou je ne sais quoi, soit cette histoire est vraie, ce que je ne crois pas du tout, et, dans ce cas, je trouve que l'expulsion est une punition assez juste pour un escroc qui m'a volé pratiquement un quart de million de couronnes.

— Elle ne vous a jamais demandé d'argent. Pensez à ce que vous ressentez pour elle... Si c'est vrai...

— Mes sentiments pour elle ne font pas le poids en comparaison avec ceux de la police des frontières. Si ce que vous dites est vrai, contre toute attente, de toute façon, je ne peux rien faire.

— Mais vous êtes dans la politique !

— Je suis responsable des chantiers sur le territoire de Stockholm, pas des immigrés expulsés.

— Mais...

— Je suis arrivée. On en reparlera demain, je suis en réunion toute la journée. Et comme je vous le disais, je ne crois pas un mot de cette histoire.

— Mais réfléchissez-y ! Vous pouvez peut-être quand même faire quelque chose.

— Au revoir, Kouplan.

Il entre dans la salle de bains de Jesper, s'assied sur les toilettes et regarde fixement son téléphone. Aucun SMS de Consuela, pas de réponse quand il l'appelle. Bordel de merde... Cette méfiance de Jenny, tranquillement assise dans un taxi, alors que Consuela essayait seulement d'oublier les murs de sa prison, d'entrevoir d'autres horizons. Et soudain, la voici enfermée dans un avion, ou dans un aéroport, entourée de policiers insensibles, même aux charmes d'un visage comme le sien. Kouplan se demande si elle pleure. Il se demande ce qui lui fait si peur en Colombie, ce qui lui semble encore plus épouvantable que ce qu'elle vit ici. Il se fait des films. Il la suit à l'aéroport, il court le long de parois vitrées et bondit par-dessus des portillons, il emprunte le micro d'une hôtesse d'accueil, sa voix résonne dans les haut-parleurs : « *There has been a mistake ! Officers, release the girl !* » Il l'aperçoit à travers une baie vitrée. Un espoir s'allume dans les yeux de Consuela.

Malheureusement, Kouplan ne vit pas dans un film. Seule Jenny pourrait aider Consuela, car comme le dit si bien Jesper, elle a « de l'argent, des relations et un capital culturel ». Si elle le voulait, elle pourrait faire quelque chose. Même si elle prétend le contraire.

En s'essuyant, il ne remarque d'abord rien, parce que justement, il n'y a rien à remarquer. En posant les yeux sur le papier, il sursaute. Le sang qu'il a pris l'habitude d'y voir à chacun de ses passages aux toilettes n'y est plus. Il ne saigne plus. Son soulagement est immense, mais il l'aurait été plus encore s'il avait su Consuela en sécurité.

— Ça va ? lui demande Jesper.

Celui-ci se prépare une tartine de fromage et de poivron. À Göteborg, c'est l'heure du petit déjeuner.

Kouplan secoue la tête.

— Elle ne me croit pas. Ou alors elle ne veut pas entendre ce que je lui dis. Il faut que j'aille lui expliquer en personne.

C'est la seule chose qui lui reste à faire. S'ils sont face à face, elle ne pourra pas raccrocher. Il saura lui faire comprendre. Ce n'est plus qu'une question de temps.

— Il faut que j'aille à Stockholm.

35

Jesper ne lui donne pas d'argent – sur instruction de Jenny : *Ne plus payer Kouplan.*

— Mais comment je vais faire ?

— Alors ça…

Jesper se tait, comme si « Alors ça… » était une réponse valable.

— Si tu veux, je te vends un truc.

— Quoi, par exemple ?

— De l'huile.

Kouplan va chercher la bouteille à demi pleine d'huile de colza qu'il a emportée sans réfléchir en quittant l'appartement de Sandra Mellqvist. Jesper ricane.

— Je ne savais pas que tu étais du genre à graisser la patte.

— Et du bouillon cube aussi.

Il s'abstient de lui proposer des tampons.

— Et ce serait combien ?

Kouplan observe les articles : il y en a pour vingt couronnes à tout casser. Jesper va chercher son portefeuille et en sort trois billets de cent couronnes.

— Parce que tu ne sais plus à quel saint te vouer. Et parce que je ne suis pas ma sœur.

— C'est de la bonne huile. De la *siper* bonne huile, mon frère.

Kouplan émet un rire nerveux. Sa propre tentative de caricaturer un Iranien lui fait froid dans le dos et il s'interrompt brusquement. Jesper ne lui avait rien demandé de tel contre ces trois cents couronnes.

— Merci, ajoute Kouplan.

Il rassemble ses affaires tandis que Jesper lui fait un exposé sur les moyens bon marché de rejoindre Stockholm, et se souvient d'un sketch de Tage Danielsson sur des billets de train qu'on passe sous une porte de toilettes, dans un wagon-restaurant. Quelque part entre l'arrivée du contrôleur et le couple qui joue au plus fin, Jesper perd le fil, mais il insiste : le sketch est vraiment très drôle quand on le voit. Jesper raconte aussi son trajet en stop de Nässjö à Lund avec des missionnaires qui ont bien failli le convertir.

— C'est vrai, on peut encore faire du stop même si on n'est plus dans les années 1970. On rencontre pas mal de zozos, mais pas autant de tronçonneurs psychopathes qu'on pourrait le croire.

Pour Kouplan, il est évidemment exclu de se planter au bord d'une autoroute, à la vue de tous et bien mémorisable. Tricher dans le train serait pure folie pour quelqu'un qui, comme lui, risque infiniment plus qu'une simple amende. Il doit donc trouver encore quelques centaines de couronnes, mais comment ? Se planter à un croisement de rues et se mettre à chanter ? Cela s'apparenterait à du suicide, non seulement parce que, là aussi, il s'exposerait, mais aussi parce que, depuis qu'il a mué, sa voix est devenue affreusement pâteuse. Il pourrait s'asseoir sur le trottoir avec un gobelet de papier. Il l'a déjà fait. Il avait entendu dans le métro que les mendiants gagnaient une petite fortune. Résultat : en neuf heures, il avait réuni la grande fortune de soixante-quatre couronnes.

En plus, il n'a pas le temps.

— Sinon, le moins cher, ça doit être Swebus, suggère Jesper.

Kouplan quitte l'appartement de l'artiste sans projet précis. Trois cents couronnes, ça ne suffit pas tout à fait pour un billet de bus, mais il ne peut pas en demander plus, pas maintenant. *S'il te plaît, Allah*, songe-t-il – bien qu'il ne soit pas croyant –, *s'il te plaît, égrène de l'argent sur mon chemin*. Un billet de cent couronnes perdu sur le trottoir, un voyageur généreux qui aurait besoin d'aide pour porter ses valises... *S'il te plaît, je ne te demande jamais rien.*

Il prend les petites rues en repensant à ce que le docteur Mikael disait sur les contrôles de routine. À la gare, il est obligé de traverser la place ouverte où s'entrecroisent les trams. Il sait désormais enjamber les voies comme les gens d'ici, mais il est nerveux, les trams sont imprévisibles et leur imprévisibilité se diffuse dans l'atmosphère. À quoi peut bien ressembler un contrôle de police ?

Après avoir traversé une voie, il est sur le point d'entamer la suivante lorsqu'une boucle de cheveux attire son attention. Ou peut-être une épaule, ou l'association des deux. Une corpulence aussi. On aurait dit Consuela.

Parfois, quand on est loin de quelqu'un, on a l'impression de l'apercevoir à tout bout de champ dans la rue. Après la disparition de Nima, Kouplan le voyait partout. Mais ce qu'il vient de percevoir n'est pas une chimère. C'est Consuela. Debout sous un abribus, elle fume aux côtés du docteur Mikael.

Il a réussi ! Voilà la première pensée de Kouplan. *Il a réussi à la tirer de leurs griffes !*

Exactement comme lors de sa première rencontre avec Consuela, il agit sur un coup de tête. Dans un élan de soulagement et de perplexité, de joie et d'excitation, il se précipite vers elle.

— Consuela !

Soudain, la scène passe au ralenti : pas à pas, en prononçant les syllabes de son prénom, Kouplan se souvient du scepticisme de Jenny. *Je n'en crois pas un mot.*

Consuela tourne la tête et écarquille ses jolis yeux. Le regard du docteur Mikael converge avec le sien, et ils se précipitent tous deux dans un tram sur le point de refermer ses portes.

— Hé ! crie Kouplan. Hé...

Le tram glisse sur les rails. Des passants le dévisagent. Avec un sourire forcé, il se remet en marche vers la gare, d'un pas aussi anodin que possible.

Rien ne presse plus.

Il s'arrête à un passage clouté. S'appuyant contre un poteau, il tente de reconstituer mentalement la scène : le regard de Consuela, l'expression du docteur Mikael.

Kouplan en aurait-il fait une interprétation erronée ? Étaient-ils pressés de monter dans le tram, tout simplement ? Ne l'avaient-ils pas vu ? La signification d'un incident aussi fugace peut s'avérer difficile à saisir... Quoi qu'il en soit, Consuela ne se trouve pas sur un vol pour Schiphol, Amsterdam. Elle est libre. Elle ne répond pas quand Kouplan l'appelle, et Mikael ne lui a pas donné de nouvelles depuis la terrible annonce de la veille.

En tant que petit frère, Kouplan a un avantage : il sait admettre quand il a tort et donner raison à quelqu'un d'autre. En l'occurrence à Jenny.

Il récapitule à toute vitesse ses journées passées avec Consuela, cherchant des failles dans son histoire, mais tout va trop vite, et les gaz d'échappement lui donnent la nausée. Si elle lui raconte des salades depuis le début, alors dans ce cas, qui est le docteur Mikael ? Que contiennent les cachets qu'il a prescrits à Kouplan ? Et cette femme qui lui escroque son avance sur salaire et l'invite ensuite à manger une pizza sous prétexte qu'il est fauché ? Sous le feu de signalisation, le dispositif destiné aux malvoyants émet un signal sonore strident indiquant que la voie est libre. Soudain, Kouplan a un vertige.

— Ça va ? lui demande une fille voilée qui lui rappelle une ancienne camarade de classe.

Kouplan a toujours le tournis.

— Pas de problème, dit-il en lâchant le poteau. Ça va aller.

— Respirez ! conseille la fille.

Il inspire, expire et se force à sourire.

— Merci, je vais me débrouiller.

Il faudra qu'il avoue à Jenny qu'elle avait raison. Plus tard. Pour l'instant, il doit accomplir la mission qu'elle lui a confiée et qu'il aurait dû mener à bien, au lieu d'écouter des histoires à dormir debout sur la mafia colombienne : révéler une arnaque.

36

On n'est jamais mieux servi que par soi-même. Jenny le sait parfaitement et, si elle en avait eu le temps, elle aurait elle-même infligé une vengeance appropriée à Amanda. Mais le temps, elle ne l'avait pas, et les choses se sont passées comme d'habitude quand on se fie à autrui : le résultat obtenu est médiocre.

Ou plutôt, catastrophique. Pense-bête : ne pas engager des détectives qui fouillent dans les poubelles. Il existe des sociétés établies, et il doit bien y en avoir au moins une qui soit réputée discrète.

Jenny est assise dans son bureau devant plus de quarante mails auxquels elle n'a pas répondu. C'est ainsi depuis un mois : elle les lit et les relit sans rien comprendre. Pour certains, elle a renvoyé un simple : *Je vous contacterai dès que possible à ce sujet.* Elle ne parvient pas à maîtriser le fil de ses pensées suffisamment longtemps pour arriver à formuler des réponses plausibles.

Colombienne sans-papiers... Quelle imagination ! Comment se débrouille-t-elle pour faire marcher ainsi tout le monde ?

Combien de victimes a-t-elle faites avant Jenny ?

Derrière ses paupières closes, Jenny se souvient du jour où Amanda l'avait questionnée sur Conrad.

C'était un matin, à l'heure où l'on ne voit encore le monde qu'à travers ses cils, où l'on n'a pas encore rassemblé ses idées pour la journée, où l'on sent les draps contre sa peau, où l'on entend encore l'écho de ses rêves...

— Pourquoi tu as divorcé ? lui avait demandé Amanda. Je veux dire... Tu ne pouvais pas savoir que tu allais me rencontrer et tomber follement amoureuse de moi.

Cette tendre espièglerie... Les ombres qui dansaient sur les murs...

— Problèmes de communication, avait répondu Jenny. Tu sais, il y a des hommes hyper séduisants justement parce qu'ils sont forts et taciturnes. Tu vois le genre ?

— Non. La séduction que peut exercer un homme m'échappe complètement. Mais d'accord.

— Conrad était comme un bûcheron du Norrland. Enfin, si les bûcherons du Norrland possédaient des banques et se baladaient en costume-cravate. Je le trouvais rassurant, mais tu sais ce qu'il était, en réalité ?

— Non.

— Lâche. Inhibé. Incapable d'exprimer des sentiments sans qualifier la conversation de dispute.

— Quelle horreur.

— Invivable. En couple, il faut pouvoir mettre des mots sur ses sentiments.

— Une de mes ex était exactement pareille. Enfin, en fille. Elle pouvait parler de tout et de n'importe quoi, sauf de sentiments. Elle était propriétaire de plusieurs entreprises, un vrai génie des affaires, mais dès qu'on disait un truc du genre « Toi et moi, il faut qu'on s'écoute plus », elle se braquait. Pourquoi est-ce qu'on est attiré par ce type de gens ?

Jenny, allongée, avait la main mollement posée sur l'épaule d'Amanda. Un rayon de soleil jouait avec les couleurs de leurs peaux. Amanda, couchée sur le ventre, les yeux plissés, regardait Jenny. Pourquoi est-ce qu'on est attiré par les gens taciturnes et inhibés ? Jenny s'était posé la question, bien sûr, mais jamais tout haut, devant quelqu'un.

— Mon père est pareil, avait-elle répondu. Ce qui nous attire, ce sont les traits de caractère qui nous sont familiers. Pose la question à un psychologue, tu verras. Je l'ai fait. On essaye même de revivre des traumatismes d'enfance pour les rejouer en mieux.

Amanda se tourna sur le côté et dévisagea Jenny comme si elle venait de la découvrir.

— Mon père est comme ça aussi. Et dire que je n'y avais jamais pensé ! Ma mère avait toujours des problèmes pour lui faire dire quoi que ce soit de réaliste.

Jenny sourit.

— Pareil pour ma mère. Mais je crois que la vieillesse aidant, ils sont parvenus à une sorte d'entente dans la résignation.

— Toi et moi, dit Amanda, deux carriéristes avec des pères et des ex complètement renfermés sur eux-mêmes. Deux femmes qui aiment les maisons. Qui ont besoin d'indépendance, mais ne craignent pas d'exprimer leurs sentiments.

— Hmm, approuva Jenny en la tirant vers elle. Comme c'est bon de se sentir enfin comprise... Moins seule.

Amanda lui fit un bisou sur le bout du nez.

— À mon avis, on est attiré par les gens qui ont eu des expériences similaires aux nôtres. Je crois que la première fois que je t'ai vue, j'ai senti qu'on était de la même étoffe. Quand je t'ai appelée pour prendre un deuxième rendez-vous, j'étais sûre qu'on avait un terrain commun. S'enfermer trop longtemps dans la solitude, c'est insupportable.

Comment Amanda est-elle parvenue à tromper Kouplan ? Jenny n'en sait rien. En ce qui la concerne, Amanda avait vu juste, il faut le lui concéder. Jenny cherchait par tous les moyens à sortir de sa solitude.

Elle se demande quoi faire désormais : tourner la page ? Laisser Amanda s'en tirer avec deux cent mille couronnes en poche et la satisfaction de l'avoir roulée deux fois de suite, une en personne et une par messager interposé ? Exiger de Kouplan qu'il lui rembourse l'argent ?

Elle se masse les tempes et fixe des yeux l'écran de son ordinateur, qui ne devrait pas scintiller.

Ce qu'elle doit faire avant toute chose, c'est répondre à quarante-trois mails.

37

Jesper s'étonne de retrouver Kouplan sur le seuil de sa porte, une heure seulement après qu'ils se sont fait leurs adieux. Kouplan est censé se trouver dans un autocar pour Stockholm. Jesper, pour sa part, n'a même pas eu le temps de s'habiller. Il est encore en peignoir.

— Jenny avait raison, lui annonce Kouplan.

Jesper acquiesce.

— Comme très souvent. Enfin, quand il s'agit de faits avérés. Sur le plan idéologique, c'est plus discutable.

Kouplan n'a pas envie de discuter des travers idéologiques de Jenny ni de son propre égarement. Il veut seulement emprunter l'ordinateur de Jesper. Il lance une recherche sur « Burakamanga » et trouve *Bucaramanga* en Colombie. Criminalité élevée. Soit l'histoire de Consuela est vraie, soit elle s'est renseignée sur le sujet. « Calavia », cherche-t-il ensuite sur Google – la ville où habitent actuellement sa mère et son fils. Résultat : une ribambelle de restaurants et un patronyme romain. Il modifie l'orthographe, l'associe à

Colombie et passe sur Google Earth, mais il n'existe aucune ville de ce nom en Colombie. Kouplan est pourtant sûr d'avoir bien entendu. La ville de la mère de Consuela n'existe pas.

Qui était la femme des conversations nocturnes par ordinateur ? Kouplan se souvient de l'instant fugace où il a eu l'impression que Consuela l'observait. Comment savoir si c'était le cas ?

— Qu'est-ce que tu fais ?

Kouplan éteint l'ordinateur.

— Ce pour quoi je suis payé. Je peux rester une nuit de plus ?

— Je fais du plein temps, en ce moment.

— Quoi ?

— Prendre son art au sérieux, c'est le considérer comme un travail, alors j'ai décidé d'exercer mon activité tous les jours de 11 h 30 à 6 h 30, et je ne veux pas être dérangé.

— D'accord.

— À 7 heures, par contre, on pourrait prendre un verre.

— Ça marche. Merci.

Jesper vit dans son monde à lui, un univers où l'âme s'exprime en nuances de bleu et où l'angoisse surgit quand on ne parvient pas à donner un bec suffisamment réaliste à une créature sculptée. Ensuite, on prend un verre et on se laisse envahir par l'idée d'un projet en nacre barbue. Kouplan aurait bien aimé vivre dans ce monde-là, ne serait-ce qu'une journée.

Il se dirige vers l'immeuble début XXe siècle de Gustav, du moins c'est ce qu'il espère. Il se souvient vaguement du chemin. Est-ce dans ces rues qu'il a commencé à remarquer les regards anxieux que Consuela jetait autour d'elle ? Qu'ils lui ont rappelé les siens ? A-t-elle eu l'idée, à ce moment précis, d'ajouter ce tic à son personnage ?

Calquait-elle systématiquement son comportement sur celui de Kouplan ?

Dans ce cas, c'était bien joué. Elle possède un fabuleux talent d'actrice, aucun doute là-dessus.

En ouvrant la porte de son appartement aux rideaux blancs, Gustav, perplexe, dévisage Kouplan.

— C'est à propos d'Angela, dit Kouplan. Je suis son copain, vous vous souvenez ?

— Oui... Et qu'est-ce que vous voulez ?

— J'aimerais discuter un peu avec vous.

— Eh bien, entrez.

Kouplan ôte son blouson trop léger pour la saison et, en l'accrochant sur un portemanteau, croit entrevoir un billet de cinq cents couronnes dans une poche du gros manteau de Gustav – une illusion d'optique due à sa situation financière ? *Mais non, pas comme ça !* se dit-il en son for intérieur. *Ce n'est pas ce que je voulais. Allons, un peu de concentration !*

— Je ne suis pas sûr qu'Angela soit honnête avec vous.

— Ah bon ?

Kouplan confirme en hochant la tête.

— Elle vous a dit qu'elle était immigrée clandestine ? reprend-il.

Gustav plisse les yeux.

— Et en quoi ça vous regarde, qu'elle me le dise ou non ?

— Ça me regarde parce que je crains qu'elle essaye de vous escroquer. Elle vous a déjà demandé de l'argent ?

— Angela ne m'a jamais parlé de clandestinité ni demandé d'argent. Je vous en prie.

Il conduit Kouplan à la cuisine, dont la table est recouverte d'une nappe crochetée, s'excuse et va aux toilettes, laissant Kouplan seul dans la pièce. Si celui-ci avait une quelconque tendance criminelle, il filerait piquer le billet de cinq cents couronnes dans le couloir. Et s'il le faisait, il ne vaudrait pas beaucoup mieux que Consuela. Il reste donc dans la cuisine et remplit sous le robinet un verre qu'il a trouvé dans l'évier. L'eau calme un peu la faim.

— Où en étions-nous ? reprend Gustav en revenant.

Il ressemble à une tortue, peut-être à cause de la courbure de sa nuque. S'asseyant sur une chaise, il fixe Kouplan avec insistance.

— Elle a trompé un tas de gens, explique celui-ci. À Stockholm et ici. Elle s'invente de fausses identités.

— Ça ne vous est jamais venu à l'esprit qu'elle ne puisse pas raconter la vérité, qu'elle en soit empêchée ?

— De quelle vérité voulez-vous parler ? Angela, ce n'est même pas son vrai prénom.

— J'en suis conscient. Manifestement, j'en sais plus que ce que vous croyez sur ses conditions de vie.

— À Stockholm, elle a escroqué deux cent mille couronnes à quelqu'un.

Alors, sans crier gare, Gustav, si placide, au faciès de tortue si bienveillant, tape brusquement du poing sur la table et rugit comme un ours :

— Mais quelle sorte d'homme êtes-vous, à la fin ?

Kouplan reste sans voix, les yeux écarquillés. De toute façon, il ne saurait pas quoi répondre à cette question. Sans défense, il est emporté par le flot de rage qui jaillit inopinément de Gustav.

— Exploiter une pauvre fille de cette façon ! Elle m'avait prévenu que vous viendriez. Vous ne croyiez pas qu'elle oserait m'en parler, hein ? Vous supportez de vous regarder dans une glace ?

— Que... Quoi ?

— Je sais qui vous envoie ! Vous devriez avoir honte !

— Vous pouvez m'expliquer ce que j'ai fait ?

— Vous le savez mieux que moi. Ce que vous ne comprenez pas, par contre, c'est ce que ça représente pour une femme de vivre sous la menace. Enfin, soit vous ne le comprenez pas, soit vous êtes entièrement dénué de scrupules. Elle m'avait bien dit que vous essayeriez de me retourner contre elle.

Les dents serrées, il transperce Kouplan du regard.

— Si j'ai un conseil à vous donner, c'est de cesser de rendre service au minable avec lequel elle a été mariée et d'écouter un peu la voix de votre conscience. Le ciel et l'enfer existent, vous savez !

Petit à petit, Kouplan digère les accusations du vieil homme et replace les pièces du puzzle.

— Attendez... Vous croyez qu'Angela fuit un ex-mari...

— Ce que vous faites porte un nom : c'est du harcèlement. La police va arriver d'un instant à l'autre.

Inutile d'en dire plus. Kouplan se précipite dans le hall et arrache son blouson du portemanteau. Son regard est attiré par le billet de cinq cents couronnes dans la poche de Gustav, qui vient d'appeler la police ;

Kouplan le saisit et quitte l'appartement aux rideaux blancs avant même que son hôte n'ait eu le temps de sortir de la cuisine.

— Et ne vous avisez pas de revenir ! lance Gustav. L'écho de sa voix résonne dans l'escalier.

38

Kouplan se précipite à travers Göteborg avec huit cents couronnes en poche. Désormais, il a volé. Soudain, il se rend compte que son comportement est le plus suspect qu'il puisse avoir : dévaler les rues en lançant des regards effrayés autour de soi. Pour un jeune homme aux cheveux noirs, ce n'est vraient pas malin. Il pousse une porte et s'arrête, haletant, dans une cage d'escalier. Dehors, la ville tournoie.
Réfléchis, Kouplan !
Sa respiration s'apaise, mais il continue à trembler. Il pose la main sur sa poitrine, appuie sur son cœur et tente de le dominer par sa pensée. Dans sa poche, son téléphone vibre : *Rendez-vous chez moi à Stockholm demain matin. Débrouillez-vous pour faire le voyage.*
Il n'a pas grand mal à imaginer le cinéma de Consuela devant le vieil homme. D'ailleurs, le rôle de femme battue lui va sans doute à merveille : visage ouvert, un homme à ses trousses... Et, cerise sur le gâteau, la description du jeune acolyte qui agit pour le compte de son ex-mari. Malgré l'adrénaline qui circule à grande vitesse dans son corps, Kouplan parvient à tirer au moins une conclusion logique de la situation.

Si Gustav a appelé la police pour dénoncer le complice d'un mari violent, Kouplan n'a pas à s'inquiéter.

Si, en revanche, Gustav a découvert que son billet de cinq cents couronnes a disparu, Kouplan est dans de beaux draps, car quel que soit le pays où on se trouve et les violences qu'y subissent les femmes, par ordre de priorité, l'argent passe toujours en premier.

Avant de ressortir de la cage d'escalier, Kouplan jette un coup d'œil dans le miroir de l'ascenseur. Son cœur bat moins vite, mais ce regard affolé... Il se reconnaît à peine. L'image que lui renvoie le miroir est celle d'un suspect. Il ferme les yeux, pose ses mains sur ses paupières, compte jusqu'à trois, inspire, compte jusqu'à trois, expire et rouvre les yeux. Astrid Lindgren l'aurait sans doute qualifié de petit gredin. Inutile d'espérer améliorer son apparence ce jour-là.

Il s'aventure dans une Göteborg redevenue ville policière, arpente les rues d'un pas guindé sans parvenir à reproduire aucune démarche normale et s'arrête ici ou là devant une vitrine qu'il examine avec un intérêt exagéré tout en se rapprochant peu à peu de la gare. Il pourrait se déguiser. Absorbé par l'idée, il manque de la réaliser : entrer dans une boutique et voler un voile. Se déguiser en Nesrine, cesser d'être un mec suspect, voler une jupe, passer à travers les mailles du filet. Mais il n'en fait rien.

D'une part, il ne veut pas s'enliser dans la criminalité, se faire pincer par un patron de boutique et se retrouver au commissariat à cause de tous les efforts qu'il aura déployés pour ne pas s'y retrouver.

D'autre part, il n'est pas sûr de passer inaperçu. Certes, on l'a modelé, taillé, dressé pour faire de lui une fille, mais il n'a jamais marché dans le jeu et, après sa nouvelle puberté, les autres ne se laisseront pas leurrer non plus. L'idée lui apporte une satisfaction déplacée, une petite seconde de douceur à laquelle il voudrait s'agripper : si, aujourd'hui, il essayait de se faire passer pour une fille, tout le monde trouverait cela complètement raté.

D'un pas raide, sans aucun naturel, il continue son chemin jusqu'à la gare, s'attendant à y être accueilli par la police, voire Gustav, ou même Consuela, car parmi toutes ses incertitudes, la plus brûlante, c'est s'il va parvenir à quitter Göteborg ou non.
Il arrive en tout cas à faire la queue pour acheter un billet d'autocar à cinq cent dix-neuf couronnes. Il prétend s'appeler Michael Scott et décoche un sourire compréhensif à la dame du guichet qui essaye de lui vendre un billet jeune.
— Non, merci, adulte.
— Vous avez l'air si jeune !
— C'est ce qu'on me dit sans arrêt.
— Vous vous en réjouirez quand vous serez plus vieux.
— Je le suis déjà.
Il lui fait un clin d'œil et elle rit. Tant mieux. Un voyageur qui plaisante est un voyageur qui n'est pas recherché par les forces de l'ordre. Elle lui conseille de se dépêcher, le départ est dans dix minutes.

Le car est luxueux – un minimum pour que les gens acceptent de faire tout le trajet jusqu'à Stockholm. Des panneaux indiquent que les passagers ont accès au wi-fi gratuit et à une prise électrique sur chaque siège. Il flotte une légère odeur d'essence, d'air conditionné et de corps qui se préparent à un voyage de sept heures. Kouplan passe devant une bande de jeunes filles et deux hommes fatigués, puis s'affale sur l'une des rares places encore libres. Son jeune voisin lui lance un bref coup d'œil et se tourne vers la fenêtre. Dans son vide-poche, il a mis une banane et une canette de 7-Up. Kouplan ne ressent pas la faim.

Une heure plus tard, son ventre crie famine, il est tenaillé par l'anxiété. Il sort son cahier, relit ses vieilles pistes et préfère considérer les gargouillis de ses entrailles comme des manifestations de vie. *Gargouillis, je suis libre et dans un car. Gargouillis, je suis vivant. Gargouillis, j'ai deux cent quatre-vingt-une couronnes en poche et je ne mourrai pas de faim aujourd'hui, quoi qu'en disent actuellement mes tripes.*

Ses anciennes pistes le font rougir de honte. *A. sans papiers elle aussi ? Anxieuse en ville – clandestine ?* Les dates ne l'aident pas à comprendre ses raisonnements d'alors. Ni ce qui les a déclenchés. Le visage ouvert, épanoui d'Angela, la douleur qu'il avait l'impression d'y lire quand elle parlait de son enfant à Calavia. Une partie de lui se demande malgré tout s'il n'y a pas un malentendu, l'émotion semblait si réelle... Mais Calavia n'existe pas et Consuela a eu l'air sincèrement effrayée en le voyant parmi les voies des tramways. Ça ne colle pas.

Son voisin lui lance des coups d'œil à répétition. La énième fois, Kouplan décide de croiser le regard du jeune homme dégingandé aux yeux bruns et timides.

— Vous voulez un fruit ? lui propose celui-ci.

Kouplan lui adresse un sourire de gratitude.
— Je peux attendre.
— J'en ai plusieurs.

Il se penche et sort de son sac à dos un sachet de pommes.

— Elles sont traitées, ça me rendrait service si vous vouliez m'aider à les manger. On partagerait le poison.

Kouplan accepte. Lorsque le bout de ses doigts entre en contact avec l'écorce du fruit, ses papilles bondissent de joie.

— Merci, dit-il. Pour la pomme empoisonnée.

Cela fait sourire son voisin.

— Comme dans le conte, répond-il. Je suis la sorcière. Vous savez, le conte, quel est le titre, déjà...

— Oui, oui, je vois... Celui avec les... euh... les sept petits gars.

Son manque de vocabulaire est comique. Il connaît le titre en persan, en suédois aussi, d'ailleurs, mais la faim et le stress le déconcentrent. Comment s'appelle-t-il, déjà, ce conte ?

— Pas *La Belle au bois dormant*...

— Je l'ai sur le bout de la langue ! fait son voisin. En suédois, c'est...

Une jeune femme rousse assise devant eux se retourne.

— *Blanche-Neige*, dit-elle.

Elle n'a pas l'air de vouloir entamer la conversation mais plutôt qu'ils cessent de tâtonner derrière son dos. Après son intervention, elle se rassied vivement sur son siège.

— Mais oui ! s'exclame le voisin en riant. C'est la même chose en espagnol.

— En persan aussi. Quel idiot.

— Prends-en une autre, si tu veux.

Kouplan reprend une pomme. Après tout, s'il peut contribuer à ce que quelqu'un s'empoisonne un peu moins... Il relit ses vieilles pistes pour être sûr de n'avoir rien raté, ou plutôt, pour y découvrir un éventuel détail qui lui aurait échappé jusqu'alors. *Parle espagnol avec quelqu'un en pleine nuit. Dit « mamita » et « notengo ».* Une idée lui traverse l'esprit et il sort son téléphone. S'il n'a pas fait de fausse manipulation, le message devrait être conservé dans sa boîte vocale.

— Excuse-moi, dit-il.

Son voisin se tourne vers lui.

— Tu as dit que tu parlais espagnol...

— Je suis péruvien. Jesús.

— Kouplan, se présente Kouplan bien que le nom inscrit sur son billet soit Michael. Bref... Vous parlez des espagnols différents au Pérou et... par exemple en Colombie ?

— Très différents. C'est comme le suédois de Scanie et d'Umeå. Ou de Gotland. Ou l'américain et le britannique. Et en persan, c'est comment ?

Un jeune homme vraiment sympathique. Le sujet de conversation qu'il propose l'est aussi, mais Kouplan a besoin de renseignements précis.

— Je te le demande parce que j'ai un enregistrement que j'aimerais te faire écouter.

Jesús écoute, sourcils froncés, serrant le téléphone contre son oreille.

— C'est bizarre..., conclut-il après avoir passé deux fois l'intégralité de l'enregistrement. La première femme est d'Espagne. L'autre, on l'entend à peine, c'est pour ça que j'ai dû repasser le message. Je ne distingue que trois mots. Je crois que c'était... de l'espagnol de Suède. Une Suédoise qui parle espagnol.

— Aucune des deux n'est colombienne ?

— Sûrement pas. Elles disent qu'une d'entre elles est malade et a besoin de se faire opérer. Elle a un kyste au ventre. Et... Euh... Elle veut venir en Suède, mais l'autre dit que c'est impossible. Celle qui doit se faire opérer parle comme une Suédoise. C'est quoi, cet enregistrement ?

— Une arnaque.

Kouplan ne voit aucune raison de mentir à Jesús sur ce point.

— Cette conversation est censée faire croire à quelqu'un qu'une mère est malade et a besoin d'argent pour se faire opérer.

— Quelqu'un qui ne parle manifestement pas espagnol, alors. Tu es de la police ?

La question fait sourire Kouplan. Qu'on la lui pose, à lui... Finalement, Consuela n'a pas tort : n'importe qui peut passer pour n'importe quoi.

— Je suis détective indépendant.

Jesús hoche la tête, impressionné.

— Moi, j'accorde des pianos. Et je fais des ménages, quand il n'y a pas de pianos à accorder. C'est-à-dire la plupart du temps. Je n'ai pas une grosse clientèle.

— Le boulot de détective, c'est pareil. Il faut développer sa clientèle.

— Disons que si j'ai besoin d'un détective, je t'appelle. Et si tu as besoin de faire accorder un piano, tu m'appelles.

Jesús lève le pouce. Kouplan lève le sien et l'appuie contre celui de Jesús. Ça s'appelle faire du réseau, et Kouplan imagine que cela se fait plus souvent dans des bureaux, une coupe de bulles à la main. On ne griffonne pas son numéro de téléphone au verso d'un vieux ticket de caisse. On distribue d'élégantes cartes de visite en papier cartonné. En les tenant entre l'index et le majeur, comme une cigarette.

Quatre heures plus tard, les passagers ont tous mal aux fesses. Jesús s'est endormi, le front appuyé contre la vitre. La bande qui jacassait à l'avant s'est tue. Kouplan se recroqueville, pieds sur le siège, et contemple le paysage qui défile comme on regarde un film. Des champs, la forêt – quelques traces de neige subsistent sous les sapins les plus denses –, puis des grappes de maisons dont les toponymes se terminent en « -bo », « -å » ou « -vik », ce qui signifie « habitation », « rivière » ou « crique ». Ici et là, des chevreuils broutent, formant des taches couleur cannelle dans la campagne.

« *Pigeonner* », se dit-il. Il a cherché des synonymes d'« escroquer », ils sont nombreux et celui-ci convient parfaitement à la situation. La tête penchée en arrière, il regarde forêts et chevreuils défiler dans un scintillement continu. Oui, il a bien le sentiment de s'être fait pigeonner. Angela emportée par le vent, Consuela par un courant d'air, tournoyant sous ses yeux comme une feuille morte aventurière. Une bourrasque a mis sa tête sens dessus dessous et lui a donné une migraine dont il souffre encore. Mais peut-être est-ce la honte qui le tourmente. Les remords, la vacuité, sa propre crédulité tant redoutée. Doit-il se considérer comme un idiot ?

Quoi qu'il en soit, il ne serait pas le seul. Cette pensée le réconforte un peu. Il partage sa bêtise avec une conseillère municipale de la ville de Stockholm et un vieux rupin distingué de Göteborg. Peut-être sont-ils tous trois normaux. Peut-être ne peut-on rien contre le vent qui se lève.

À cette petite différence près, pour être tout à fait honnête, qu'il était prévenu. En ce qui le concerne, Angela portait déjà l'étiquette d'« arnaqueuse ». Kouplan est taraudé par le désir de revenir en arrière, de défaire toutes les bêtises qu'il a faites et de mener son enquête de façon complètement différente. C'est épuisant, Kouplan retient son souffle pour mettre fin à ses vains espoirs. En fait, ça fait vraiment mal.

S'il pouvait remonter le temps, il ferait une recherche sur « Calavia ». Il demanderait aux jeunes rencontrés dans la rue quels dialectes parlent les voix enregistrées et chercherait parmi les affaires d'Angela des traces de sa véritable identité. Il prendrait des photos, il s'entretiendrait avec Gustav à l'insu de la menteuse.

Mais on est seul responsable de ses décisions, si seul.

On n'a qu'un cerveau à consulter.

On n'a que deux yeux.

On fait de son mieux, mais on est seul.

S'il avait pu, il aurait demandé conseil à Nima. « Qu'est-ce que tu en penses ? Elle te semble fiable ? Elle t'a raconté la même histoire qu'à moi ? Y a-t-il un détail qui m'échappe ? »

Il aurait interrogé sa mère. « Vois-tu quelque chose de plus que moi ? En tant que psychologue, que penses-tu du cas de Consuela ? Et Jenny, comment la décrirais-tu ? »

Son père se gratterait le menton, comme toujours quand les choses se compliquent. « Entre êtres humains, dirait-il, on doit pouvoir se faire confiance. »

— Voilà pourquoi…, poursuit son père.

Kouplan distingue sa silhouette. Il est assis sur une souche de sapin, vêtu de sa chemise préférée.

— Voilà pourquoi il est si facile d'abuser les gens. Quand c'est le but qu'on se fixe, on y arrive presque toujours. Mais ce faisant, on s'abuse aussi soi-même, parce que la duperie ne fonctionne qu'à court terme. En se consacrant au faux, on est en contradiction avec la vie, qui est dans le vrai. Chaque mensonge est un instant volé à sa propre vie.

Kouplan et son père se lèvent de la souche et se promènent dans la forêt, entre les restes de neige. Le père de Kouplan porte sa couronne de cheveux habituelle autour de la tête, désormais un peu plus clairsemée. À part cela, il est égal à lui-même. Il a le pied chaussé d'une grosse botte d'hiver.

— C'est bizarre de te voir en Suède, dit Kouplan.

— Je n'y ai qu'un seul pied, mon fils.

Kouplan baisse les yeux : son père porte une sandale sur l'autre pied, qui est posé dans la cour de chez eux, à Téhéran, sur le pavé chaud. Lorsque Kouplan touche le sol, la chaleur irrigue sa main.

— Où en étais-je ? continue son père. Ah oui, entre êtres humains, on doit pouvoir se faire confiance, c'est une question de survie. Voilà pourquoi tu n'es pas un idiot.

— Kouplan..., lance une autre voix.
Une main fraîche lui secoue doucement l'épaule. Kouplan ouvre les yeux, relève son menton enfoncé dans le creux de son cou et ravale une goutte de salive qui tente de s'échapper de sa bouche. Jesús le regarde de ses yeux bruns et timides.
— On est arrivés.

39

Stockholm l'encercle à nouveau. L'air de la capitale se presse contre ses oreilles, contre ses yeux. Cela fait longtemps qu'il éprouve de l'aversion pour cette ville – personne n'aime sa prison.

Göteborg, c'était différent. Consuela lui faisait croire qu'un sans-papiers pouvait y vivre dans l'insouciance et qu'on est libre si on choisit de l'être. Quand il la regardait balancer les bras, il avait l'impression que les siens se dégourdissaient aussi, se libéraient d'un étau. Mais le voilà de retour à la case départ, car rien de ce que lui a enseigné Consuela n'est vrai. Il rentre les épaules et freine les battements de son cœur en passant devant deux policiers en civil, puis il monte dans le bus pour Lindingö.

En rentrant la veille au soir, il a découvert que Regina avait rangé dans sa chambre deux cartons vides et un vélo d'intérieur. Elle ne savait pas quand il allait rentrer, et elle avait besoin de débarrasser l'autre chambre, lui avait-elle expliqué. Elle espérait que ça ne le gênerait pas. Kouplan lui avait répondu que non. Avant de se mettre au lit, il avait pédalé un peu et senti ses muscles jubiler, comme s'ils avaient à nouveau le droit d'exister. Maintenant, ils se rappellent à lui. Kouplan se masse les cuisses en traversant le centre de Lindingö. Son corps fonctionne, il devrait se montrer reconnaissant. Et remercier sa bonne étoile que les saignements se soient arrêtés.

Jenny lui ouvre sa porte vêtue de stretch en velours. Une autre aurait paru relax dans cette tenue d'intérieur, mais Jenny a l'air de quelqu'un qui tente désespérément de se sentir à l'aise. Elle a les yeux rouges et les cheveux négligemment noués en queue-de-cheval.

— Mon *qi* est complètement à plat, lui annonce-t-elle en l'invitant à entrer.

L'esprit de Kouplan est traversé par des images d'une femme élégante montant dans un taxi, d'une femme politique qui le scrutait d'un regard tellement perçant qu'il en était gêné. Jenny n'a plus grand-chose à voir avec ses souvenirs. À qui la faute ? Kouplan avait pour mission de lui faire retrouver la sérénité, et il n'a fait qu'empirer la situation. Elle va sûrement vouloir qu'il lui rembourse ses honoraires.

— Je ne sais pas trop quoi dire, marmonne-t-il en ôtant son blouson, qui semble lui coller à la peau.

— Tu sais ce que c'est, le *qi* ? demande-t-elle avec familiarité.

— Non.

— C'est l'énergie vitale. Nous l'avons tous. Moi, j'en ai des tonnes.

— Ah.

Jenny secoue la tête comme pour se débarrasser de quelque chose.

— Mais il est complètement de travers. Je lis des trucs sur la respiration et je n'arrive même pas à faire les exercices.
— Parce que votre *qi* est de travers ?
Elle lui jette un regard.
— Ce ne sont pas des bêtises, si c'est ce que tu crois. C'est scientifiquement prouvé. Allons nous asseoir dans mon bureau.

Elle lui indique la même chaise qu'à leur précédent rendez-vous et s'installe pareillement en face de lui, à son bureau. Kouplan se souvient : la dernière fois, il lui avait annoncé de bonnes nouvelles. Il avait localisé Amanda Martinez et découvert son nouvel alias. Ses talents de détective avaient impressionné Jenny.
— J'ai vraiment déconné, entame-t-il.
— Si tu le dis, réplique Jenny.
Quelque part dans son regard perçant, il reste des traces de *qi*. Kouplan avale sa salive.
— Il n'est pas trop tard, bégaye-t-il. Maintenant, nous savons vraiment de quoi elle est capable. On la tient, la garce. J'ai compris comment elle a dupé le bonh... sa dernière victime à Göteborg.
— Je crois qu'il vaut mieux considérer cette première étape de ta mission comme une période d'essai.
— D'accord.
— Est-ce que personnellement, tu engagerais un enquêteur privé qui se fait avoir par l'escroc qu'il est censé retrouver ?
— Non.
— Et surtout, qui vacille dans sa loyauté ?
— Non, c'était... Je comprends.
— Bien.

Elle le dévisage. Kouplan se sent comme un raté. Il réfléchit en silence. Si elle voulait simplement le virer, pourquoi ne pas le faire au téléphone ? Il est traversé par un pressentiment : elle veut le punir...
— Je veux que tu me fasses un compte rendu.
— D'accord.
— On va commencer par tous ses faux noms.

En entendant les balivernes qu'Amanda a racontées à Kouplan, Jenny est stupéfaite. L'invraisemblable récit de la maman colombienne sans-papiers est en contradiction complète avec le personnage de la lobbyiste bon vivant qui boit volontiers des cocktails. Décidément, Amanda fait preuve d'une créativité considérable. Dire que Kouplan ait pu marcher dans une histoire aussi tirée par les cheveux...
— Et quand elle alignait les circonstances tragiques, l'une après l'autre, ça ne t'a pas mis la puce à l'oreille ?

Kouplan fait une réponse vaseuse : c'est arrivé progressivement, elle ne lui a jamais dit clairement qu'elle était sans-papiers, elle l'a insinué par des gestes et des comportements.
— Elle est douée, proclame-t-il pour se défendre d'avoir été si naïf. La nuit, elle s'asseyait dans sa cuisine et parlait espagnol avec sa mère. Maintenant, je sais que ce n'était pas de l'espagnol de Colombie. Elle semait des indices et me laissait tirer mes propres conclusions. Elle a sûrement fait pareil avec vous.

Jenny ne le pense pas. En ce qui la concerne, Amanda s'est forcément montrée bien plus rusée puisque Jenny n'est pas quelqu'un de naïf.

— Je l'ai accompagnée chez son médecin, enchaîne Kouplan. Il a corroboré son histoire. Et elle a dit qu'elle avait envoyé votre argent à sa mère pour son opération. Tout semblait coller. Qu'est-ce que vous vouliez que je pense ?

Jenny secoue la tête, agacée. Kouplan n'était pas fait pour cette mission, elle a commis une grave erreur en le recrutant.

— Je croyais qu'on t'enseignait les notions de base de la critique de sources à l'école de détectives. Tu veux dire que vous êtes allés ensemble à l'hôpital ?

— Bien sûr que non. Il rendait service à des sans-papiers. Dans son cabinet personnel, chez lui.

— Alors vous êtes allés chez un zozo qui a joué au docteur ! De quoi il avait l'air ?

Kouplan semble perdu, comme un petit enfant. Quand Jenny parle du médecin, sa nervosité augmente. Bien fait pour lui, c'est mérité.

— Il s'appelait Mikael. Plutôt petit, environ un mètre soixante-dix. Les paupières molles. La quarantaine, pas de cheveux sur le haut du crâne.

D'un geste, il lui montre l'endroit où le docteur Mikael était chauve. Jenny pourrait aussi bien l'appeler Mattias, car le signalement lui correspond parfaitement. Elle sort son téléphone et cherche le numéro du pensionnaire d'Amanda, le misogyne caractérisé qui a prétendu avoir été escroqué de trois loyers.

Il répond dès la première sonnerie. Jenny ne s'y attendait pas.

— Jenny Svärd à l'appareil. Nous nous sommes déjà parlé, vous vous en souvenez ? Il s'agissait d'Amanda.

— Cette saleté de bonne femme, répond Mattias. La police ne m'a pas rappelé.

— J'ai engagé un détective privé pour la retrouver, dit Jenny.

Elle n'a pas de plan. Elle aurait dû prévoir le coup, mais son *qi* est en vadrouille ; il faut improviser. Elle enclenche le haut-parleur.

— Merde alors... Et ça a donné quoi ?

— Il l'a trouvée.

— Tant mieux.

— Mais il a reperdu sa trace, et il vient de démissionner.

— Putain... Quelle menteuse, celle-là... Et maintenant, vous allez faire quoi ?

— Rien, je crois.

— Ah bon. C'est vrai, il n'y a sans doute pas grand-chose à faire, en fin de compte.

— Exactement. Je n'en peux plus, je ne veux plus dépenser mon énergie sur cette affaire.

— C'est vrai, il faut savoir lâcher, sinon, on perd la boule.

— Tout à fait d'accord. Mais n'hésitez pas à m'appeler si vous avez du nouveau.

— Sans faute.

Elle raccroche, puis vérifie deux fois de suite que la ligne est bien coupée.

— Tu as reconnu la voix du médecin ?

Kouplan acquiesce.

— C'est lui. Il m'a même vendu des médicaments. Moins cher qu'à la pharmacie, mais cher quand même. C'est pour ça que j'avais besoin d'une avance.

— Quel genre de médicaments ?

— Je souffre d'une maladie. Je lui ai acheté un traitement pour quatre mille deux cents couronnes.

Elle le jauge, se demandant de quelle maladie il peut bien s'agir. Si c'est, comme elle le pense, lié à une prise d'hormones, il n'a pas besoin de payer lui-même son traitement car celui-ci est pris en charge par la sécurité sociale. Enfin, elle s'abstient de fouiner.

— Il t'a sûrement prescrit des pilules de sucre. C'est tout ce qu'ils t'ont escroqué ?

— Je n'avais rien de plus à me faire escroquer.

Kouplan raconte l'histoire de Patricia, la femme qui s'est découvert un don pour jouer le rôle de la Latina idéale aux yeux d'un homme suédois.

— Tu y crois ? demande Jenny.

— Sauf si elle a inventé qu'elle l'a inventée. Aucune idée. Elle mélange mensonge et vérité comme un barman secoue un shaker.

Jenny médite sur la métaphore.

— Comme un barman..., répète-t-elle.

— Il semble qu'elle ait joué le rôle de Patricia juste avant de vous rencontrer, c'est-à-dire qu'elle aurait escroqué une victime masculine juste avant vous. Mais ce n'était sûrement pas, comme elle me l'a raconté, pour mieux s'intégrer à la société suédoise ni profiter de son passé d'actrice en Colombie.

— Plausible.

— Je ne sais plus par quel prénom la désigner.

Jenny partage ce sentiment : un visage pour quatre noms qui n'étaient que des rôles. Quatre costumes sans corps pour les habiter.

— Moi, je préfère l'appeler Amanda, conclut-elle. J'ai vécu avec Amanda pendant dix mois.

Kouplan hoche la tête.

— Les noms, ça s'installe dans la bouche et, après, on les en déloge difficilement.

Voilà comment il parle. Parfois, ses tournures ressemblent à des proverbes alors qu'il ne s'agit que de phrases ordinaires.

— On peut toujours l'appeler « la garce », propose-t-il.

Elle devrait être furieuse. Contre Kouplan, bien sûr, cet hurluberlu, ce soi-disant détective qui a tout fichu en l'air.

Mais son sentiment prédominant, c'est l'épuisement. Du moins le croit-elle. Elle a lu hier le passage sur le *qi* dans son livre sur la respiration, et elle a immédiatement compris : notre énergie doit se trouver au centre de notre être, rayonner depuis notre diaphragme. Depuis la disparition d'Amanda, la sienne est décalée. Elle a glissé, progressivement, jusqu'à ce que Jenny ne soit plus capable d'effectuer des tâches aussi banales qu'assurer le suivi de ses mails ou répondre du tac au tac à Göran Lilja.

Elle se préparait pourtant à passer un gros savon à Kouplan, mais voilà que, face à lui, elle ne le sent plus. Lui retirer la mission n'a pas procuré à Jenny la satisfaction attendue et sa conversation téléphonique avec Mattias était complètement décousue.

La seule chose qui la recentre un peu, c'est que, progressivement, les pièces du puzzle « Amanda » trouvent leurs places. Est-ce l'inachèvement du récit qui l'ébranle plus que tout le reste ? Ces lacunes récurrentes dans une vérité partielle ? Quoi qu'il en soit, Kouplan est la seule autre personne à pouvoir le comprendre.

— Tu peux rester déjeuner, dit-elle.

40

Et l'énergie vitale de Kouplan, où est-elle ? Ils ont fini de déjeuner depuis longtemps. Kouplan ne parle pas de son *qi*, car cela n'a aucun rapport avec l'affaire. Maintenant qu'il a appris que celui de Jenny est de travers, il se demande cependant où est passé le sien. À Jönköping, dans le collectif, il l'avait encore. L'aurait-il laissé là-bas, au fond d'un plat de lentilles ? Après l'époque difficile du grill d'Azad, elle a néanmoins repointé le bout de son nez lorsque, durant quelques jours, se souvenant de ce qu'il avait été, il a décidé de se lancer dans une carrière de détective. Une décision complètement folle, se dit-il en rétrospective, six mois plus tard, mais tout de même une tentative de se ressaisir.

Cette énergie, il l'avait, enfant. Le matin, il tâche de la retrouver en faisant ses tractions. Il se dit : *Serre le ventre, utilise tes pectoraux.*

Non, elle n'a pas disparu. Elle lui échappe, mais elle est toujours là, quelque part. En périphérie, comme les pensées sur sa mère, son père et Nima.

— Allez, on sort manger, suggère Jenny. Allons à Jernet.

Elle l'habille. Il n'est pas présentable, lui dit-elle. Elle lui prête un blouson bleu marine à col roulé. Ce vêtement ne ressemble pas à Jenny. Elle a peut-être eu un homme. Petit.

— Et puis des chaussures. Tu chausses du combien ? Du trente-huit ?

— Trente-neuf.

Elle disparaît dans la cave et remonte un quart d'heure plus tard avec une paire de chaussures dans un sac en plastique.

— J'espère qu'elles ne te feront pas mal.

Il les essaye.

— Vous vendez des habits pour boucler vos fins de mois ? C'est vrai que la politique...

— Les vêtements sont à mon fils.

— Je ne savais pas que vous aviez des enfants.

— Pourquoi le saurais-tu ? Tu es un employé, rien de plus. Il y a beaucoup de choses que tu ne sais pas sur moi.

La voix de Jenny est tranchante. S'abstenant de fureter, Kouplan se concentre sur ses lacets. Les chaussures sont étroites, mais il a tout de même réussi à les enfiler.

— L'enfant de mon ex-mari, explique Jenny un peu plus gentiment. Il a vingt-deux ans, maintenant.

— Ah bon.

Jenny enfile son manteau et met du rouge à lèvres. *Je vous rappelle votre fils ?* songe Kouplan, mais il ne le dit pas. Elle est vraiment canon, Jenny, et il a remarqué des œillades provocatrices de sa part. Il préfère qu'elle ne le considère pas comme son fils.

Le restaurant se trouve seulement quelques rues plus loin. Ils se promènent entre les villas, Kouplan dans des chaussures un peu trop petites et Jenny en faisant claquer ses talons. Elle le devance, lui indiquant ainsi le chemin. Kouplan pense aux différences de logement. Dans un immeuble, les gens vivent sur un ou deux mètres carrés de la surface de la Terre alors que dans ces villas entourées de jardins, les occupants en possèdent plusieurs milliers. Une image lui traverse l'esprit : des cercles concentriques qui s'élargissent dans des boîtes de Petri, des cultures de bactéries... Ce sont des photos de la découverte de la pénicilline, il les a vues quelque part. Non pas qu'il se considère comme une bactérie, mais enfin...

— C'est joli, par ici, fait-il.

— Oui, finalement, c'est joli. J'ai acheté après mon divorce.

Elle tourne à gauche, traverse une route et longe encore des villas. La terre des jardins de Lidingö répand des odeurs de vie qui s'éveille. Dans certains, des fleurs en forme de gouttes sont apparues ; dans d'autres, des crocus – l'Iran et la Suède se trouvent donc malgré tout sur la même planète. Kouplan se demande pourquoi Jenny a dit « finalement ».

Ils sont accueillis par un maître d'hôtel qui les conduit jusqu'à une table, dans un coin tranquille. Jenny commande deux verres de vin rouge et demande à voir la carte. Après un coup d'œil aux alentours, Kouplan est convaincu qu'il n'a pas les moyens de se payer plus qu'un verre de vin. Jenny déplie sa serviette en tissu et la pose sur ses genoux.

— J'ai compris comment elle m'a eue, commence-t-elle.

— Ah bon ?

— Plus j'en apprends sur ses autres rôles, mieux je cerne comment elle s'est servie d'Amanda. Elle a créé un personnage qui semblait me comprendre.

Kouplan le sait déjà.

— Un reflet fidèle de vous. Et elle lui a ajouté une qualité que vous rêviez de posséder.

Jenny tressaille.

— C'est exactement ça.

Il n'aurait pas dû s'exprimer dans ces termes. Jenny ne doit pas en déduire qu'Amanda a fait pareil avec lui, elle découvrirait alors sa situation de sans-papiers.

— Elle applique une tactique différente à chacune de ses victimes, on dirait, glisse-t-il. Avec moi et Gustav, elle a joué la victime. Pour qu'on la prenne en pitié.

— Elle sait ce qu'elle fait.

Le serveur arrive avec deux verres de vin rouge sang.

— À la tienne, dit Jenny. À un *qi* mal barré. Je prendrai l'escalope milanaise.

Kouplan se tortille.

— Je crois que je ne vais rien manger.

— C'est moi qui paye. Une arnaqueuse l'a dépouillé de tout son argent.

Elle s'adresse au serveur, qui rit poliment. Kouplan rougit, regarde les prix et songe d'abord à prendre le plat le moins cher, puis se ravise, ne sachant pas quand il pourra se payer à nouveau un bon repas.

— Alors l'agneau, si possible.

— Une souris d'agneau, répète le serveur avant de s'éloigner.

— Merci, dit Kouplan.

Jenny hausse les épaules.

— J'ai perdu deux cent mille couronnes. Trois cents couronnes de plus ou de moins, quelle importance ?

Elle avale quelques gorgées de vin, puis son visage se crispe dans une espèce de sourire.

— L'ancienne Jenny n'aurait pas fait ça. Elle t'aurait viré et obligé à la rembourser.

— Je préfère la nouvelle.

Elle secoue la tête.

— La nouvelle est une vraie catastrophe. Il ne manquerait plus que les gens s'arrêtent pour me dévisager.

— Vous ne laissez rien paraître.

— Saleté d'Amanda... Enfin, si c'est vraiment sa faute. J'étais peut-être déjà en train de devenir folle avant de la rencontrer. Ça expliquerait mon attirance pour elle.

Peu plausible mais néanmoins intéressant. Cette Jenny contrariée, les cheveux en bataille, angoissée par son *qi* désaccordé, fascinerait la mère de Kouplan.

— Parlez-moi de l'ancienne Jenny.

L'ancienne Jenny, enfin, la vraie, nageait dans le bonheur. On n'est jamais mieux servi que par soi-même. Il fallait qu'elle réussisse et elle s'y était mise dès le collège. Bac avec mention très bien, présidente des jeunesses du parti, volley le jeudi et gymnastique le samedi. Non pas pour devenir la meilleure en sport mais pour rester en forme. Elle se souvient brusquement de ses photos de classe, de ses camarades tout tordus, tout cagneux, certains fermant même les yeux au seul instant décisif, celui où il fallait rester concentré devant l'objectif. Incompréhensible.

— Il fallait que tu réussisses ? Qu'est-ce que tu veux dire par là ? demande Kouplan – il n'arrive plus à la vouvoyer, à présent qu'ils partagent un repas ainsi que des confidences.

Leurs plats arrivent. Kouplan déplace son verre pour accueillir son assiette ; Jenny utilise la pause pour réfléchir à la réponse qu'elle va lui donner.

— Dans la vie, il y a les fainéants et il y a ceux qui savent ce qu'ils ont à faire. N'importe qui peut réussir, il suffit de se prendre en main.

Kouplan attend qu'elle ouvre la bouche pour l'interrompre.

— Mais pourquoi toi, personnellement, tu devais réussir ? C'était ce qu'on attendait de toi ? Ou est-ce qu'au contraire, tu avais quelque chose à prouver ?

Elle essaye de comprendre la question qui, bizarrement, lui échappe. Elle n'a pourtant bu qu'un demi-verre de vin, ça ne peut pas être à cause de cela.

— Tout le monde veut réussir, non ?

— Dis donc, ça me rappelle un truc que Jesper m'a dit à Göteborg à propos de tes parents. Qu'ils étaient un peu sévères.

— Ça ne m'étonne pas de sa part.

La sécheresse du ton est le reflet fidèle de ce que Jenny ressent à cet instant. Jesper le grand artiste se permet d'émettre un avis sur ceux qui vivent dans la réalité.

— Il t'a dit ce qu'il faisait avant de devenir artiste ? Il était agent immobilier. Et tu sais à quoi ça se résume, sa vocation artistique ? À une crise des quarante ans.

— Qu'est-ce que tu veux dire ? Que tes parents n'étaient pas sévères ?

Elle secoue la tête. De quoi se mêle-t-il, à la fin ?

— Tu es psy, ou quoi ? Ils étaient tout à fait normaux. Ils travaillaient. Ils nous ont donné l'exemple en nous montrant jusqu'où on pouvait aller si on faisait les efforts nécessaires.

— Ils doivent être fiers de toi. Conseillère municipale et tout et tout.

Le ton qu'il emploie n'est pas complètement... N'est-ce pas ? Que signifie ce bruit blanc qui résonne quelque part dans la tête de Jenny ? Que ses parents n'ont jamais été fiers d'elle ? Elle tente de dissiper le bourdonnement en mâchant un gros morceau de viande. Lui ont-ils semblé heureux le jour où, à l'école, elle a remporté le premier prix du concours de débat ? Le jour où elle a obtenu son double diplôme ? Son premier poste haut placé ? Ou ce qu'ils éprouvaient ressemblait-il plutôt à du soulagement...

— Je suppose. Plus que de Jesper, en tout cas.

Kouplan la regarde comme s'il lisait en elle, ce qui serait parfaitement désagréable s'il ne levait pas en même temps sa fourchette, au bout de laquelle il vient de piquer un morceau de pomme de terre Hasselback.

— Trop bon. De la patate rayée.

Jesper n'a jamais parlé à Kouplan de la sévérité de leurs parents, mais ça a bien marché de le prétendre. Kouplan médite sur la réaction de Jenny en laissant l'agneau et la pomme de terre cannelée fondre sur sa langue.

De son point de vue – qui n'a pas besoin d'être juste car, son verre étant bientôt vide, il se peut désormais que le vin influence son jugement – Jesper n'est pas le seul individu en crise, dans la famille. Ces deux frère et sœur ont été privés de quelque chose. Le vin ronronne suavement derrière les yeux de Kouplan. Les gens sont comme de la pâte, il ne trouve pas de meilleure comparaison. Si on n'y a pas mis assez de levure, on aura beau la pétrir, elle ne lèvera pas. Les lacunes dont nous souffrons au moment où nous nous formons constituent des manques pour la vie. Jesper se cherche lui-même pour compenser et Jenny, elle, chasse. Mais elle a été rattrapée par son propre besoin de reconnaissance, le standing et les signes extérieurs de richesse ne suffisent plus. Elle semble avoir perdu ses repères.

Enfin, elle s'est aussi fait escroquer d'un quart de million de couronnes.

Amusé, Kouplan songe qu'être fils de psy, ça ne laisse pas indemne non plus.

— Alors, on fait quoi, maintenant ? demande Jenny après le plat principal et un deuxième verre.
— Qu'est-ce que tu veux dire ?
— Amanda est sans doute encore à Göteborg en train de travailler Gustav au corps.
— Je vois... Eh bien... Je suis viré, donc, la question est plutôt : tu fais quoi ?

Jenny fait une grimace et lève les yeux au ciel.
— En effet.

Sa mine mécontente fait sourire Kouplan.
— Si je n'étais pas viré, de toute façon, je ne retournerais pas à Göteborg.
— Ah ?
— Elle m'a vu la voir. Et même si Gustav marche dans sa combine, elle sait que nous sommes au courant.

— Tu crois qu'elle a déménagé ?

— Dans ce cas, il faudrait qu'elle trouve un nouveau logement. Autant changer de ville. À mon avis, elle préfère changer de vie et s'attaquer à une nouvelle victime.

— Le problème, c'est que ni toi ni moi, nous ne la connaissons réellement. Ce ne sont que des spéculations.

— Ce que je ferais... Je veux dire si j'avais encore le job... C'est retrouver sa trace sur Internet pour voir si elle a déménagé. J'espère que ton nouveau détective saura s'y prendre.

Jenny ricane et fait semblant de lui mettre une gifle.

— Tu en as, du culot, tout à coup !

Une étincelle traverse ses yeux, comme le jour de leur rencontre à l'hôtel de ville. Elle le provoque et il y prend plaisir.

— Je la retrouverai.
— On verra bien.

Après trois verres de vin – Kouplan est presque sûr que ça ne fait pas quatre –, ils prennent un taxi pour parcourir les quelques centaines de mètres qui les séparent de chez Jenny. Inutile de se balader dans le quartier en titubant quand on est conseillère municipale et que n'importe quel passant est désormais équipé d'une caméra vidéo. C'est en tout cas la raison qu'invoque Jenny pour justifier la dépense. Elle vacille dans l'escalier, Kouplan la rattrape.

Il ne s'agit que d'un mouvement subtil, il la retient légèrement par l'épaule jusqu'à ce qu'elle retrouve l'équilibre, mais certains gestes ont une histoire sous-jacente. La sensation de chaleur humaine sous sa paume perdure. Jenny replace une mèche rebelle et regarde la serrure d'un air perplexe. Puis elle glousse.

— Ah oui, la clé !

En ce début d'été, il est 20 heures et le jour a encore la force d'éclairer le ciel. Il rayonne à travers les grandes fenêtres de chez Jenny et pose une nuance lumineuse sur ses mains tandis qu'elle leur sert ce qu'elle appelle « un petit dernier pour la route ».

— Je n'avais jamais entendu ça, dit Kouplan.

Jenny rit.

— Un petit dernier pour la route ? On ne t'a pas appris ça en suédois langue étrangère ?

Ses traits sont adoucis par le vin et la déraison. Le petit dernier, rouge clair, tangue dans des verres à cocktail. Kouplan sirote une gorgée.

— En fait, c'est un peu tôt, continue Jenny. Le petit dernier pour la route, on le prend juste avant de partir. Mais finalement, si on le veut maintenant, pourquoi pas ?

Elle se joue de la vulnérabilité de Kouplan. La dernière fois qu'une chose pareille lui est arrivée, à Jönköping, Siri s'était approchée de lui pour le faire rougir. Son visage rond, ses dreads blonds et son corps robuste lui reviennent à l'esprit, en contraste avec Jenny, la dame de fer, la barbie carriériste à la peau bronzée comme si elle avait passé des vacances à l'étranger, aux ongles laqués de vernis beige... Jenny observe Kouplan les yeux plissés, l'air de quelqu'un qui sait ce qu'il fait. Une vague de chaleur traverse le corps de Kouplan, il se racle la gorge, sirote du liquide rouge clair et sent son bandeau se tendre autour de sa cage thoracique qui se dilate. *Si elle m'embrasse*, se dit-il dans le brouillard éthylique, *ma peau raclera légèrement la sienne. Pas aussi fort que les hommes qu'elle a embrassés jusqu'ici, mais elle sentira tout de même une certaine rugosité.* Désormais, Kouplan se rase. La pilosité apparue sur son menton est plus drue que celle d'un adolescent. Jenny ne s'interrompra donc pas pour se demander quel âge il a. Ou pire, s'il est réellement un homme. Elle sera... Il est interrompu dans ses pensées par un rire impertinent.

— En fin de compte, tu es vraiment nul, comme détective !

Ravie, elle se penche en arrière et parvient tant bien que mal à le fixer du regard.

— Tu connais le compte Twitter *You had one job* ? Tu avais un boulot, et c'était de me venger d'une escroquerie. Et tu as fini par te faire arnaquer à ton tour. Incroyable !

C'est insultant, certes, mais elle rit à en pleurer. Kouplan se détend sous l'effet du petit dernier et du baiser absent. L'ivresse se propage sous sa peau. C'est sans doute mieux ainsi. Il se joint au fou rire de Jenny qui se transforme peu à peu en un simple gloussement, et se termine par un soupir.

— Mais quand on se retrouve seul à seul avec elle, ajoute Jenny, c'est plus facile à dire qu'à faire de... de ne pas... À quoi je pensais, déjà ?

Kouplan les imagine ensemble, dans l'intimité. Elles discutent, construisant un monde de valeurs communes.

— Le monde est plein de murs, déclare-t-il. Autour de gens qui parlent les uns avec les autres. Ce qui arrive à l'intérieur, c'est leur univers. L'extérieur ne devient réel qu'aux rares occasions où ils sortent. C'est à l'intérieur qu'ils fabriquent leur vérité.

Il ne sait pas si son discours a un sens, si les phrases arrivent dans le bon ordre. Jenny le regarde et acquiesce, solennelle. Soudain, il remarque la ressemblance avec Jesper. Elle lui prend la main et caresse un à un ses doigts. Entre les jambes de Kouplan, le sang cogne – depuis quand ?

— Toi alors, ce que tu peux être profond, dit Jenny.
— Oui... Heu... Je..., répond Kouplan.

Jenny le lâche et s'écarte de lui ou... change de position ? Elle ouvre une fermeture Éclair sur le côté de sa jupe cintrée ; il ne comprend toujours pas... Jusqu'à ce qu'elle conduise sa main sous la taille de sa jupe et sous sa culotte où il sent la moiteur.

41

Il se réveille homme.

Ce n'est pas qu'il n'en était pas un la veille.

Ce n'est pas qu'un homme soit défini par son mal de tête ou sa mauvaise haleine.

Ce n'est pas qu'il n'ait jamais couché avec quelqu'un auparavant.

Mais un raisonnement naïf et probablement sexiste lui permet d'affirmer qu'il s'est endormi garçon et réveillé homme.

Jenny dort encore. Kouplan la regarde et frotte sa joue contre ses draps incroyablement lisses. Il n'en a pas senti de pareils depuis qu'il a quitté l'Iran.

Il a gardé son T-shirt, il le sait mais vérifie quand même. Il a passé toute la nuit enserré dans son bandeau et sa cage thoracique se languit des quelques respirations qu'il lui accorde tous les jours d'habitude. Jenny a-t-elle remarqué quelque chose quand elle a posé ses mains sur lui et l'a entraîné au lit ? Elle était ivre, elle aussi.

Il secoue la tête et, en dépit de la migraine, sourit. Lui, Kouplan, a fourré sa tête entre les jambes d'une conseillère municipale de la ville de Stockholm. Il l'a fait haleter, gémir et planter ses ongles vernis dans sa nuque. Il passe la main sur son cou, peut-être a-t-elle laissé des marques.

Elle ne lui a pas demandé d'ôter ses habits.

Jenny est belle et fragile. Les rides volontaires sur son front se sont évanouies, ainsi que tous les autres détails qui rendent son visage un peu effrayant. Elle respire sans un bruit, tournée vers Kouplan, le bras replié, la main sous le menton comme si elle réfléchissait. Cela rappelle à Kouplan ce que disait Angela sur Jenny le matin, sur son abandon avant de mettre son armure quotidienne. Il aimerait tendre une main vers elle et lui caresser le bras mais n'en fait rien. La nuit est finie, une nouvelle journée commence.

Si Kouplan s'est réveillé homme, ce n'est pas parce qu'il a passé la nuit avec une conseillère municipale, mais à cause de la manière dont elle l'a touché. Il ne peut pas l'expliquer plus précisément, il n'avait même pas ôté tous ses vêtements, mais c'est la première fois qu'on le touche comme un homme.

Non pas comme une lesbienne ni un garçon manqué ni – aurait dit Siri – ce « mélange super chaud de masculin et de féminin qui m'excite à fond ».

Mais comme un homme.

Il est incapable de mieux cerner le phénomène.

— Bonjour, fait Jenny d'une voix rauque.

On pourrait croire qu'elle a les yeux fermés, mais ses pupilles étincellent entre ses cils.

— Bonjour, répond Kouplan.

Il adopte un ton doux mais neutre, ne sachant pas ce qu'il représente désormais pour elle. Vont-ils parler des événements de la nuit ? Voudra-t-elle le refaire ? En aura-t-elle honte ? Doit-il lui confirmer l'acte ou faire comme si de rien n'était ? Il se penche légèrement en avant dans la vague intention de lui faire un bisou sur la joue, mais elle prend la parole.

— Je pensais à Amanda.

— Ah ?

— Elle doit avoir... des contacts. Je ne sais pas. Pour faire disparaître deux cent mille couronnes comme ça.

Kouplan se détend. Elle veut parler boulot. Tant mieux. Il faut donc considérer les événements de la nuit comme une parenthèse.

— Oui. Tu avais bien vérifié le détenteur du compte bancaire, n'est-ce pas ?

— C'était un compte à l'étranger.

— Ça ne t'a pas fait réagir quand tu as effectué le virement ?

— C'était... Amanda m'a donné une quelconque explication. Je n'avais pas de raison de douter d'elle.

Jenny a des regrets, Kouplan l'entend. La ride est réapparue au milieu de son front. Elle doit avoir l'impression de passer pour une idiote, inutile d'enfoncer le couteau dans la plaie. Même si, la veille, elle l'a traité de détective nul. Plusieurs fois.

— Je comprends. Ce serait bizarre de ne pas faire confiance à sa compagne.

La ride s'efface.

— Mouais, répond Jenny. Tu n'as pas tort.

Elle entrouvre les yeux, les plisse longuement en l'observant comme un chaton qui ronronne. S'il a une question délicate à lui poser, c'est le moment.

— Je peux te demander un truc ? Je jure devant Dieu que je ne le répéterai à personne.

— Tu peux toujours demander, tu verras bien si je réponds.

Jenny le taquine. Manifestement, ça l'amuse. Kouplan essaye de disposer ses mots dans l'ordre le plus efficace.

— Elle m'a dit que ton argent venait de BEON. Qu'il s'agissait de pots-de-vin.

Jenny retient son souffle, puis pousse un profond soupir. Comme si Kouplan lui gâchait la matinée en la traitant de criminelle.

— Je ne te le dirai pas. Tu n'as qu'à rester couché dans mon lit avec un enregistreur.

— Tu peux toujours le nier, dit Kouplan. C'est ce qu'on fait, d'habitude, quand on est innocent.

— En effet.

— Je n'ai pas d'enregistreur. Je n'ai rien d'autre non plus, d'ailleurs, comme tu le sais. Et, surtout, je n'ai pas de capital culturel.

Jenny ouvre franchement les yeux. Elle ne peut s'empêcher de sourire.

— Qu'est-ce que tu veux dire ?

— Si je vais voir la police et que je leur dis que tu as avoué un détournement de fonds, personne ne me croira. Et puis si on me croit, de toute façon, peu importe si tu as avoué ou pas, ça ne fera pas grande différence.

Jenny le jauge du regard.

— Je ne sais pas quoi penser de toi, Kouplan. Tu as été vraiment bête de te faire duper par une arnaqueuse notoire. En plus, tu es pauvre, tu parles très bien suédois, tu as de bonnes manières de table et tu utilises ton faible capital culturel comme argument, ce que personne d'autre ne ferait à ta place. Je n'arrive pas à te cerner.

Kouplan sourit. *C'est parce que tu ne fréquentes que des gens qui te ressemblent*, songe-t-il. *Si tu avais rencontré des individus qui, après avoir possédé des châteaux, finissent terrés dans des camions, qui, orphelins de naissance, sont devenus maires ou qui, après avoir tout perdu, ont reconstruit une nouvelle vie, tu m'aurais trouvé parfaitement normal.* Mais il ne le dit pas.

— Je suis une énigme.

Jenny rit.

— Voilà ! Exactement ce que je dis ! Un mec qui passe la nuit dans mon lit, se qualifie lui-même d'énigme et me soumet à des interrogatoires. Qui es-tu, à la fin ?

Kouplan sourit à nouveau pour montrer qu'il comprend sa frustration devant tant de bizarrerie, que c'est drôle, qu'elle n'a pas à se sentir menacée.

— Si tu préfères ne rien dire, vas-y. Je cherche juste à comprendre comment les choses se sont enchaînées. Si tu t'es procuré ton argent par des moyens illicites, de toute façon, ça ne me regarde pas. Ça ne me mènerait à rien d'aller signaler ce genre de chose à la police. Et puis, ça peut faire du bien de se confier.

Jenny se lève sur le coude, le dévisage et se laisse retomber sur l'oreiller.

— On ne va pas prendre le petit déjeuner, bientôt ?

— Bonne idée.

Elle ne bouge pas, ne se lève pas, ne se dirige pas vers la cuisine. Nue sous la couverture, elle se sent peut-être gênée. Ça peut arriver, un lendemain.

— Tôt ou tard, quelqu'un aurait obtenu ces contrats, dit-elle. Probablement BEON. On n'a fait de mal à personne.

Elle passe vingt minutes sous la douche. Kouplan s'assied devant une tasse de thé dans la cuisine et médite sur l'état de politicien. Ce sont des êtres humains, eux aussi. D'ailleurs, il sent encore l'odeur d'une politicienne sur ses mains. Quand ils ont l'occasion de satisfaire leurs envies, les gens en profitent-ils toujours ? Est-ce aussi simple que cela ? Même quand cela contribue à pourrir un pays tout entier ? Inutile de poser la question à Jenny, il vaudrait mieux en discuter avec Consuela. Mais Consuela n'existe pas.

Il se réchauffe les mains sur sa tasse, dont le design a probablement été conçu par quelqu'un qui était payé pour le faire. Les yeux plongés dans son thé, il tente de faire le tri parmi tout ce que lui a raconté Consuela. Des idées énoncées par un imposteur sont-elle des impostures ? Consuela déteste-t-elle les politiciens parce qu'elle voit clair dans leur jeu ou parce que son personnage ne les aime pas ? Où se termine le mensonge et où commence la vérité ?

En fait, Kouplan n'est pas si curieux de savoir qui elle est. Il se pose la question parce qu'elle a exercé une influence sur lui. Pendant quelques jours, elle lui a permis de se sentir libre et rappelé que la vie se déroule au présent, qu'il ne faut pas se laisser régir par la peur. L'impression qu'elle lui a faite était-elle fausse parce qu'elle jouait un rôle ? Est-ce juste de se sentir grandi par cette expérience ?

— Qu'est-ce que tu fais ? demande Jenny.

Elle insère une capsule dans sa machine à café, puis ouvre le frigo et en sort du jambon. D'une manière ou d'une autre, la situation rappelle à Kouplan des souvenirs d'enfance – est-ce le fait de prendre le petit déjeuner dans une demeure cossue ?

— Je réfléchis.

C'est ce qu'il répondait quand il était petit. Si c'était sa mère qui lui avait posé la question, elle disait ensuite : « Et à quoi tu réfléchis ? » Si c'était son père, il répliquait : « Très bien. Réfléchis autant que tu le peux. »

— Et tu arrives à quelle conclusion ?

Oui, se dit Kouplan. On se rapproche volontiers de quelqu'un qui vous donne l'impression d'être celui que vous auriez pu être. Voilà le *business plan* d'Amanda. Et les sentiments qu'on éprouve sont authentiques, même si tout le reste est faux.

— Qu'elle est rusée.

— J'aurais pu te le dire avant.

— Et qu'elle passe volontiers d'un rôle à un autre. Elle s'est installée vite fait à Göteborg, où elle est devenue Angela. Elle a pris maximum deux jours de pause entre les rôles, malgré les deux cent mille couronnes qu'elle venait d'empocher. Elle aurait pu en flamber une partie. Qu'est-ce que ça nous apprend sur elle ?

— Qu'elle voulait encore plus d'argent.

— Qu'elle évite d'être celle qu'elle est vraiment. J'ai trouvé la vengeance parfaite.

— Qui est ?
— De la trouver.
— Tu l'as déjà fait.
— J'ai trouvé Angela. Et Consuela. Mais elle doit bien avoir une véritable identité.
— Et ce serait ça, notre vengeance ? De trouver sa vraie identité ?

Dans la bouche de Jenny, ça ne semble pas aussi brillant que dans les pensées de Kouplan. Il est pourtant sûr d'avoir mis le doigt sur quelque chose.

— Tu m'avais demandé de trouver ce qu'elle aime le plus au monde et de l'en priver. Si j'ai raison, ce sont ses rôles.
— Moi, je crois qu'elle aime l'argent facile.
— Si elle ne le faisait que pour l'argent, elle aurait pu te faire du chantage quand elle a découvert tes transactions avec BEON.

Jenny mord dans sa tartine : la même galette de Hönö que celle de Jesper, mais garnie de jambon et d'avocat. Elle ne commente pas l'objection de Kouplan. Elle avale une bouchée et en reprend une autre, qu'elle rince avec une gorgée de café capsule.

— Quand on trinquait dans mon salon pour le nouvel an, dit-elle, je n'imaginais pas que je me retrouverais dans un bourbier pareil.
— Nombreuses années passées, longue vie. Nombreuses expériences vécues, grande vie.
— Saleté de philosophe, va...

42

Ils sont assis face à face au bureau de Jenny, lui devant l'ordinateur fixe, elle devant son portable.

Kouplan commence par lancer une recherche en images basée sur les photos du dossier de Jenny. Cette fois, Amanda semble avoir fait le ménage. Sur Facebook, il y a des centaines d'Angela Torres, et aucune n'a de famille en Suède ni d'amis à Göteborg. Angela s'est effacée.

Il envisage de contacter Gustav qui, certes, a manifestement décidé de croire Angela plutôt que lui, mais si c'était Jenny qui lui parlait… Elle peut prendre sa voix autoritaire, dire qu'on a ouvert une enquête. Questions : Lui avez-vous versé de l'argent ? Savez-vous où elle se trouve en ce moment ? Seulement, si Gustav continue à se fier à Angela, ce qui n'étonnerait personne, il la préviendra très vite et elle disparaîtra à tout jamais sans plus jamais laisser aucune trace.

Il se connecte au site de rencontres sur lequel il avait créé un profil appâtant : vingt messages non lus provenant uniquement d'hommes. Il vérifie : n'avait-il pas précisé que Pia était lesbienne ?

Cinq femmes ont consulté le profil. Aucune ne lui a écrit, probablement parce que Pia n'a pas mis sa photo, ce qui n'a pas empêché quatre hommes de lui écrire qu'elle est ravissante. Kouplan clique sur les liens vers les profils des femmes : assises dans des poses artificiellement détendues au milieu de salons relookés, ou riant aux éclats sur des terrasses ensoleillées. Aucune n'évoque Amanda. Deux ne donnent pas d'autres renseignements que leur âge et leur sexe, impossible de savoir de qui il s'agit. Il essaye de contacter la première, mais une fenêtre l'informe qu'il doit devenir membre premium pour envoyer des messages, ce qui coûte trois cent quatre-vingt-dix-neuf couronnes par semestre.

Comment s'appelait l'homme avec qui elle sortait avant de rencontrer Jenny ? Dag ? Il détient peut-être des informations utiles sur Amanda – une quelconque pièce du puzzle qui les remettrait sur sa piste. Kouplan se concentre mais ne se souvient pas de son nom de famille. De plus, Angela a pu lui donner un faux prénom, voire l'inventer de A à Z. Elle se serait rapprochée de lui pour apprendre le suédois alors qu'elle le parlait sûrement déjà. Kouplan se souvient de sa prononciation parfaite quand ils ont fait connaissance et de son accent étranger qui s'aggravait un peu plus chaque jour qu'ils passaient ensemble.

Vraisemblablement suédoise, dotée d'un capital sonnant et trébuchant de plusieurs centaines de milliers de couronnes, elle s'était néanmoins amusée à faire marcher Kouplan. Avant de lui voler son argent. Enfin, techniquement, c'était son complice qui avait escroqué Kouplan.

Il tape toutes les formules imaginables dans la fenêtre de recherche Google : « belle fille et complice escroquent les gens », « le faux docteur Mikael », « arnaqueur aux cheveux clairsemés », « faux médecin à Göteborg », « Mikael Mattias fripouille ».

S'il avait continué à prendre les pilules de sucre du docteur Mikael et négligé ses injections, il aurait interrompu son traitement à la testostérone. Pour quelques billets de mille couronnes, ils ont inventé un médicament et manipulé le corps de Kouplan. C'est pire que voler de l'argent. Le pouls de Kouplan s'accélère, il se lève et sort du bureau.

— Tu vas où ?
— Elle n'a aucun respect pour ses semblables. Aucun.

Jenny jette un coup d'œil au dos de Kouplan – mince mais fort. Dire qu'elle a couché avec lui... Après avoir bu, mais quand même. *Jenny Svärd, finalement, tu n'es pas aussi carrée que tu le parais !*

Manifestement, cela a déclenché quelque chose en elle. Elle n'avait pas été aussi concentrée sur ce qu'elle fait depuis la disparition d'Amanda. Elle commence par appeler les Amis du parc. Elle est à la recherche d'Amanda Martinez, explique-t-elle. Quelqu'un aurait-il son mail ? Un numéro de téléphone ? On lui répond qu'Amanda ne participe plus aux activités de l'association depuis plus d'un an. Elle est tombée malade, à ce qu'il paraît. Personne n'est plus en contact avec elle, mais ils ont une adresse mail dans les archives. Jenny a la même.

Elle appelle un vieux contact. En fait, il s'agit plutôt d'un ami de son ex-mari. Cela lui demande un effort considérable de composer le numéro.

Il répond immédiatement.
— Ici Hjort.
— Jenny Svärd.
Håkan Hjort émet un rire chaleureux.
— Djenn ! Ça fait un bail, tu nous as manqué !
« Djenn »… Des échos d'une autre époque. « Allez, Djenn, relax ! » « On voit qui porte la culotte dans cette relation, Djenn. »
— Contente de te l'entendre dire. Vous allez bien, Lotti et toi ?
Elle parle de Håkan et de Lotti Hjort pendant sept minutes, de leur véranda qui va être vitrée, de leurs jumeaux qui vont passer leur bac au printemps. Ils échangent quelques ragots sur son ex-mari, qui a acheté un voilier – lui qui n'a jamais parlé de voile pendant toute leur vie conjugale.
— Enfin, ce n'est pas pour ça que tu appelles, constate Håkan. Tu as besoin d'un petit emprunt ? D'un petit conseil en investissement ?
— Je voulais juste te poser une question. J'ai acheté un fauteuil massant sur Internet il y a un moment, mais il n'est toujours pas arrivé. Je commence à me demander si je ne me suis pas fait escroquer. Est-ce qu'il y aurait un moyen de retrouver le détenteur du compte sur lequel j'ai viré l'argent ?
— Pas de problème. Si tu as fait une déclaration de vol et que c'est un compte suédois.
— Et s'il n'y a pas de déclaration de vol, et que le compte est étranger ?
Håkan s'esclaffe.
— Dans ce cas, tu peux faire une croix sur ton argent. Trouve-toi quelqu'un pour te masser à la place ! Tu pourras le payer en liquide.

— Merci pour l'info.
— Ce serait sympa de se voir un de ces quatre.
— Absolument.

— Je n'ai plus qu'une idée, dit-elle au retour de Kouplan. Mais elle est mauvaise.
— Moi aussi, j'ai une mauvaise idée. La femme qui occupe officiellement l'appartement d'Amanda, j'ai son nom.

Jenny hoche la tête.
— C'est mieux que la mienne. Appelle-la.

Kouplan tape un nom sur son ordinateur et trouve quatre personnes correspondantes, dont une est inscrite à l'adresse en question à Göteborg. Il appelle depuis son vieil Ericsson pourri en fronçant les sourcils pour mieux écouter. C'est vraiment particulier, un visage concentré. Décidément, Jenny a le sentiment que Kouplan a quelque chose de spécial.

— Salut, je m'appelle Erik, dit Kouplan avec un accent de Stockholm tellement prononcé qu'il fait sourire Jenny. Je vous appelle à propos d'une de vos anciennes locataires. Je crois qu'elle s'appelle Angela. Hmm… Ah, d'accord… Vous n'auriez pas son mail, par hasard ? Ou un numéro de téléphone… Ah bon, dommage. Merci quand même.

Il raccroche et regarde Jenny.
— Elle sait s'y prendre pour disparaître.
— Et s'il t'avait donné un numéro, tu aurais fait quoi ? On n'a pas le matériel de la police ici, on ne peut pas pister un appel.
— J'ai un plan. Si j'arrive à la joindre. C'était quoi, ta mauvaise idée ?

— Mattias. La dernière fois que je l'ai appelé, il a quand même répondu.

— Mais, oui, bien sûr ! Mattias !

— Cela dit, je ne vois pas très bien comment on pourrait lui faire avouer où ils se trouvent.

Kouplan plisse fort les yeux et semble parcourir mentalement un raisonnement, étape par étape, puis il hoche la tête.

— Moi, je sais.

Sur Internet, il faut faire attention aux pages qu'on consulte. Dans une dictature avec un certain niveau d'expertise technologique, on peut être arrêté parce qu'on a cliqué sur un site. Si on utilise un certain vocabulaire dans ses échanges, on peut être mis sous surveillance, enlevé, torturé et jeté en prison. En tout cas, c'est ce que laissent entendre certaines rumeurs et, comme elles sont plausibles, elles sont sans doute vraies. Grâce à Internet, on peut retrouver n'importe qui n'importe où. La toile est un océan d'empreintes digitales plus ou moins floues, et il suffit de les badigeonner de poudre de carbone pour les faire apparaître.

Kouplan n'est pas un expert en informatique, mais il connaît au moins une méthode pour pister un ordinateur : les statistiques numériques auxquelles on a accès en tenant un blog. Il crée donc un blog, qu'il appelle la *Page des pigeons*. On y parle d'escroqueries. Comme template, il choisit un fond d'écran gris orné d'une loupe. *Ce blog vous informera sur diverses escroqueries*, écrit-il dans la présentation, *des agissements dont on a entendu parler ou sur lesquels on a lu quelque chose. Il vous aidera à éviter des arnaques ou à retrouver un arnaqueur.*

— Tu veux que je jette un coup d'œil au suédois ? demande Jenny, penchée sur son épaule.

Kouplan secoue la tête, préférant ignorer l'insulte.

— Le style correspond parfaitement au but recherché.

Il écrit huit posts, le premier daté du mois d'août et le dernier, d'une semaine auparavant. Il s'agit d'escroqueries dans l'immobilier, la vente et, à une occasion, la transplantation capillaire – il l'a trouvée en faisant une recherche sur les escrocs aux cheveux clairsemés. Dans son dernier topic, il décrit une brune d'environ vingt-cinq ans qui arnaque les gens de leur caution. Puis il fait un commentaire sous un autre nom. Il consulte ensuite un site de statistiques numériques et copie le code de l'outil blog.

— Ça marche mieux que les compteurs intégrés, explique-t-il à Jenny, qui ne lui a pourtant rien demandé.

Lorsque tout est prêt, il ouvre la fenêtre des statistiques et lui montre un chiffre encadré, tout en haut.

— Un visiteur. C'est-à-dire nous. Et si on clique là...

Il consulte les statistiques avancées, qui indiquent qu'ils se trouvent en Suède, à Stockholm et même à Lidingö.

— Et là, dit-il, c'est notre adresse IP. Et voilà ton fournisseur d'accès. Et voilà la page que tu as consultée avant de cliquer sur le blog.

Jenny suit attentivement le doigt de Kouplan. Elle a sûrement un QI plus élevé que le sien mais, manifestement, elle débute en tant que cyberdétective.

— Et maintenant ? demande-t-elle.

— Maintenant, tu appelles Mattias.

— Bonjour, Mattias. C'est Jenny Svärd.
— Salut, Jenny.
— Excusez-moi de vous rappeler encore une fois, je voulais simplement vous dire que... J'ai décidé de lâcher l'affaire. Si vous continuez, en revanche, je peux vous conseiller un blog sur lequel je suis tombée l'autre jour. Un des signalements pourrait correspondre à Amanda, vous êtes peut-être plusieurs à la chercher.
— Ah bon ? C'est quoi, ce blog ?
— Ça parle d'arnaques, je peux vous envoyer le lien.
— Volontiers. J'y jetterai un coup d'œil.
— Une dernière chose. J'arrête toutes mes recherches, je veux que vous le sachiez. Alors si vous contactez les auteurs du blog, je vous demanderai de ne pas mentionner mon nom.
— D'accord.

Ils laissent passer cinq minutes, pour le simple plaisir d'avoir un moment le contrôle des événements. Comme prévu, Jenny reçoit un SMS de Mattias : *C'était quoi, le blog ?* et lui envoie le lien. Puis, solennels, Kouplan et elle gardent les yeux rivés sur les statistiques. Kouplan rafraîchit la page toutes les minutes quand, soudain, le nombre de visiteurs passe à deux.
— On le tient ! jubile Jenny.
— Peut-être.
Kouplan clique sur le lien créé par le logiciel : *Suède. Unité de téléphonie mobile.*
— C'est un portable, dit-il, déçu. Dans ce cas, l'adresse IP n'est pas sûre. Je veux dire l'emplacement, la localisation...

— Tu ne peux pas trouver sa position géographique ?
— Pas avec cet outil-là. Mais ils consulteront à nouveau la page. Il va envoyer le lien à Amanda.
— Qu'est-ce que tu en sais ?
— J'ai ajouté un commentaire qui parle d'elle.

Il l'ouvre pour le montrer à Jenny. Il a piqué le contenu dans un forum sur lequel il était tombé la première fois qu'il naviguait à la recherche d'Amanda : *On dirait une cougar à laquelle j'ai vendu à crédit un iPhone 5 débloqué.*

Quarante-cinq minutes plus tard, les événements lui donnent raison. Quelqu'un consulte la *Page des pigeons*, cette fois-ci depuis un ordinateur.

— Allez..., murmure Kouplan en cliquant sur l'adresse IP. Mon Dieu, donne-moi un nom de ville, de préférence petite, où ce sera facile de la trouver.

Dieu, si tant est qu'il existe, s'avère à la fois bon et plein d'humour. *Suède,* indique la ligne en petits caractères noirs. *Comté de Jönköping. Jönköping.*

43

C'est de la folie furieuse de faire autant de voyages en train. Lorsque Kouplan pénètre dans la gare centrale, son ventre se serre, provoquant une douleur qui lui évoque une luxation. Il n'avait vraiment pas besoin de ça. C'est comme s'il avait été épargné, d'abord à Göteborg avec Consuela, puis lors de sa nuit de débauche chez Jenny, mais à chaque fois qu'il est replongé dans la réalité, le retour de manivelle est plus violent. Il ne devrait pas se trouver là. Il devrait faire des choses utiles en toute sécurité.

Sa vie entière est traversée par ce sentiment. Voilà ce qu'il se dit en plein hall de gare, tripotant ses billets de cent couronnes. S'il avait eu une carte de paiement, il aurait pu se servir des bornes en libre-service. Il n'aurait pas eu besoin de rougir en indiquant un faux nom à une machine. Se raclant la gorge devant une femme qui porte une coupe au carré et ne s'intéresse pas le moins du monde à sa personne, il achète un billet au nom de Samuel Larson.

Son existence entière est pénétrée par ce sentiment. Il y pense à nouveau en montant dans le train pour Nässjö. Il a toujours voulu s'en libérer sans jamais y parvenir. Par exemple quand, enfant, on le prenait pour une fille, quand son corps l'a trahi en lui infligeant la puberté d'une femme et que la vie l'a emprisonné dans des seins, des hijabs, des jupes et les soupirs de son entourage : « Toujours à faire des manières... » Il se demandait quand viendrait le jour où il se réveillerait enfin garçon. Et maintenant qu'il en est un, il a le ventre noué à cause de la police des frontières. Serait-il destiné à ne jamais se sentir libre ?

Les années à Jönköping avaient été une exception à la règle. Il s'y était senti plus libre que jamais. Bizarre ? Peut-être. Il aurait dû passer ses journées à se ronger les ongles en attendant la réponse à sa demande d'asile. Mais il était si sûr de l'obtenir... Il avait dix-neuf ans et croyait à la promesse d'une vie meilleure. En Suède, il allait reprendre à zéro, apprendre parfaitement la langue, retrouver son frère et ne plus jamais avoir peur. Il avait une petite amie. En outre, il venait de faire la découverte vertigineuse et exaltante qu'il avait raison de savoir ce qu'il avait toujours su.

Il avait quitté Jönköping en fuyard. Convoqué à une réunion « sur la démarche à suivre en cas d'arrêté de reconduite à la frontière » à l'Office national des migrations, il ne s'était pas présenté. Les membres du collectif avaient chacun versé une contribution pour qu'il puisse se payer un billet de train pour Stockholm, où il devait appeler un certain Rachid dont il avait le numéro – son seul contact dans la capitale. « Prends bien soin de toi, Nes. » Siri, Tommy, une dénommée Lo et deux autres dont il a oublié le nom voulaient qu'il prenne soin de lui.

Il n'aurait jamais cru y retourner un jour.

Il refoule les souvenirs de Jönköping et sort son cahier plein de récits de la vie d'Amanda, de descriptions d'Angela, d'histoires à propos de Consuela. Il écrit les prénoms dans la marge et ouvre une nouvelle page, celle de la personne qui se cache derrière tous ces faux. Elle sera démasquée, mise à nu, et son vrai nom, révélé, Kouplan l'a décidé. Il écrit : *Prénom :* _____ et *Nom :* _____ . Il ne remplira les espaces que quand il aura des preuves.

Il se demande quel nom elle utilise à Jönköping.

Lorsqu'on compare les personnages d'Amanda, d'Angela et de Consuela, certains traits demeurent. Elles boivent toutes du latte vanille haut de gamme. Elles s'habillent toutes avec élégance. Elles souffrent toutes du diabète. En notant ces points, Kouplan se dit qu'on peut s'abstenir de boire du latte vanille. On peut s'abstenir de bien s'habiller. Mais on ne peut pas s'abstenir d'avoir du diabète. Il entoure le nom de la maladie. S'il avait eu un ordinateur portable, il aurait fait une recherche Google pour se renseigner sur les contraintes que subissent les diabétiques.

Y a-t-il un moyen de les localiser ? Existe-t-il des cliniques spécialisées ? Des rendez-vous obligatoires ? Sans doute pas. Ils doivent se rendre régulièrement au centre médical et à la pharmacie. À Jönköping, il existe au moins cinq pharmacies, et Amanda n'aura peut-être pas besoin d'acheter des médicaments pendant plusieurs semaines. Kouplan se demande combien il y a d'Espresso House.

À Nässjö, en changeant de train, il se dit qu'il aurait dû emprunter le blouson et les chaussures qu'il portait au restaurant. Il aurait été moins nerveux s'il avait eu l'air d'un fils à papa. Le contrôleur le scrute avec méfiance, du moins est-ce l'impression qu'il fait à Kouplan, qui répète mentalement le nom inscrit sur son billet. Samuel Larson. « Mince alors... Je crois que j'ai oublié ma carte d'identité chez moi. C'est grave ? »

Chaque jour où la chance lui sourit est un pas de plus vers le jour où elle lui fera défaut.

En descendant du train à Jönköping, il a le sentiment de retrouver une vieille connaissance, de celles qu'on a fréquentées dans une autre vie et avec lesquelles on ne sait plus trop sur quel pied danser. Les gens atterrissent sur le quai comme des gouttes d'eau, tout ébaubis, comme par un heureux hasard. D'un côté, les bâtiments de quatre étages en rang, de l'autre, les immeubles plus hauts, comme des photos en noir et blanc sous un ciel nuageux. Le bureau de presse où Siri achetait ses barres pralinées. Le bitume que Kouplan foulait quotidiennement il y a deux... trois... quatre ans ? Quel âge a-t-il ? Pendant combien de temps avait-il attendu son permis de séjour, enfin, le rejet de sa demande ? Il aspire l'air pluvieux de Jönköping. Il a l'impression de n'avoir pas un jour de plus qu'alors.

Ses pieds parcourent les rues de la ville à pas de fourmi. Et s'ils ne le reconnaissaient pas... S'il était accueilli avec hostilité, voire avec haine – cela peut arriver quand des ex ne se sont pas vus depuis longtemps. Si le collectif avait déménagé... Alors, il n'aurait nulle part où passer la nuit. Il squatterait l'escalier qui mène à la petite bibliothèque.

Trois ans, trois mois et vingt-quatre jours. En montant les marches de l'immeuble des années 1950, il songe qu'il n'a même pas besoin de compter : le temps qu'il a passé loin de Jönköping équivaut à son existence de sans-papiers. Encore huit mois et six jours d'attente – il pourrait réciter ces chiffres dans son sommeil.

Il espère que ce ne sera pas Siri qui lui ouvrira, il ne se sent pas prêt. Il frappe à la vieille porte en bois – la sonnette cassée n'a sûrement pas été réparée. Oui, mieux vaut que Siri reste à l'intérieur encore un peu, que Kouplan puisse prendre encore quelques respirations avant de la revoir. La poignée s'abaisse, la porte s'ébranle et il découvre… Siri. Pareille à elle-même : dreadlocks, visage lunaire, yeux en amande. Elle porte même son vieux pull, du moins Kouplan croit-il le reconnaître.

Elle le dévisage pendant quelques secondes, puis un large sourire lui fend le visage.

— Nes !

Son accolade replonge Kouplan dans une autre époque. Siri sent la sauce tomate et cette huile dont elle s'enduit les cheveux.

— Nesriiine ! dit-elle contre son cou.

Pour la première fois, Kouplan a l'impression qu'elle parle de quelqu'un d'autre.

Dans le collectif, il ne reste que Tommy et Siri, tous les autres ont été remplacés.

— Voici Nes, dit Siri. Ça, c'est Alondra et Hanna.

— Kouplan, rétorque Kouplan. Je m'appelle Kouplan, maintenant, précise-t-il à Siri.

— D'accord.

Elle se tourne vers Alondra et Hanna.

— Kouplan est mon ex... C'est-à-dire mon ex-copine, enfin, si on peut dire, puisque c'est un mec trans.

Kouplan ignore pourquoi, mais il se met à transpirer. Non qu'il ait peur, ni que cela le perturbe d'entendre son ancien nom. Et puis, un mec trans, c'est exactement ce qu'il est, le terme s'applique très précisément aux gens comme lui. Quand Siri et lui sortaient ensemble, il portait sans doute le titre de « copine ». Mais quelque chose dans la remarque de Siri lui fait froid dans le dos, il a laissé ici une écorce et Siri se souvient de quelqu'un qu'il n'était pas.

Cela dit, il est content de la voir.

Jenny est aussi dure et implacable que Siri est douce et... placable. Elle lui raconte qu'ils ont un chat maintenant, elle espère qu'il n'est pas allergique. L'appartement sent la cuisine de quatre personnes différentes.

Il peut dormir sur le canapé s'il veut, ou sur un matelas dans la chambre de Siri. Il préfère le canapé, car son corps est bouleversé de revoir cet être avec lequel il a tout partagé. Dans sa chambre, il serait attiré par elle comme un malheureux aimant. Il se demande si la charge serait positive ou négative. Quoi qu'il en soit, à deux mètres d'elle, il ne fermerait pas l'œil.

Ils partagent un ragoût de tofu et de haricots verts. Tommy se dit impressionné par le suédois de Kouplan.

— Je me souviens quand tu es arrivé, dit-il en se tournant vers Alondra et Hanna. Un jour, il m'a demandé comment on disait *waist* en suédois mais j'ai compris *waste*, c'est-à-dire « ordures ».

Kouplan n'entend pas bien si Tommy le qualifie de « il » ou de « elle ». Parfois, il ne faut pas faire trop attention. Parfois, quand les gens parlent vite, leurs voyelles vacillent.

— J'ai passé une semaine à dire que je ne voulais pas porter des pantalons qui montaient jusqu'aux ordures, se souvient Kouplan en riant. Personne ne comprenait rien.

— Quand tu habitais ici, tu étais une fille ? demande la dénommée Hanna.

Il pourrait acquiescer et continuer à ressentir la même gêne. Il a l'impression d'être absorbé par une vieille photo de classe.

— Non, réplique-t-il. J'ai toujours été un mec.

— Mais il vivait en fille quand il est arrivé, complète Siri. C'est-à-dire qu'il n'avait pas effectué la transition.

— Hmm, dit Kouplan en avalant du ragoût et du riz.

Puisque c'est si important...

Ils bavardent, rient, froncent les sourcils et se réfutent, se resservent, passent de sujets profonds à d'autres, parfaitement superficiels, comment les sociaux-démocrates ont trahi le peuple, le nouveau fromage végan qu'on ne trouve qu'à Stockholm et que Kouplan pourrait peut-être leur envoyer, les nouvelles bottes très cool d'Alondra et ce que ça fait d'être sans-abri, les migrants qui inondent Jönköping et leur rappelle le Monde, ils se regardent dans les yeux, reprennent du pain et Kouplan absorbe. Voilà de quoi il aimerait être entouré.

Voilà le manque qu'Amanda avait détecté en lui.

44

Siri a l'impression d'avoir fait une boulette. Peut-être en l'appelant Nesrine. Cela dit, elle ne pouvait pas connaître son nouveau nom. Il lui en veut peut-être d'avoir rompu, ou de ne pas l'avoir fait plus tôt. En tout cas, il ne semble pas fou de joie de la revoir.

Ils font le lit de Kouplan dans le canapé. Siri a choisi des draps dans lesquels il a déjà dormi, elle voudrait éveiller ses souvenirs. Peut-être est-ce malintentionné de sa part, surtout s'il ne veut plus rien savoir. Enfin, personne ne l'a forcé à venir les voir non plus.

— Tu te souviens de ça ? dit-elle en lui montrant une taie d'oreiller imprimée d'une affiche de *Sissi impératrice*.

Longtemps, Kouplan l'avait appelé Zizi, d'abord par erreur, puis exprès. Elle, enfin lui, Kouplan, tenait des conversations avec Zizi. Il commençait toujours par : « Salut, Zizi. » Siri en étouffait de rire.

— Oui, bien sûr, répond-il avec un sourire poli.

— Bref... Bref, ça me fait plaisir de te voir. Tu as changé.

— Pas toi. Tu es exactement comme dans mon souvenir.

Elle cherche à détecter dans sa voix si c'est bien ou mal. Il sourit – ah, ce sourire de Nesrine auquel elle a tant pensé... Dorénavant entouré d'une barbe noire de trois jours.

— Comment j'ai changé ? demande-t-il.

— Eh bien, il y a des choses évidentes, répond Siri en gesticulant autour de son visage et de ses épaules. Tu es carrément devenu... un homme.

Elle se souvient du ton tranchant de Kouplan pendant le dîner et ajoute :

— Enfin, tu l'étais déjà.

Kouplan n'a pas l'air de mal le prendre. Il sourit toujours.

— On remarque moins les changements quand on se voit tous les jours. Mais ça fait une différence, quand même, hein ?

Il bande ses biceps et une étincelle traverse son regard grave.

— Oui, vraiment, approuve Siri. Une grosse différence.

En face d'elle, un homme bande ses muscles alors que dans son visage, elle reconnaît le sourire de son ex-copine.

D'une certaine manière, elle comprend mieux.

Kouplan secoue la couette dans un drap housse qu'il reconnaît parfaitement. Décidément, dans ce collectif, le temps s'est arrêté, hormis les trois personnes remplacées par deux nouvelles et un chat. Les draps sont les mêmes, il dormira sûrement d'un sommeil nostalgique au creux du canapé. Siri secoue l'oreiller, il sait ce qu'elle attend de lui : qu'il fasse une blague sur Zizi. Mais en ce qui le concerne, le temps ne s'est pas arrêté.

— Merci de m'accueillir, dit-il. J'espère que ça ne durera pas.

— Reste aussi longtemps que tu veux. Tu es ici... en visite ?

Il secoue la tête.

— Pour affaires.

Siri glousse, comme il s'y attendait.

— Alors comme ça, on est devenu homme d'affaires dans la grande ville ?

Kouplan sourit. L'odeur familière, les papiers peints tachés des années 1990, la voix de Siri tout près de lui.

— Je cherche une femme, raconte-t-il. Elle m'a escroqué de l'argent.

— Merde alors... Elle est goudou ? Parce que les goudous, ici, je les connais toutes.

Amanda, « goudou » ? Kouplan ne s'était même pas posé la question. Telles qu'il les connaît, les goudous portent des patchs sur leurs sacs en toile et des tatouages sur les bras. Enfin, c'est vrai qu'Amanda aime les femmes.

— Celle-là, tu ne la connais pas. Elle est arrivée il y a seulement quelques jours. Et elle n'est pas du genre goudou.

— Comment elle t'a escroqué ?

Kouplan lui raconte une version anonymisée : il a été contacté par une « dame riche » victime d'une escroquerie ; il a retrouvé Amanda à Göteborg et fini par se faire lui-même avoir. Quand Siri comprend que Kouplan est devenu détective privé, amusée, elle s'exclame : « De tous les boulots au noir, il a fallu que tu choisisses celui-ci ! » Kouplan sourit, mais surtout en pensant à sa propre description de Jenny comme dame de la haute société.

— Et comment tu comptes la retrouver ?

— Je ne sais pas. Jönköping, c'est plus petit que Göteborg, mais c'est quand même grand.

— Tu crois qu'elle va à l'Espresso House ici aussi ?

— Probablement. Elle le faisait à Stockholm et à Göteborg. Enfin, sauf si elle a des réticences parce que je l'y ai trouvée. Il y en a combien à Jönköping ?

Un ou deux, d'après Siri, peut-être trois. Ils se demandent à quelle fréquence un diabétique doit faire des examens et combien il existe de centres médicaux qui les accueillent à Jönköping. Siri lance une recherche Google sur son téléphone et obtient les adresses des centres concernés. Mais on ne mesure pas quotidiennement son taux d'insuline, ni même une fois par semaine.

— Il faudrait des espions dans toute la ville, dit Kouplan. On peut demander à tes colocataires de faire le guet ?

Siri réfléchit.

— Facebook.

Siri fait partie de trente-cinq groupes. *Pas à vendre. Écologique, c'est logique. Sauvons la presse culturelle. Sauvons l'alouette des champs. Sauvons la forêt vierge.* Elle clique sur l'un d'entre eux : *Végans à Jönköping.*

— C'est une super page. On peut grouper les commandes à l'épicerie végétarienne Astrid et les Singes, par exemple. Ça permet d'économiser sur le port. Les gens conseillent des restos… Enfin, plein de trucs. D'habitude, les fils partent en vrille, mais en général, c'est quand même de la critique constructive.

— Ça ne sonne pas tellement comme un groupe de détectives potentiels.

— Attends voir, ils sont très forts. Un jour, un mec a demandé des conseils pour rompre avec quelqu'un de dépressif et ça a donné un super fil.

Kouplan n'insiste pas.

— Bon, d'accord.

— Tu avais bien une photo ?

Ils écrasent le post : « Ma meilleure recette de quiche aux épinards ». *AVIS DE RECHERCHE*, écrit Siri, puis, après un instant de réflexion, elle ajoute trois points d'exclamation.

— Qu'est-ce que j'écris ? « Arnaqueuse » ? « Aigrefine » ? « Un escroc vient d'arriver en ville ! »

L'emphase avec laquelle Siri prononce le mot escroc fait rire Kouplan.

— Mets qu'elle a volé de l'argent à ton ex.

— Voilà ce que j'écris : « Quelqu'un a-t-il vu cette femme ? Elle a pigeonné… »

Elle s'interrompt et regarde son texte.

— Je ne vais pas écrire « mon ex-copine ».

Kouplan est d'accord.

— Ni « ex-copain », reprend-elle. Ni « ex » en parlant ensuite d'un « il », tout le monde va me prendre pour une hétéro. Tu étais quand même… Pour moi, tu étais ma copine. Tu comprends ?

Kouplan se tait. À chaque fois que son sexe revient sur le tapis, la conversation tourne au vinaigre. Du point de vue de Kouplan, Siri était sa copine et lui-même, le copain de Siri. Quelle interprétation est la bonne ? Sans doute pas celle de Kouplan.

— Je mets « ami », dit Siri. *Elle a escroqué plusieurs milliers de couronnes à mon meilleur ami, il faut qu'on la retrouve. Voici les endroits où vous avez des chances de la croiser : Espresso House, pharmacies, boutiques de fringues, cabinets d'endocrinologues. Si vous la voyez, postez un commentaire dans ce fil ou appelez le 0706283930. Surtout, ne l'alertez pas. PS : Mon ami qui a perdu tout son argent est sans papiers et l'avait emprunté. PPS : Vous savez bien que je n'écrirais pas tout ça si ce n'était pas vrai.*

Heureusement, les membres du groupe la connaissent quasiment tous personnellement, explique-t-elle à Kouplan, sinon, ils la prendraient pour une harceleuse qui utilise Facebook pour atteindre une victime. Kouplan songe à Gustav, c'est à peu près l'idée de ce que celui-ci se faisait de lui. Un bref instant, Kouplan est traversé par un doute. S'il se trouvait du mauvais côté de la barrière ? Si Jenny était le bourreau et qu'Amanda essayait d'échapper à ses griffes en racontant des mensonges à dormir debout ? Enfin, dans ce cas, elle aurait pu expliquer la situation à Kouplan, tout simplement, surtout quand elle a vu à quel point il était crédule.

Kouplan pose la tête sur sa Zizi délavée, entre ces quatre murs qui ont été les siens. Les meubles n'ont pas changé : empruntés, hérités, repeints en bleu ou en violet. La commode dans laquelle il rangeait ses affaires est toujours là.

Il s'est toujours senti en sécurité dans le collectif. D'abord en sécurité et amoureux, puis en sécurité et en colère. Ses disputes avec Siri résonnaient dans toutes les pièces de l'appartement. Comment avait-elle pu coucher avec Pauline ? Comment Kouplan pouvait-il vouloir l'empêcher de coucher avec Pauline alors qu'ils avaient rompu depuis longtemps ? Comment Siri pouvait-elle considérer que c'était fini entre eux alors qu'elle continuait à lui faire des bisous et qu'ils partageaient encore le même lit ? Les querelles lui collaient à la peau, elles envahissaient son esprit, elles l'obsédaient, mais il ne s'est jamais senti en danger pour autant. Il allait bientôt obtenir son permis de séjour, se plaignait des délais de traitement interminables et accusait Siri d'infidélité. Tommy les séparait de sa voix calme, en étirant son long cou : « Allez, tranquilles, les filles. – Je ne suis pas une fille, répliquait Kouplan. – Ce n'est pas une fille, répliquait Siri. – OK, disait Tommy, tranquilles, camarades. »

Kouplan se dit que plus les enfants se sentent en sécurité, plus ils ont tendance à se bagarrer.

— Salut, Zizi, dit-il tout haut. Tu en as, de la chance.

— Comment ça ? répond Zizi.

— Tu habites ici, tu n'as pas besoin d'avoir peur, de redouter l'avenir.

— C'est vrai.

— Mais ?

Un « c'est vrai » était toujours suivi d'un « mais ».

— Mais finalement, je ne suis qu'un imprimé sur du coton.

— C'est vrai.

— Dis donc, j'adore ma nouvelle voix.

Kouplan sourit. Depuis la dernière fois, Zizi a mué.

— Moi aussi, je l'aime bien, Zizi.

45

Manifestement, les végans de Jönköping ne dorment pas la nuit. C'est en tout cas ce qu'on peut déduire de l'activité frénétique sous le topic de l'avis de recherche. Le téléphone de Siri a ronronné toute la nuit. Les membres sont curieux.

Maria Qu'est-ce qu'elle a fait ?
Pontus Qu'est-ce qu'elle faisait ?
Jonna Comment elle a escroqué ton ami ?
Janne Elle a toujours la même coiffure que sur la photo ? Elle ressemble à ma maîtresse de primaire, qui était vraiment canon… mais elle doit avoir plus de cinquante ans maintenant. Je viens de m'en rendre compte. ☺
Maria Hé ho… Elle faisait quoi ?
Harald Eh ben je l'ai peut-être vue, dans ce cas, elle portait un blouson blanc. À la Galerie Sésame. Mais je ne suis pas sûr du tout, hein.
Charou +1 aux coms de Jonna, Pontus et Maria !!!
Maria Hé ! C'est nul ! Tu ne peux pas dire ça et te déconnecter !

Siri écrit une version résumée du récit déjà bref que Kouplan lui a fait : *Elle a joué la victime et escroqué de l'argent à mon ami prétendument pour que sa mère malade puisse se faire opérer.* Kouplan n'a pas mentionné les hormones.

— Demande à Harald comment était son blouson, exige-t-il. Et à quelle heure il l'a vue.

Mais Harald ne se souvient d'aucun autre détail. Charou demande encore des photos, Maria demande comment elle s'est fait passer pour une victime. Une certaine Frida prétend qu'il y a « un tas de filles dans le genre » qui fument en bas de son boulot. Elle pense qu'elles travaillent pour une agence dans l'immeuble à côté.

— On sort enquêter ? propose Siri.

— Moi, je ne sors que si je ne peux pas faire autrement, répond Kouplan. Surtout à Jönköping où je peux croiser quelqu'un du centre d'hébergement.

Siri le dévisage avec une moue sceptique.

— Chéri... Ils ne connaissent pas Kouplan.

Tommy veut les accompagner. Il a un devoir à rendre demain pour la fac et sinon, quand il aura fait la vaisselle, il n'aura plus aucune excuse pour repousser la corvée.

— Si on tombe sur la police, je ferai diversion, fait-il. Quand je veux, je peux avoir l'air très, très louche.

Il leur fait une démonstration en tordant sa bouche en forme de six, en fronçant terriblement ses épais sourcils et en faisant coulisser son regard d'un coin à l'autre de ses yeux. Siri le regarde, amusée.

— Tu vois ? dit-elle à Kouplan. Aucun risque que tu te fasses cueillir si tu es accompagné par l'énergumène ici présent.

Tommy reprend son air placide.

— Enfin, seulement en cas de pépin, précise-t-il.

Kouplan descend les marches qu'il a descendues des milliers de fois.

Kouplan sort dans la rue au numéro qui était autrefois son adresse.

Mais cette fois, Kouplan a peur.

D'abord, ils se rendent à la galerie commerciale, celle dont parlait Harald. Ils commencent par se balader sans but particulier, mais Kouplan trouve que ça leur donne l'air suspect et propose qu'ils s'asseyent à un bar de jus de fruits. Siri achète deux smoothies, un pour elle et un pour Kouplan. Les boissons coûtent aussi cher que deux miches de pain.

— Du soja à la place du yaourt ? demande le jeune homme au comptoir.

Siri est donc une habituée. Elle a peut-être passé son diplôme et trouvé un travail. Kouplan a complètement oublié de lui demander ce genre de renseignement vital.

— En voilà une qui ressemble vaguement à celle qu'on cherche, non ? suggère Tommy en faisant un signe de tête vers une boutique de prêt-à-porter.

La femme qui passe devant la vitrine ne ressemble absolument pas à Amanda.

— Ouais, elle a les cheveux longs et l'air normal, mais à part ça…, répond Kouplan.

— Eh ben ? C'est pas le genre qu'on cherche ?

Ils consomment leurs smoothies aussi lentement que possible. Tommy aperçoit une vingtaine de femmes qui pourraient être Amanda ; Siri, aucune. Kouplan en repère une, de dos, mais quand elle se tourne, il découvre un visage d'adolescente de seize ans. Il pousse un soupir.

— Elle pourrait être n'importe où dans cette ville.

— Tu n'avais pas dit qu'elle allait souvent à l'Espresso House ?

— Si.

— Alors qu'est-ce qu'on fait ici ?

— C'est parce que... Le mec... Harald... Où y a-t-il un Espresso House ?

Ils se renseignent auprès du jeune homme au comptoir, qui en connaît deux : un sur la rue de la galerie et un à la gare.

— Elle fréquenterait plutôt celui du centre-ville, affirme Siri. Surtout si elle a vraiment été vue ici par Harald.

— Ou alors elle a repéré celui de la gare en arrivant, conjecture Kouplan, et elle s'est dit : « Chouette, maintenant, je sais où acheter mon latte vanille. »

— Oui mais... Attends, ça vibre.

Siri sort son téléphone, clique sur le message qu'elle vient de recevoir et le montre à Kouplan. Sur une photo, Amanda arpente un trottoir quelque part à Jönköping, vêtue d'un blouson blanc et d'un pantalon noir. Kouplan réagit presque aussi violemment que lorsqu'il l'a vue pour la première fois à Göteborg.

— C'est elle !

Siri émet un petit rire satisfait.

— Les végans de Jönköping sont efficaces, tu vois. Attends, je vais demander où on l'a prise.

Siri chante les louanges des végans de Jönköping pendant tout le chemin. Ils sont en route pour Bredgränd où Charou, une végane qui a le sens de l'observation, a aperçu quelqu'un qui ressemblait à la photo postée sur Facebook.

— On devrait former une ligue de détectives, plaisante Siri. La police clandestine de Jönköping. La patrouille autonome. Les poulets végans ! Hein, Tommy ? Hé, Kouplan, tu as entendu ?

Siri semble ravie de la marque bientôt déposée de son nouveau projet professionnel. Kouplan se force à rire pour ne pas plomber l'ambiance. L'Office national des migrations se trouve sur Bredgränd, mais ses deux compagnons n'ont pas l'air d'y penser. De toute façon, Kouplan doit rester discret pour qu'Amanda ne le voie pas en premier.

Siri reçoit un nouveau message de Charou, qui a pris à droite sur la Norra Strandgata pour continuer à filer Amanda.

— Allez, au galop ! s'exclame Tommy en sautillant comme un vieil athlète boiteux.

Kouplan essaye d'ignorer leur apparence probablement plus que suspecte : le maigre Tommy et son perpétuel air de s'être tout juste réveillé, la ronde Siri et ses dreads bondissants, lui-même passant au pas de course devant l'Office national des migrations... Ils se dirigent vers le lac et le chemin de fer, mais s'arrêtent abruptement à un croisement. Tommy tend le cou et jette un coup d'œil à droite et à gauche, puis hoche énergiquement la tête.

— Je les vois ! Une femme en blouson blanc et une autre... Je crois que c'est Charou. Elles tournent. Allez les fill... amis ! On y va !

Ils rejoignent au petit trot le croisement suivant et envoient Tommy en éclaireur puisque, comme le constate Siri, il semble avoir un don naturel pour la chose. Tommy passe le coin de la rue et revient accompagné. Une fille aux cheveux courts vêtue d'un blouson en tissu leur fait un sourire oblique et tend la main à Siri, puis à Kouplan.

— Salut. Charou. Eh ben vraiment… sympa, comme façon de se rencontrer.

Kouplan n'a même pas besoin de lancer un regard en coin à Siri pour découvrir la manière dont elle toise Charou. Il y a des gens dont on sait dès le départ qu'ils coucheront ensemble. Même si ça ne se fait pas sur l'instant.

— Elle est entrée dans l'immeuble, dit Charou en indiquant une ruelle. Au 4B. Elle avait la clé.

— Beau travail, la félicite Siri, impressionnée. Quelle chance que tu l'aies vue !

— Oh… Il suffit d'être un peu attentive.

— Je trouverai un moyen de te remercier.

— Maintenant, surtout, vous devez vous éloigner, les interrompt Kouplan, agacé. Elle peut ressortir à tout instant.

— Et toi ?

— Je la suis.

Siri sourit tendrement.

— Tu es un vrai détective, dit-elle, sur le même ton qu'elle avait employé pour le qualifier de « vrai homme ».

Comme si c'était quand même un peu farfelu.

Kouplan se poste d'abord au coin de la rue, le cou tendu, comme Tommy, pour pouvoir rapidement rentrer la tête si Amanda réapparaît mais, dans cette position, il ne tient que quelques minutes.

En face de l'immeuble d'Amanda, il y a un échafaudage couvert d'une bâche blanche. Kouplan prend son élan et s'engouffre dans la rue. Il s'éloigne autant que possible de l'adresse de surveillance et se faufile sous l'échafaudage.

Il suffirait qu'elle ait jeté un coup d'œil dehors au bon moment pour l'apercevoir.

Kouplan s'installe sur un tas de planches. Ainsi perché, il peut guetter la rue à travers une fente dans la bâche. Quel jour est-on ? Mercredi ? Ça signifie que les ouvriers sont partis déjeuner et qu'il devra bientôt leur donner des explications sur sa présence. Il élabore des prétextes qui lui paraissent tous aussi invraisemblables les uns que les autres. Si on l'interpelle, décide-t-il finalement, il dira simplement « bonjour » et s'éclipsera, voilà tout. De temps en temps, il jette un coup d'œil en bas pour ne pas être surpris par le retour des gens du chantier. Rien. Le seul embêtement, c'est qu'il se met à pleuvoir.

Il ne s'agit pas d'une pluie agressive mais d'un goutte-à-goutte indolent, comme si quelqu'un là-haut avait négligé de refermer correctement le robinet. La pluie s'accumule sur la bâche au-dessus de Kouplan et forme peu à peu des bassins, qui tentent de trouver un chemin d'écoulement vers le bas. Il existe un proverbe à ce sujet en suédois, Kouplan essaye de le retrouver. « Une accumulation de gouttes sur une bâche finit toujours par s'écouler jusqu'au sol » ? Sans doute pas.

Les gens qui sortent de l'immeuble d'Amanda n'ouvrent leurs parapluies qu'une dizaine de mètres plus loin : d'abord un homme d'âge mûr en manteau sombre, puis, dix minutes plus tard, deux jeunes hommes d'une vingtaine d'années qui essaient de ne pas se tenir par la main. Kouplan, toujours assis sous sa bâche qui fuit, se dit qu'il aurait dû réfléchir à un plan.

Quand on a un plan, on contrôle la situation. Le mieux, ce serait d'avoir un plan génial qui contraindrait Amanda à rembourser les deux cent mille couronnes, à dévoiler son vrai nom, à avouer ouvertement ses agissements et à se repentir en toute sincérité. Disons qu'une femme riche, belle et crédule croiserait son chemin. Amanda ne pourrait pas s'empêcher de la séduire et de lui raconter des salades mais, pendant ce temps, Kouplan… rassemblerait des preuves, ou quelque chose de ce genre. Ayant filmé la mécanique de l'arnaque, il la menacerait de livrer l'enregistrement à la police. Ou il ferait en sorte que sa collaboratrice détourne son argent. Kouplan est en pleine élaboration de stratégies remarquablement intelligentes que sa belle et inexistante associée mettrait en œuvre pour arnaquer l'arnaqueuse, lorsque la porte de l'immeuble s'ouvre. Amanda apparaît.

Impassible, comme toujours. Des yeux qui, dans une autre réalité, éplorés, regardaient tristement Kouplan en lui racontant l'histoire de sa mère malade qui n'existe pas. Une vedette de cinéma dans le film qu'elle s'est elle-même inventé.

Spontanément, Kouplan a envie de se jeter à sa poursuite et de la plaquer contre un mur, ce qui prouve que ses réflexes sont toujours aussi bêtes. Il s'agrippe à une planche pour ne pas se précipiter dans la rue, et la suit des yeux tandis qu'elle s'éloigne tranquillement vers le centre-ville. Elle porte son blouson blanc et les mêmes bottes hautes qu'à Göteborg. Environ dix mètres plus loin, elle ouvre un parapluie bariolé.

Elle pourrait choisir des tenues un peu plus anodines, songe Kouplan. Cela concerne tous ses personnages. Ils pourraient tous être un peu moins tape-à-l'œil, un peu moins fardés et se fondre dans la masse des Suédoises sans maquillage vêtues de noir qui se rendent au supermarché ICA le plus proche. Amanda, en revanche, s'exhibe en tailleur, claque des talons et s'achète des blousons colorés. Qu'est-ce que cela indique ? Une certaine nonchalance, qui pourrait être considérée comme une faiblesse ?

Kouplan aimerait être plus expert dans la façon d'exploiter les faiblesses des gens.

Amanda tourne au coin de la rue. Elle marche vite, Kouplan est obligé de trottiner pour ne pas la perdre. Deux pâtés de maisons plus loin, elle entre chez un coiffeur. Le salon Les Ciseaux, indiquent des lettres violettes derrière la vitrine, beaucoup trop grande pour qu'on puisse passer devant sans être vu de l'intérieur. Kouplan se réfugie sous un porche à une cinquantaine de mètres, s'appuie contre la porte et fait celui qui attend. Il n'est pas visible du salon, qui se reflète néanmoins dans une vitre en face de lui.

Amanda ne ressort pas. Manifestement, son but n'était pas simplement d'acheter du shampoing ou de prendre rendez-vous. Soit on la coiffe, soit elle a décroché un job au salon. Peu importe, dans les deux cas, Kouplan doit avoir l'air encore plus détendu en attendant on ne sait quoi. Il tripote l'écran de son Ericsson T610 comme si c'était un smartphone. Une femme approche au loin en poussant un landau. Kouplan fait semblant de consulter Twitter, Facebook et Instagram. Il ne sait même pas à quoi sert ce dernier, mais manifestement, tout le monde l'a.

Si un jour il se procurait un smartphone, enfin, quand il le fera, dans un avenir plus ou moins proche, lorsque sa situation sera enfin réglée, car il faudra bien que les choses s'arrangent tôt ou tard, eh bien, pour sa part, il aura les applis suivantes : Twitter pour suivre les meilleurs journalistes ; Ratsit pour trouver des renseignements personnels sur des quidams – s'il est toujours détective ; le dictionnaire de l'Académie suédoise pour vérifier les mots dont il doute ; tous les journaux ; toutes les stations de radio. À cet instant, il lirait les nouvelles d'Iran.

Amanda ressort après une heure, les cheveux châtains et encore plus bouclés. Avec son nouveau blouson, elle est complètement transformée : un autre nom, une autre histoire. Elle avance sans regarder en arrière. C'est la personne la moins paranoïaque que Kouplan connaisse.

Elle passe au distributeur automatique, puis au supermarché. Kouplan garde ses distances, il n'a aucune idée de ce qu'elle ferait en le découvrant. Et si elle disparaissait une troisième fois, il ne la retrouverait probablement pas. Au supermarché, l'architecte lui a fait une fleur : juste à côté de l'entrée, une partie du mur est en saillie. Grâce à cela, il peut entendre sa voix quand elle sort du magasin. Elle rit.

— Merci, mais ça me gêne un peu, dit-elle dans son kit mains libres.

Elle s'arrête à quelques mètres de Kouplan et roucoule comme elle sait le faire quand elle met le paquet pour charmer son interlocuteur.

— Demain, je peux... Attends...

Elle sort son iPhone et le consulte.

— On déjeune. Si tu veux.

Elle reprend son chemin, mais Kouplan en a assez entendu. Demain, Amanda a rendez-vous avec sa prochaine victime, et Kouplan sera témoin de la rencontre.

Ils parcourent le reste du chemin au pas de course, car le ciel a décidé d'ouvrir grand les robinets. Amanda se débrouille tant bien que mal avec son sac de provisions et son parapluie, tentant désespérément de protéger sa nouvelle coiffure du déluge. Après seulement quelques pas, l'eau a traversé les semelles de Kouplan, mais la course le réchauffe. Il prend un peu moins de précautions – sous une pluie battante, on se retourne rarement. Lorsque Amanda disparaît dans son immeuble, le ciel lâche son premier éclair.

Vas-y, la pluie, se dit Kouplan en rentrant à la hâte à travers une ville qu'il connaît. *Vas-y, vide-toi de toute ton eau ce soir et cette nuit. Demain, je veux découvrir un ciel d'azur à mon réveil. Je sortirai tôt, alors tombe tant que tu le veux maintenant, la pluie.*

46

À l'heure où tout le monde dort, le collectif est plongé dans un paisible ronron. L'odeur de tomate, le matériel de cracheur de feu posé sur une commode, la communauté d'esprit silencieuse entre quatre personnes qui dorment chacune de leur côté... Quand Kouplan s'étire sur le canapé, la chatte bondit sur sa figure. En découvrant qu'il est réveillé, elle miaule.

Il lui donne deux cuillerées de viande en gelée. Les règles alimentaires du collectif ne s'appliquent pas à elle, c'est précisé entre parenthèses sur une feuille accrochée au mur. C'est l'avantage quand on est chat. Kouplan suit les règles : il ne se sert pas de nourriture pour chat. Il tartine de l'ajvar sur quatre tranches de pain, en mange deux accompagnées de thé et colle les deux autres l'une contre l'autre avant de les enfiler dans un sachet de congélation.

La ville de Jönköping est humide et encore plongée dans l'obscurité. Kouplan marche seul dans la rue, inutile de se méfier de la police à cette heure-ci, il se contente d'éviter les plus grandes flaques d'eau. Le ciel a fait ce qu'il lui avait demandé. Il s'est vidé de son eau. Il est même en train de bleuir. Quelques voiles nuageux lui indiquent le chemin. L'air est, lorsque Kouplan pense à l'inspirer profondément, le plus frais qu'il n'ait jamais respiré.

L'échafaudage est toujours là. Certaines parties de la bâche ploient, alourdies par les accumulations d'eau. Kouplan choisit un emplacement où il ne risque pas de se prendre une cascade sur la tête. En passant la main sur les planches, il trouve un endroit presque sec. Puis il attend.

Dans son for intérieur, il discute avec son frère. De choses triviales, pas du fait qu'il soit ou non en vie. Il demande à Nima ce qu'il ferait s'il avait mille couronnes à dépenser, et Nima répond qu'il prendrait un cours d'escalade, puis il pose la même question à Kouplan. « Qu'est-ce que tu veux dire ? Si je n'avais pas dû m'endetter pour mes hormones ? Si j'avais de quoi manger et aucun loyer de retard ? » Oui, répond Nima, c'est ce qu'il veut dire par « argent à dépenser ». « D'accord, dit Kouplan. Eh bien, je... Si j'avais déjà fait l'ablation de mes boules de chair ? Parce que autrement, j'économiserais pour l'opération. – Oui », réplique Nima qui s'impatiente. Il a vraiment le don de s'impatienter, parfois. « D'accord, dit Kouplan. Je crois que j'achèterais une lampe de chevet. Je pourrais lire dans mon lit, le soir, avant de m'endormir. » Son frère rit. « Une lampe ? T'es vraiment dingue... Il n'y a que toi pour avoir une idée pareille, Kouplan. Mais c'est très bien. Tu dois pouvoir lire toute la nuit si tu en as envie. »

Dans leurs conversations mentales, son frère ne dit jamais « elle » par erreur en parlant de Kouplan.

Il l'appelle toujours par son vrai prénom, même s'il a grandi avec l'autre. C'est le frère parfait. Il l'a toujours été.

Vers 7 heures, les gens commencent à sortir de chez eux. Les rues se peuplent. Vers 8 heures, il y a foule. Kouplan voit les passants à travers deux fentes dans sa bâche : tous ces gens vont bientôt réveiller les jardins d'enfants, les cabinets de dentistes et les études d'avocats de Jönköping. Ils vont enfiler leurs habits de travail, sauf s'ils sont déjà en costume. Si on les regardait du ciel, on croirait des fourmis. On s'étonnerait, on se demanderait comment ces créatures peuvent savoir ainsi où elles vont, si ce comportement est inné ou s'il s'agit d'une espèce d'intelligence.

Quatre heures passent avant qu'Amanda sorte : seule, pas spécialement tirée à quatre épingles. Elle a troqué son blouson blanc contre un noir et noué ses cheveux en une queue-de-cheval ordinaire. Kouplan ne l'a jamais vue aussi anonyme.

Elle n'a même pas sa démarche habituelle, sûrement parce qu'elle porte une paire de chaussures noires sans le moindre soupçon de talon. Se dirigeant d'abord vers le lac, elle continue ensuite à pas fermes vers la gare.

Elle ne va quand même pas prendre le train ?

Dans ce cas, Kouplan la perdrait à nouveau.

Amanda s'arrête sous un abribus dans la Parkgata. Kouplan se réfugie derrière un arbre.

Dans le cadre d'une autre mission, il était monté dans le même bus que son objet de surveillance. À l'époque, toutefois, ce dernier ne l'avait jamais vu auparavant.

Kouplan se recroqueville et tente de s'aliéner intérieurement pour avoir l'air différent. Cela dit, il sait déjà que ça ne marche pas.

Un bus arrive : le numéro 26. Si Kouplan avait eu un smartphone, une simple recherche lui aurait indiqué l'itinéraire de la ligne. S'il avait eu les moyens, il aurait sauté dans un taxi et ordonné au chauffeur : « Suivez ce bus ! »

Mais il traverse la rue en prenant soin d'avoir l'air cagneux pour que, de loin, Amanda ait moins de chance de reconnaître son langage corporel. Puis il rejoint au pas de course la gare routière et cherche parmi les horaires affichés. Si c'est un bus de ville, il pourra... Oui, il pourra peut-être suivre l'itinéraire jusqu'à ce qu'il retrouve Amanda, ou demander au groupe de végans de surveiller la zone. Mais soudain, un souvenir fuse : à Jönköping, le 26 va à l'hôpital.

À l'époque, il ne parlait pas un mot de suédois. Subitement, Parveen avait manqué d'air, elle étouffait, elle expulsait de petites bouffées mais n'inspirait plus rien. C'était horrible. Sa fille Afrah, pâle, pétrifiée, avait regardé Kouplan et deux autres migrants vérifier si sa mère avait avalé quelque chose, si elle faisait de l'asthme, si... Quelqu'un avait dit à la petite de courir chercher un employé du centre. Elle avait détalé. Parveen avait fini dans une ambulance et Kouplan, dans le 26 avec Afrah, direction l'hôpital. Aussi incroyable que cela puisse paraître, l'ambulance avait refusé de prendre l'enfant.

Les souvenirs défilent à toute vitesse. L'image la plus nette est celle de la gamine de treize ans terrorisée. La peur avait mis du temps à se dissiper sur son visage, même lorsqu'elle avait su que sa maman allait se rétablir.

Kouplan prend son téléphone et appelle Siri.

— Je crois qu'elle va à l'hôpital.

Il lui explique qu'Amanda a pris le bus, et Siri lui fait remarquer qu'il y a pas mal d'arrêts avant l'hôpital.

— Mais réfléchis ! dit Kouplan. Elle s'est habillée de façon passe-partout, elle s'est transformée en citoyenne lambda. Pourquoi ?

— Pour qu'on ne la reconnaisse pas.

— Exactement. Parce qu'elle va quelque part où elle est obligée d'utiliser son vrai nom.

— Je ne sais pas, Kouplan… C'est un peu tiré par les cheveux, quand même, non ?

— Le prochain bus part dans dix minutes, mais je ne sais pas… Je ne peux pas entrer dans l'hôpital, elle me reconnaîtrait.

— Et… ?

— Qu'est-ce que tu fais, en ce moment ?

Siri pousse un soupir. Kouplan se souvient des diverses raisons pour lesquelles ils ont rompu.

— Je mets mes chaussures. Et j'appelle Charou. Elle a une voiture.

— Et si elle n'est pas là ?

C'est Siri, assise à l'avant, qui pose la question. Charou conduit et Kouplan est sur la banquette arrière, à la place habituelle des enfants. Siri et Charou plaisantent comme si elles ne s'étaient absolument pas rencontrées à travers un groupe Facebook destiné à des gens qui partagent les mêmes habitudes alimentaires.

Une question traverse l'esprit de Kouplan : ont-elles déjà couché ensemble ?

— Si elle n'est pas là, je retournerai surveiller son immeuble. Elle doit déjeuner avec quelqu'un, elle rentrera sûrement se changer.

— Et après ? Tu vas la surveiller jusqu'à ce que... Quoi ?

Kouplan n'a pas de plan.

— J'ai un plan, dit-il. Mais elle sera là, vous allez voir.

— Et on fera quoi ?

— Il faut essayer de découvrir son vrai nom. Elle le dira peut-être à l'accueil, ou alors il sera écrit sur son reçu ou...

— Il ne sera écrit sur aucun reçu.

Ils pénètrent dans le parking de l'hôpital. Kouplan reconnaît le bâtiment, c'est le genre de construction en brique de trois ou quatre étages qui n'existe peut-être qu'en Suède. En tout cas, Kouplan n'en a jamais vu nulle part ailleurs. Ici, ce sont des églises, des hôpitaux, des écoles...

— D'accord, mais...
— On tente le coup.

Siri secoue la tête en franchissant la porte vitrée au côté de Charou. Premièrement : Kouplan ? C'est quoi, ce nom ? Il n'aurait pas pu trouver mieux alors qu'en plus, il avait le choix ? Pontus, par exemple. Deuxièmement : ce truc de détective. Elle se souvient de Nesrine, affalée avec ses livres en persan, en anglais, en suédois. Qui riait en faisant des jeux de mots en plusieurs langues à la fois et consultait les sites des universités suédoises en se disant qu'elle pourrait peut-être devenir interprète. Journaliste ou interprète, mais jamais le genre d'individu qui poursuit des bandits.

— Par ici, dit Charou en indiquant un des nombreux panneaux de l'hôpital.

Elle est sûre d'elle, contrairement à Siri. Discrète, sans doute têtue. Elle parcourt à pas rapides les couloirs de l'institution à la recherche d'une femme dont les agissements ne la concernent pas. On ne fait pas ce genre de chose quand on n'a rien à y gagner, si ?

Charou travaille comme web analyste. Elle est propriétaire de son logement et possède une voiture grise avec des tapis de sol propres et une garniture en très bon état. C'est exotique, voire étrange. Si elle ne faisait pas partie des *Végans à Jönköping*, Siri aurait parié qu'elle était carnivore.

Kouplan pose la tête contre la vitre. Dehors, les gens se déplacent lentement. Familles et personnes seules entrent et sortent de l'hôpital, certains en chaise roulante, d'autres sur des béquilles. Si Amanda sort, il ne saura pas quoi faire. Se faufiler derrière elle jusqu'à l'arrêt de bus ? La retenir de force et l'obliger à montrer les médicaments dont l'étiquette indique forcément son vrai nom ?

Il n'a pas fait de compte rendu à Jenny depuis une brève conversation par SMS la veille :

Trouvée ! J'ai son adresse à J.

Bravo !

Voilà comment sonnent des SMS entre collaborateurs professionnels qui ne rêveraient jamais de coucher ensemble ou qui, dans tous les cas de figure,

n'en laisseraient absolument rien paraître. Elle lui écrit à nouveau.
Tu fais quoi ?
Surveille Amanda.
Elle t'a vu ?
Non.
Fais quelque chose qui la dérange.
Comment ça ?
Énerve-la. Sois créatif.
Kouplan sourit intérieurement. Il comprend ce que veut dire Jenny. Elle est aussi impatiente que Nima.
Je vais l'énerver sur le long terme.
Jure-le-moi.
Kouplan n'a pas de plan, mais ce n'est pas seulement sa faute : les instructions de Jenny jaillissent d'un désir de vengeance tout de même assez obscur. Cependant, il serait bon que Kouplan ait au moins quelques idées, un plan A, B, C, bref, qu'il essaye de dominer un minimum la situation – après avoir bondi sur Amanda en plein Göteborg, l'avoir suivie sous la pluie sans bien savoir pourquoi et s'être laissé grossièrement arnaquer.

Et à l'arrière de la Toyota grise d'une végane inconnue, il a enfin une idée. Pas brillante, certes, et peut-être même pas bonne, mais c'est toujours mieux que rien. Il a l'impression d'avoir trouvé après de longues recherches l'ouverture d'un drap-housse entortillé. Son plan dépend entièrement de la réussite de Siri et Charou.

Quand nos enfants nous demanderont comment on s'est rencontrées, on leur racontera qu'on poursuivait des bandits, a envie de dire Siri – mais elle s'abstient, bien sûr. On ne fait pas ce genre de déclaration à quelqu'un qu'on vient à peine de rencontrer. Les mains de Charou ont pourtant une force d'attraction irrésistible.

— Là, murmure Charou.

Amanda est assise sur un banc, dans la salle d'attente du service d'endocrinologie. Siri cesse immédiatement de penser aux mains de Charou. L'adrénaline afflue dans ses veines. Peu importe qu'elle n'ait aucune raison personnelle de vouloir piéger Amanda, que cette dernière ne constitue pour elle aucune menace à proprement parler car, à cet instant, Siri doit accomplir sa seule et unique mission : coincer Amanda.

Siri et Charou s'asseyent sur un banc en face d'elle et parlent suffisamment bas pour que leurs voix soient camouflées par le son de la télévision dans un coin de la salle.

— On fait quoi, maintenant ?

— Aucune idée. On attend qu'ils l'appellent par son nom.

— Ils n'annoncent que le prénom.

— Ah bon ?

Le rythme cardiaque de Siri accélère légèrement tandis que son cerveau se met à chauffer.

— On ne peut quand même pas demander son nom complet à l'accueil…

— Sauf si on connaissait quelqu'un qui travaille ici.

— Tu connais quelqu'un ?

— Non.

Une infirmière entre dans la salle d'attente. Siri et Charou retiennent leur souffle.

— David ? appelle l'infirmière.

Un trentenaire se lève.

— On ne peut pas revenir avec seulement un prénom, chuchote Siri.

Brusquement, elle a une idée.

— Viens !

Elle se lève et avance vers Amanda. Kouplan a raison, elle a l'air plus ordinaire que d'habitude.

— C'est quand même idiot de ne pas se dire bonjour, lui dit Siri avec un large sourire.

Amanda lui rend son sourire et hausse des sourcils interrogateurs.

— On est voisines, dit Siri. Tu habites au Borgmästargränd, c'est bien ça ?

— Mais oui, c'est vrai ! s'exclame Amanda. Moi, c'est Elin.

Elle tend chaleureusement la main à Siri.

— Siri.

— Charou. Toi aussi, tu viens pour ton diabète ?

Amanda fronce les sourcils.

— Non, je vais me faire retirer une marque de naissance. Ce n'est pas le service de dermatologie, ici ?

— Non, d'endocrinologie, dit Charou.

Amanda plonge la main dans son sac et en sort un papier qu'elle lit minutieusement. Puis elle soupire et se lève.

— Quelle chance que je vous aie croisées ! Sinon, je serais restée ici comme une cloche et j'aurais raté mon rendez-vous.

— Ah oui, quelle chance, dit Siri.

— Vraiment une chance, dit Charou.

— Enfin, c'était sympa de se voir, dit Amanda avec un sourire aussi large que celui de Julia Roberts.

Elles la suivent des yeux tandis qu'elle sort du service et s'éloigne à la hâte dans le couloir.

— Waouh ! s'exclame Charou. Je n'ai jamais vu quelqu'un mentir avec autant d'aplomb.
— Si, sûrement.

Toujours sur le siège arrière, Kouplan élabore son plan lorsque, soudain, il voit Amanda sortir de l'hôpital. Spontanément, il a envie de se jeter dehors et de la plaquer au sol – mais pourquoi est-ce qu'on a des réflexes aussi stupides ? Peut-on les changer ? Grâce à une méthode pavlovienne, peut-être – mais il s'efforce de rester assis.

Elle est là ! écrit-il à Siri.

Je sais, répond Siri. *Ne bouge pas, Charou et moi, on essaye de découvrir son nom.*

Kouplan songe que malgré les trois ans qui se sont écoulés, il n'a pas trouvé Siri changée. Cela dit, il avait tort, car elle s'intéresse manifestement à une fille qui possède une voiture, ce qui ne serait jamais arrivé auparavant. *Les gens sont comme des sentiers forestiers*, se dit-il en regardant Amanda monter dans un taxi qui fait volte-face.

Après vingt-cinq minutes d'attente, il se passe enfin quelque chose au service d'endocrinologie. L'infirmière revient.
— Nathalie, dit-elle.

Personne ne réagit. Quand l'infirmière la regarde, la femme en face de Siri et Charou secoue la tête.
— Nathalie ? demande l'infirmière à Siri et Charou.
— Ah ! dit Siri, comme si elle se réveillait enfin. Je suis Nathalie ! Bengtsson.

L'infirmière regarde sa feuille et secoue la tête.

— Non, c'est au tour d'une autre Nathalie, explique-t-elle avec un sourire.

Elle cherche dans le couloir. Puis dans les toilettes.

— Nathalie ? Nathalie Tapper ?

Le nom se fiche comme un clou dans l'esprit de Siri. Charou le note sur son téléphone. Siri se tourne vers l'infirmière.

— Il y avait une autre femme ici, avant, mais elle est partie.

— Ah, fait l'infirmière en regardant ses papiers. Est-ce que Johanna est là ?

Une femme se lève. Siri et Charou sortent dans le couloir et s'éloignent.

— On est de vrais petits génies ! dit Siri.

Charou ne sourit pas souvent, mais elle semble satisfaite.

— Va te faire cuire un œuf, Sherlock !

47

Nathalie adore dire la vérité. À chaque fois, elle éprouve le même soulagement. La vérité, c'est beau. Parfois, elle correspond à la réalité.

Ce jour-là, assise à une table de restaurant, elle raconte la vérité sur Elin Wikander.

— Wikander, dit-elle. Avec un « W ». Arobase gmail point com.

Elle penche légèrement la tête pour vérifier que son interlocuteur n'a pas fait de faute. Il s'appelle Sergio. Son écriture est gracieuse et raffinée. Il vient d'Italie mais cela fait longtemps qu'il vit en Suède. Il a fait prospérer une boutique de chaussures qui a eu des petits depuis. Il regarde Elin de son visage rond, aimable, presque enfantin.

Comment lui extorquer de l'argent ? Par exemple en lui présentant un associé qui, au final, les ecroquerait tous les deux. Une autre possibilité serait de lui faire pitié. On verra. Au début, c'est la liberté totale. Puis, au fur et à mesure, un détail après l'autre, on construit sa fiction et, pour finir, elle a des murs, un toit et une porte avec un verrou.

Comme avec Kouplan. Elle s'était dit qu'une mère malade en Colombie expliquerait pourquoi elle avait eu besoin des deux cent mille couronnes. D'abord à l'intention de Kouplan, puis, dans un deuxième temps, de Jenny. Elle avait monté le décor et fabriqué une vérité sur un kyste au ventre et des hôpitaux argentins. Elle avait engagé une de ces personnes qui font tout et n'importe quoi du moment qu'on les paye, par exemple parler espagnol au milieu de la nuit. Quand toutes les pièces du puzzle avaient été en place, elle avait songé qu'elle pourrait peut-être lui soutirer de l'argent à lui aussi. C'est alors que – sacré coup de chance – il avait eu besoin de voir un médecin. Plus qu'à profiter de l'occasion. Car elle sait s'adapter aux circonstances. Avec les quatre mille couronnes, elle s'était payé un blouson blanc à Jönköping.

Elle n'a jamais demandé à personne une somme aussi dérisoire, jamais. Elle est vraiment trop sentimentale.

Depuis sa rencontre avec Kouplan, une chanson lui est revenue en tête et ne la quitte plus. Elle ne pouvait pas lui en parler, bien sûr, puisqu'elle était censée avoir grandi en Colombie. Mais au cours d'une conversation avec lui, elle s'était mise à y penser, elle croit que c'était quand ils avaient mangé des crevettes. Elle avait dit des choses assez géniales sur le fait de ne pas vivre dans la peur et s'était retenue juste à temps de mentionner de la chanson.

Années 1980. Des enfants assis en rond chantent les chansons habituelles à propos d'un bateau ou d'un petit chat – des chansons qui n'ont pas beaucoup de sens à ses oreilles. À part la dernière :

Tous en rond tous en rond
Ça ne coûte rien de demander
Non, non, non, pas un rond
Il n'y a qu'à demander !

Après le dernier vers, la maîtresse désignait l'enfant qui devait demander quelque chose. On pouvait dire n'importe quoi. En général, les enfants n'en profitaient pas vraiment. Parfois, ils étaient cinq de suite à souhaiter de la glace. Tôt ou tard, c'était le tour de Nathalie.

— Dis ce que tu veux… Nathalie !
— Heu…, disait Nathalie en savourant toutes les possibilités qui s'ouvraient à elle. Un château avec des parquets en or et des tours faites de différentes sortes de bonbons et quand on les mangerait, il en repousserait des nouveaux sans arrêt, et il y aurait des léopards apprivoisés qui viendraient nous apporter tout ce qu'on voulait, avec des fourrures en diamants et…

La maîtresse l'arrêtait.

— Un souhait chacun, Nathalie. C'est ce qu'on avait dit.

C'est un souhait ! pensait alors Nathalie. *Un seul château.*

Bref, elle l'aurait chantée à Kouplan si elle avait pu. Ça ne coûte rien de demander, Kouplan. Il n'y a qu'à demander, l'univers te répondra. Sois ce que tu veux être, nous sommes les metteurs en scène de nos propres vies.

— Tu me fascines, dit Sergio. Raconte-moi ta vie.
Elle inspire profondément.
Qui est Elin Wikander ?

Une chose est sûre, elle ne ressemble pas à Consuela. Elle ne supporterait pas de donner encore dans le tragique.

— Je suis un peu inclassable, répond-elle. Je me suis toujours sentie comme une outsider, si tu vois ce que je veux dire. J'ai toujours eu envie d'entreprendre.

Sergio acquiesce, ravi. Elle était sûre qu'il réagirait ainsi, on ne quitte pas son pays pour se lancer dans la vente de chaussures sans s'identifier à des mots comme *outsider* et *entreprendre*.

— J'ai grandi dans une petite ville, mais j'ai toujours senti qu'il m'en fallait plus. Alors j'ai fait des études. En même temps, j'ai monté mon affaire à Stockholm. Ça va faire bientôt dix ans, maintenant. Accessoareus, tu connais ?

Sergio acquiesce.

— Je crois.

Il veut sembler dans le coup, personne n'a envie d'être pris en défaut dans son propre domaine.

Le langage corporel de Sergio dévoile à Nathalie que c'est un solitaire. Ils ont quelque chose de spécial. Difficile de mettre le doigt dessus, mais elle le sent. Tout comme Johan les flaire. Il est très doué pour détecter les nantis sans attaches. À travers son contact londonien, de plus, il débusque ceux qui traficotent avec leur capital.

— Excuse-moi, dit-elle. C'est un client.

Elle sort son téléphone et envoie un SMS à Johan :
Il faut créer le site d'une entreprise qui s'appelle Accessoareus et qui vend des gants, des foulards de luxe, ce genre d'articles. On vient de quitter des locaux à Stockholm, pas d'adresse pour l'instant.

Pense-bête : trouver des accessoires. Être une femme à accessoires.

Dans un restaurant du centre de Jönköping, la vérité sur Elin Wikander commence à se dessiner. Au fur et à mesure des questions de Sergio, sa silhouette se précise, elle prend de l'ampleur, gagne du caractère. Elin Wikander est une entrepreneuse qui respire la joie de vivre, engagée auprès des enfants pauvres et passionnée de sacs pochettes. Nathalie Tapper, en revanche, n'est rien. Nathalie Tapper est la gamine de Barbro.

Quand elle était petite, tout le monde connaissait Barbro, la femme qui donnait un emploi d'une main et le reprenait de l'autre. D'abord gérante d'une supérette ICA, puis d'une boutique du Systembolag, puis d'une agence postale. Parfois, elle rentrait rayonnante de joie, d'autres, fulminant contre les incompétents, qui étaient nombreux. Ceux qui travaillaient à ICA, au Systembolag et à la poste ne savaient jamais s'ils allaient passer une bonne ou une mauvaise journée. Nathalie non plus.

C'est sa mère qui lui a appris la nature de la vérité, la façon dont elle se tortille dans tous les sens, dont elle vous glisse des mains, dont elle vous fait punir. Dans les moments de cafard, Nathalie faisait mieux de faire semblant d'être constipée parce que, tout de même, elle n'avait pas de raison de se plaindre ! Ça non ! Quand elle avait fait une bêtise, mieux valait faire porter le chapeau à quelqu'un d'autre, sinon, ses aveux pouvaient avoir des effets secondaires qui duraient plusieurs semaines : « Enfin, tu es trop idiote pour comprendre ça, tu ne sais même pas qu'il faut pendre ses vêtements mouillés. »

Le départ de son père avait marqué le début d'une époque de souffrance, mais aussi de soulagement. Pendant plusieurs mois, rien n'avait plus été la faute de Nathalie. Marcelo était un idiot, un débile profond et même, six mois plus tard, le diable en personne.

À la rentrée, Nathalie n'avait plus de papa. Ses camarades avaient tous le leur – en général un barbu à lunettes. Celui de Nathalie les avait quittées, sa mère et elle, pour retourner en Espagne.

— Il ne voulait plus de vous ? lui avait demandé un autre minus aux yeux ronds.

— Si, avait répondu Nathalie en ressentant comme une vive brûlure au cœur. Il voulait de nous, mais il a été obligé de repartir. Il travaille comme agent secret pour l'Espagne, je ne peux rien dire de plus.

— Si, raconte !

— Tu me promets de ne rien dire à personne ?

— Promis !

— C'est leur agent le plus important, il doit sauver le pays des griffes d'un sheik super puissant qui veut l'envahir. Mais les journaux ne disent rien là-dessus, c'est secret. Malheureusement, il ne rentrera que quand l'Espagne sera en sécurité, mais on lui manque. Il nous écrit tous les jours.

Ce n'était pas vrai, en tout cas pas au début, mais ça l'était devenu. Le père de Nathalie ne faisait peut-être pas d'espionnage, mais pour tous ceux qui partageaient son secret, Nathalie était devenue la fille d'un agent espagnol. *Il n'y a qu'à demander.*

Elle est distraite. Peut-être à cause de la grosse punkette qui a interrompu sa visite chez le médecin en affirmant qu'elles étaient voisines. Ou parce que Kouplan l'a vue monter dans le tramway à Göteborg et que Jenny a très bien pu engager un nouveau détective plus doué.

Ça l'a vraiment surprise que Jenny passe ainsi à l'acte. L'argent qu'« Amanda » lui a pris ne lui appartenait pas de toute façon, et le ton menaçant du mail de Nathalie n'a pas pu lui échapper : « Je sais tout sur BEON. » Il faudrait lui faire une piqûre de rappel, lui envoyer une copie des papiers bancaires qu'a dégotés Johan, par exemple. Pour que Nathalie puisse enfin se concentrer sur son existence à Jönköping. Peut-être même s'y installer durablement. Se ranger.

— Tu te plais à Jönköping ? demande Sergio.

Pour sa part, il s'y trouve très bien, mais c'est difficile de faire réellement connaissance avec les gens, de créer des liens. Il y a bien des personnes qu'il salue à la buanderie ou à la salle de gym, mais la proximité... L'intimité. Il fait un geste pour lui montrer ce qui l'a incité à s'inscrire sur Couples.com. Elle décide de ne pas flirter avec lui. Si elle le faisait, elle devrait soit coucher avec lui, soit quitter la ville.

Elle est fatiguée. Elle se sent presque aussi harcelée qu'elle a fait semblant de l'être à Göteborg – des échos de Consuela ? Parfois, on s'identifie à son rôle au point de l'absorber.

— Non ? répète Sergio.

Il lui a posé une question qu'elle n'a pas écoutée. Elle sourit.

— Excuse-moi, tu peux répéter ?

— Je t'ai demandé ce qui t'a attirée ici, à Jönköping.

Bonne question. Qu'est-ce qui fait que certains noms résonnent ou qu'un doigt atterrit sur un point de la carte ? Quand Kouplan l'a vue monter dans le tram, elle s'est dit que l'endroit où elle serait le plus en sécurité était Jönköping, la ville où il ne retournerait jamais.

— La famille, dit-elle. J'ai un frère ici, je voulais m'en rapprocher. J'avais besoin d'être à proximité des miens, tu comprends. D'entretenir les liens.

Sergio acquiesce, il comprend. Les gens vous comprennent toujours tellement bien quand vous employez leur propre vocabulaire. Ils mangent leurs pâtes à la bolognaise, ruminant les phrases préférées de Sergio, puis elle le remercie pour cet agréable déjeuner. Elle espère qu'ils se reverront.

Juste après, elle envoie un SMS à Johan : *Au fait, tu es mon frère.*

D'une certaine manière, il l'est. L'homme qui l'a un jour démasquée est devenu son confident.

Les vérités que construisait Nathalie se sont longtemps réduites à une aura étincelante qui donnait un peu de rayonnement à sa vie autrement sordide. Quand elle oubliait de rendre un livre à la bibliothèque, c'était plus chouette de l'avoir perdu dans une cascade écumante pendant des vacances aux États-Unis ; quand elle tombait de vélo, plus dramatique d'avoir percuté un chevreuil. Un jour, encore au lycée, elle se rendit compte qu'elle pouvait soutirer de l'argent. Cela arriva presque par hasard, tandis qu'en sanglots, elle racontait une histoire de sans-abri à une inconnue sous un abribus. Soudain, elle se retrouva avec un billet de cent couronnes dans la main. Elle se souvient encore de sa surprise – et des boucles d'oreilles qu'elle s'était achetées.

Pendant quelques années, elle raconta donc des histoires à faire pleurer dans les chaumières. L'argent finançait son mode de vie, elle devenait une jeune femme de plus en plus glamour et le contraste entre son apparence soignée et les salades larmoyantes qu'elle servait aux gens les faisait débourser d'autant plus facilement. Et plus ces récits devenaient raffinés, plus la vie à laquelle elle échappait lui semblait terne. Les mensonges lui collaient à la peau comme un masque, cachant la vraie Nathalie tout en lui montrant ce dont elle était capable. Ni bonne à rien, ni crétine, elle se montrait au contraire plus intelligente que les autres. Les billets de cent couronnes qu'elle comptait de ses ongles vernis représentaient sa revanche sur l'opinion qu'on aurait eu d'elle si elle était restée elle-même.

Un jour, dans un train, elle se retrouva assise à côté d'un homme âgé qui trouva parfaitement affreux que sa mère l'ait jetée dehors à seulement dix-neuf ans sans une couronne en poche, tout cela parce qu'elle avait protesté – à juste titre – quand sa mère maltraitait le chien de la famille.

— Elle n'a jamais été un modèle pour moi, dit Nathalie de sa voix la plus vaillante, mais maintenant, je n'ai plus personne. Plus rien.

L'homme, captivé par son destin, ne sortit pas pour autant son portefeuille. Quand il se rendit aux toilettes, Nathalie remarqua le jeune homme en face d'elle qui la regardait d'un œil amusé.

— Non, merci, sans façon, je suis lesbienne, lui avait-elle dit.

En général, ça marchait, peut-être parce que c'était vrai. Cependant, l'homme continua à la dévisager en souriant comme si elle constituait un divertissement de bord fort sympathique.

— Tu devrais être enceinte en plus, commenta-t-il.

— Qu'est-ce que vous racontez ?

— Disons que tu viens de vomir. Je prends soin de toi et je dis que je connais un endroit où on accueille les jeunes mères sans-abri pour quatre cents couronnes la nuit et que je peux te payer la moitié de la première nuit.

— Vous déconnez !

— On partage. Cinquante cinquante. Allez, avoue qu'une petite grossesse, ça ne ferait pas de mal.

Voilà comment elle avait rencontré Johan. Il maîtrisait les domaines qui ne l'intéressaient pas et elle possédait ce qui lui manquait à lui. Il était devenu comme un frère. Désormais, quand elle invente des mondes, il crée en parallèle des sites et des comptes à l'étranger.

Le vieil homme lui avait donné mille couronnes pour son hébergement. Quant à Sergio, il va bientôt la voir pleurer lorsqu'ils seront tous les deux escroqués par un associé fictif. Dans les affaires, il faut faire preuve de sophistication mais, au fond, les gens sont toujours les mêmes. Elle se demande comment sa mère pouvait avoir à ce point raison : « Nathalie, la plupart des gens sont de sombres idiots. »

Sauf Jenny. Tellement intelligente que Nathalie supportait sa compagnie. Voilà pourquoi elle était restée si longtemps malgré les avertissements de Johan, qui n'avait pas l'intention d'attendre cent sept ans. Elle le faisait patienter : ce genre d'affaire prenait du temps. D'ailleurs, s'il s'ennuyait, il n'avait qu'à se lancer dans des projets personnels. Dans ce dossier, il fallait procéder avec délicatesse, insistait Nathalie en savourant l'humour pince-sans-rire et les lèvres humides de Jenny.

Ils l'avaient repérée grâce à leur contact dans une banque londonienne. D'abord, ils n'avaient lu que le nom du payeur, BEON, puis ils avaient découvert celui du bénéficiaire. Ils avaient retenu leur souffle. Johan avait qualifié le projet de « risqué ». En politique, les gens ont des moyens et des relations. Nathalie l'avait calmé, car si par hasard l'affaire BEON s'ébruitait, Jenny aurait bien plus à y perdre que deux cent mille couronnes. Et puis, de toute façon, si tout se passait comme prévu, elle ne remarquerait même pas leur petit trafic.

Une affaire peut être qualifiée de bonne lorsque toutes les parties en sortent gagnantes. Autour d'un étal, le client doit avoir l'impression d'acheter bon marché et le vendeur, de vendre cher. Dans le secteur de Nathalie, l'affaire est bonne quand on donne à quelqu'un le sentiment d'avoir accompli une bonne action.

En ce qui concernait Jenny, on lui expliquerait que l'argent était destiné à une cause digne de charité. La mission de Nathalie était de faire plus ample connaissance avec elle pour découvrir les sujets qui lui tenaient à cœur. Tout le monde est sensible à une cause. Pour certains, ce sont les chiens maltraités, pour d'autres, le sida, la patrie ou le droit à l'avortement. Quoi qu'il en soit, il y a de l'argent à la clé.

Un problème avait surgi. Après deux opérations de séduction, Nathalie était elle-même tombée sous le charme de Jenny. À l'époque, elle considérait la situation comme un avantage, une façon plus authentique de s'immiscer dans la vie de Jenny. Mais avec le temps, elle s'était un peu perdue.

Selon elle, l'idée de la maison était absolument géniale. Mais Johan s'emporta.

— Elle ne devait rien remarquer, Nathalie ! Qu'est-ce que tu racontes ?

— Eh bien, le constructeur nous a escroquées, nous sommes anéanties, nous faisons des recherches pour retrouver l'entreprise qui, se révèle-t-il, est partie en fumée. Jenny et moi, nous pleurons dans les bras l'une de l'autre. C'est tragique. C'est beau.

— C'est une femme politique, espèce de débile ! Dure comme du cuir, tu l'as dit toi-même. Tu ne crois quand même pas qu'elle laissera passer un truc pareil sans faire des recherches approfondies ?

— Pas si elle croit que l'entreprise de BTP sait d'où elle tient son argent.

— Tu veux dire que le constructeur devra lui soutirer des renseignements sur BEON ? Comment tu lui expliqueras qu'il ne s'agit pas de la même société que celle dont vous avez vu le modèle en exposition ? Et ton terrain dans l'archipel, comment tu lui expliqueras qu'il ne t'appartient pas ?

— Il n'est pas à mon nom.

— Non, surtout pas au cadastre. D'ailleurs, aucune Amanda Martinez n'est inscrite au cadastre.

— De toute façon, le constructeur n'a rien à voir avec le terrain. Elle ne le vérifiera pas.

Elle avait prononcé cette réplique sur son ton le plus convaincu, mais elle doutait déjà.

Un mardi matin, quelques semaines plus tard, elle aperçut une note toute fraîche dans l'agenda de Jenny : *Vérif cadastre*. N'étant pas censée l'avoir vue, elle ne pouvait pas aborder le sujet. Il fallait pourtant agir.

Un matin, Jenny et elle pelaient des pommes pour se faire des smoothies, Jenny à l'aide d'un éplucher-patates et Nathalie, d'un couteau de cuisine.

— Dans ton travail, tu es souvent en contact avec le cadastre ?

— Pas tellement. Pourquoi ?

Jenny leva les yeux. Elles étaient ensemble depuis presque dix mois et Nathalie avait appris à détecter une vigilance inhabituelle dans le regard de Jenny.

— Par curiosité. Je crois que je ne cerne pas très bien tout ce que tu fais dans ton boulot, dit Nathalie en riant, puis elle se coupa le doigt. Aïe !

Jenny rinça l'entaille sous le robinet et lui mit un pansement. Dans toute la ville de Stockholm, seule Nathalie savait à quel point la conseillère municipale avait les mains douces.

— Comment tu as hérité du terrain, déjà ? demanda Jenny. Tu as été en contact direct avec le cadastre ?

— Non, c'est le notaire qui s'est occupé de tout.

— En fait, je me demande comment on va faire... Je ne sais même pas si c'est légal de faire construire une maison sur le terrain de quelqu'un d'autre. Il ne vaudrait pas mieux que je devienne copropriétaire du terrain avant de contruire ?

Nathalie fixa le pansement autour de son doigt pour éviter d'avoir le regard qui vacillait. *Allez*, se dit-elle intérieurement, *trouve la réponse ! Tu as réponse à tout, souviens-toi. Tu ne perds jamais ton aplomb.*

— Je peux vérifier, si tu veux. Je vais voir avec un notaire.

— Je m'en charge, dit Jenny. J'en connais un qui est très bien, on pourra certainement avoir un rendez-vous la semaine prochaine.

Les pulsations dans le doigt de Nathalie se propagèrent dans tout son corps, un étau se serra autour de sa poitrine. Une semaine…

— C'est si urgent que ça ? On a tout notre temps.

— Pas vraiment. On a déjà versé l'acompte.

Nathalie posa la main sur la joue de Jenny.

— Chérie, tu en fais déjà tellement. Je vais m'en charger.

Jenny avala d'un trait son smoothie et posa sur Nathalie un regard impénétrable – recelait-il de la méfiance ou seulement de l'inquiétude ? Nathalie fit son meilleur sourire.

— Et maintenant, tu vas arriver en retard au travail, tout ça à cause de mon petit bain de sang.

Les choses allaient s'arranger. Jenny avait déjà rencontré Johan quand il avait joué le colocataire d'Amanda – un vrai gâchis de ressources humaines. Il fallait donc payer quelqu'un qui jouerait le notaire et parviendrait à duper une des femmes politiques les plus puissantes de Stockholm. Nathalie parcourut mentalement ses contacts habituels. Tous des mauviettes. Aucun ne serait assez crédible pour berner Jenny Svärd, et plus on mêlait de gens à l'affaire, plus on risquait que quelqu'un les balance. Finalement, Nathalie dut donner raison à Johan : les politiciens sont des proies difficiles. Du coup, elle avait vraiment besoin de lui.

— Il nous faut un notaire et un titre de propriété, lui dit-elle au téléphone. Aujourd'hui.

— Nathalie, enfin, merde ! Tu te rends compte du boulot que ça représente ? Non seulement trouver quelqu'un, mais aussi contruire le site web, faire en sorte que l'étude ait des références, écrire les commentaires... Tu ne crois quand même pas que quelqu'un comme Jenny Svärd marcherait dans n'importe quelle combine mal bidouillée ?

— Tu t'ennuyais. Maintenant, tu as du boulot. Attends, j'ai reçu un message.

SMS de Jenny : *J'ai pris contact avec mon notaire. Rendez-vous jeudi.*

— Merde !

Le mardi fut un jour de panique. Faire semblant d'avoir été enlevée ? Disparaître sans laisser de trace et se retrouver recherchée par la police ? Prendre des affaires chez Jenny – bijoux, ordinateurs – et être soupçonnée de vol ? Jouer la victime, feindre la colère, prendre Jenny par les sentiments, la menacer ?

Finalement, Nathalie laissa un mot sur la table de la cuisine :

Je dois aller en Espagne pendant quelques semaines, crise au boulot. Décommande le rendez-vous de jeudi, s'il te plaît. Je t'appelle en rentrant !
A.

48

Jenny respire comme une forcenée. Inspire, inspire, inspire, expire, expire, expire ! On la croirait en plein accouchement. Iiiiinspire et laisse l'oxygène « rendre visite à son amie l'hémoglobine », comme le dit son livre sur la respiration. Mais manifestement, tout ne dépend pas que de la respiration.

Aujourd'hui, elle a reçu un mail. Après l'avoir lu, elle s'est jetée sur son téléphone. « Comment retrouver le propriétaire d'une adresse hotmail ? » a-t-elle demandé à un de ses contacts qui devrait le savoir. Réponse : « Impossible. » D'ailleurs, ça ne l'aurait avancée à rien puisqu'elle sait très bien qui lui a envoyé le mail.

Le message laconique semble la narguer, se tordre de rire en constatant sa réaction : celle d'une femme qui vient de gâcher dix mois de sa vie et perdre deux cent mille couronnes parce qu'elle a cru à des bobards. Le mail la retient en otage, la menace sur le terrain où elle est la plus vulnérable : sa réputation. *Juste un petit rappel, chérie : je sais toujours tout sur l'affaire BEON, et j'ai des preuves. Il vaudrait mieux tourner la page.*

Jenny regarde ses murs, ses meubles, son plafond qui semble lentement s'affaisser. Ça fait trop longtemps que ça dure. À son travail, ses collaborateurs se sont mis à lui demander comment elle allait – des collègues qui, en principe, sont censés la redouter. Elle envisage les issues des gens ordinaires : alcool, cocaïne, médicaments…

Son frère répond à la deuxième sonnerie.

— Je ne vais pas y aller par quatre chemins, dit Jenny.

— Qu'est-ce que j'ai fait ?

Elle ignore la question.

— Bref, je ne vais pas bien.

— Non.

— Non ? Qu'est-ce que tu veux dire ?

— Que je suis d'accord. Vu le cirque dans lequel tu vis, tu ne peux pas aller bien : la politique, les débats, les médias…

Jenny s'indigne malgré elle.

— Tu ne sais rien de ce qui se passe à l'hôtel de ville ni de ce que je vis.

— Mais tu viens de dire que tu n'allais pas bien.

— Oui, mais tu ne sais pas pourquoi.

— Les causes sont toujours multiples, Jenny.

Elle lève les yeux au ciel. Un instant, elle a cru que Jesper était la personne à appeler, mais ça ne fait que démontrer à quel point elle perd la boule.

— C'est peut-être à cause des sondages, ou de ton divorce. Raconte, je t'en prie. Mais sache qu'au fond, tu ne vas pas bien parce que tu ne laisses pas entrer les autres, tu ne laisses pas exister ton monde intérieur, tu ne lui donnes pas sa vraie forme, tu ne respires pas, Jenny.

Elle est sur le point de raccrocher. Laisser entrer les autres, n'est-ce pas justement ce qui a provoqué toute cette pagaille ?

— Respirer, c'est ce que je n'arrête pas de faire, merde !

— Mon art m'a donné un nouveau point de vue sur les choses. J'ai beaucoup à t'apprendre, même si tu ne le crois pas.

Jenny jette un coup d'œil à son bar et songe à sa bouteille de whiskey.

C'est une alternative tentante à cette conversation avec son frère.

L'enquête sur Nathalie Tapper se poursuit sur un canapé orange dans un collectif qui sent le jus de tomate. Tommy arpente le salon en chantonnant, une machine à coudre bourdonne quelque part, de la musique indienne filtre à travers une porte.

— Charou m'a demandé comment on se connaissait, dit Siri. Je lui ai dit qu'on était sortis ensemble. Mais comme ça donnait l'impression que je suis hétéro, j'ai ajouté que tu étais fille, à l'époque.

— D'accord.

— Je ne savais pas quoi lui dire. Soit je donne l'impression d'être hétéro, soit tu passes pour une fille. C'est pénible.

— Hmm, dit Kouplan.

C'est la troisième fois que Siri aborde le problème manifestement insurmontable que représente sa relation passée avec Kouplan, parce que le fait d'en parler autour d'elle pourrait provoquer des malentendus sur son orientation sexuelle. Que veut-elle qu'il lui dise ? Que ça ne fait rien qu'elle le présente comme une fille ?

— Sortir avec un mec comme moi, pour une lesbienne, ça ne marchait pas à l'époque non plus. C'est pour ça qu'on a rompu, entre autres.

— Mais les gens n'en savent rien. Et si je le raconte comme ça, ils vont croire que je sortais avec un mec.

Silence. Kouplan se demande ce que pense Siri, si elle se rend compte qu'elle dépasse les bornes ou se demande seulement ce qu'elle va faire à dîner. Si le malaise de Kouplan lui est perceptible ou reste coincé quelque part au fond de son cerveau, incapable de s'exprimer.

— Nathalie Tapper, c'est bien ça, hein ? dit Siri. On va jeter un coup d'œil sur Ratsit.

Si l'on admet une orthographe variable, il y a trois Nathalie Tapper en Suède. La première est trop jeune. La deuxième tient un blog dont l'en-tête représente une blonde aux joues rondes comme des pommes. La troisième, comme peut le constater Kouplan sur le téléphone de Siri, a trente-deux ans et réside à Sala. Son anniversaire est le 4 juin, elle est célibataire et ne possède aucune entreprise. Kouplan lit son nom écrit en tout petits caractères : Nathalie Claudia Tapper.

— C'est elle.

— Tu vas faire quoi, maintenant ? L'aborder et lui dire : « Salut, Nathalie ! » ?

Kouplan secoue la tête.

— On peut faire une recherche sur son adresse ? Elle ne s'y trouve pas souvent. C'est donc que quelqu'un d'autre y habite.

Siri tape l'adresse de Nathalie Tapper.

— Barbro Tapper, cinquante-quatre ans, célibataire. Qu'est-ce que tu vas faire ?

Kouplan se lève, attrape sa valise et rassemble ses affaires.

— Déranger.

Il aimerait que ce soit son dernier voyage en train : la dernière fois qu'il tape un faux nom sur une borne en libre-service, la dernière fois que son cœur frémit à l'idée de croiser le chemin d'un contrôleur zélé. Manque de chance, il devra revenir de Sala. Cela fera un trajet de plus.

À la gare, il envoie un SMS à Jenny : *J'ai son vrai nom et son adresse officielle. Je vais à Sala.*

Jenny l'appelle cinq secondes plus tard.

— Tu ne vas nulle part.

— Tu m'as dit de la déranger. Rien ne la dérangera autant que de dévoiler sa véritable identité. J'ai un plan.

— Peut-être, mais je n'ai plus la force de te laisser parcourir le pays sans aucune garantie de résultat. Je suis à bout de nerfs. Reviens à Stockholm.

Siri paye le billet de Kouplan, qui ne comprend pas bien pourquoi. Peut-être pour compenser le malaise qui est apparu entre eux, ou bien en solidarité avec un plus pauvre. Elle le tient longtemps dans ses bras, ce qui aurait pu être gênant si le geste ne lui semblait pas sincère. Le départ approchant, Kouplan la serre encore un peu plus fort : c'est la dernière fois qu'ils se voient, il le sent.

Il ne peut pas vivre avec un passé dans lequel il demeure considéré comme une fille.

Il ne peut pas être l'ex-copine de quelqu'un, ni fréquenter quelqu'un qui se sent obligé de révéler à droite et à gauche son état passé pour sauver la face.

Ce sont des adieux.

Il quitte l'un des deux endroits de Suède où les gens le connaissent comme Nesrine. L'autre est le grill d'Azad. Il remplit les vides dans son cahier bleu. *Prénom : Nathalie. Nom : Tapper.*

Au fond, Nathalie Tapper force l'admiration. Vivre en jouant constamment des rôles, avec tant de conviction qu'ils prennent quasiment la place de sa véritable identité... Kouplan se demande si en se couchant le soir, Nathalie sait qu'elle est Nathalie. Il connaît les symptômes du dédoublement de la personnalité, il ne s'agit pas de cela. Mais combien de temps faut-il pour se confondre avec le rôle qu'on joue ?

Il y aurait sûrement des gens pour faire le rapprochement avec la vie de Kouplan. Tommy a dit de « Nesrine » que c'était le « vrai nom » de Kouplan, exactement comme « Nathalie » est celui d'« Amanda ». La différence, c'est que Nathalie joue volontairement Amanda, alors que Kouplan a été forcé de jouer Nesrine pendant vingt-trois ans. Voilà ce qu'il aurait dû répliquer au lieu de répondre par un ricanement et un simple : « Oui, enfin, mon ancien nom. »

Au fond de lui, une question le tourmente, mais il préfère ne pas l'articuler – peut-être se cache-t-elle dans son subconscient depuis toujours. Il la refoule, mais elle force le passage : *Si je ne peux pas être l'ex-copine de quelqu'un, est-ce que je peux être la fille de quelqu'un ?*

Un collectif suédois végan et queer peut plus ou moins accepter que Nesrine réapparaisse sous les traits de Kouplan, mais ses propres parents ? C'est une tout autre histoire. Le paradoxe : tant qu'il ne leur donne pas de nouvelles, ils l'aiment. Kouplan n'a pas envie de formuler clairement la question, il n'en a pas la force, il la laisse s'évacuer à travers ses mains et ses pieds. Il se crispe, tambourine contre le repose-pieds, serre les mâchoires et contemple les maisons rouges et les champs vides du Småland. Là, un chevreuil. Là, un cycliste.

49

Ce n'est pas en s'écrasant qu'elle est arrivée aussi loin. Jenny se regarde dans la glace pendant au moins une demi-heure, redécouvrant dans ses traits la volonté de fer qu'elle a toujours eue. Elle voit une femme qui ne s'est jamais défilée, qui a mis ses adversaires K-O, gagné des élections et manœuvré des concurrents. Une femme qui est sortie victorieuse d'un divorce. *Il vaudrait mieux tourner la page.* Mon cul !

Sous son tailleur, elle enfile des collants extra-résistants, non pas que l'aventure risque de se terminer en bagarre, mais ils lui donnent le sentiment d'être une fighteuse. Le pire, finalement, ce n'est pas d'avoir perdu deux cent mille couronnes. Le pire, c'est qu'ils soient en possession d'une dénommée Nathalie qui les dépense en nourriture, en habits et en bijoux. Jenny l'imagine souriante dans un spa : « Et cette pédicure de luxe à neuf cent quarante couronnes, elle comprend quoi ? » En quittant Jenny, Nathalie a cloué son équilibre mental à un talon aiguille qui tape contre un sol de marbre.

Ce que Jenny est parvenue à construire jusque-là ne vaut rien si elle se perd elle-même.

Elle ouvre la porte du garage, envoie un SMS à Kouplan pour lui dire d'attendre au viaduc de Klaraberg et sort en marche arrière. L'odeur de sa voiture l'entoure comme un cocon délivré de tout parfum étranger. Le moteur ronronne sous ses pieds comme le jour où elle l'a achetée. Elle appuie sur l'accélérateur, la vitesse la soulève au-dessus du minimum d'existence spirituelle. Elle est vivante et en action. Elle n'a pas besoin de livres pour respirer.

Ce jour-là, un ciel bleu égrené de nuages floconneux se déploie au-dessus de Stockholm. Le soleil est apparu, les gens flairent l'arrivée de l'été. Les hommes d'affaires stressés qui tirent leurs valises entre la sortie de la gare et la station taxi ont des démarches plus élastiques. Quelques rayons de lumière éclatants rebondissent sur les fenêtres du World Trade Center, illuminant un jeune homme aux cheveux noirs vêtu d'habits élimés et portant un bagage minimaliste. Seulement quelques mètres plus loin se trouvent les bureaux de la police des frontières, il en est douloureusement conscient. Il envoie un SMS à Jenny : *Tu es en route ?*

Une BMW noire étincelante s'arrête devant lui. Si un lecteur du quotidien gratuit *Métro* le voyait monter, le journal recevrait un courrier le lendemain : *En fait, ils font semblant d'être pauvres et après, ils montent dans des voitures de luxe. Je les ai vus.* Kouplan s'assied sur le siège chauffant du côté passager avant d'être projeté en arrière à la première accélération. Jenny a l'air bizarrement satisfaite.

— Tu as retrouvé ton *qi* ? lui demande-t-il.
— J'ai repris le contrôle. Enfin, je suis en train.

Un jour, Kouplan aimerait pouvoir en dire autant.

— Tu as dit que sa mère habitait à l'adresse que tu as trouvée ? poursuit Jenny. On va aller lui parler.

— De quoi ?

— Je lui expliquerai que sa fille me doit de l'argent. Je ne lui dirai ni comment ni pourquoi, ce sera juste un petit… signal.

Inutile d'approfondir l'idée, Kouplan a eu la même. Il faut faire comprendre à Nathalie qu'elle est démasquée. Pénétrer chez elle, la priver de ce qu'elle a de plus secret. Mais pour Jenny, cela a un prix.

— Tout lui prendre serait trop risqué. Ce n'est pas une idiote, elle me rendra mon argent, sinon, elle sait que je ferai des révélations.

— Et elle sait que tu sais que si tu la balances, elle dévoilera l'affaire BEON.

Jenny acquiesce. Ses phalanges blanchissent autour du volant et elle donne un coup d'accélérateur.

— C'est un risque calculé. Mais ce n'est pas une idiote. Elle ne jouera pas le tout pour le tout.

— Non.

— Tu sais ce que c'est, la liberté, Kouplan ?

— Non.

— C'est se ficher de ce qui peut bien arriver. Parce qu'on ne supporte plus de rester dans l'état où on est.

Kouplan fixe la route qui défile sous ses pieds à une vitesse périlleuse. Il ne peut pas dire à Jenny à quel point il la comprend, c'est-à-dire sûrement mieux encore qu'elle-même. Cette connaissance, d'ailleurs, s'il ne la taisait pas, résulterait en un aller simple pour l'Iran. On ne peut évaluer son état que quand on en a les moyens.

— C'est vrai, dit-il.

Beaucoup de gens disent que leur mère les empoisonne, mais ils ne connaissent pas leur bonheur. Barbro Tapper est une vraie peste. Elle penche la tête sur le côté et décoche sa réplique :

— Je dis seulement que cette nuance te donne l'air d'une pétasse. Juste à toi. Pas à toutes celle qui la portent. Il y a plein de blondes qui arrivent à rester dignes. Angela Merkel, par exemple.

— Ah bon ? répond Nathalie. C'est pour me rassurer que tu dis ça ? Que je suis la seule à avoir l'air d'une pétasse ? Enfin, d'après toi, parce que jusqu'ici, personne d'autre ne semble de ton avis.

— Je suis sincère, c'est tout. Une mère moins méritante aurait laissé sa fille se balader comme une pute.

— Angela Merkel... De toutes les blondes, tu trouves que je devrais avoir l'air d'Angela Merkel ?

Barbro prend un air horriblement indigné.

— Tu n'as rien à faire sous mon toit si tu ne respectes pas mes amis !

— Angela Merkel n'est pas ton amie.

— Nous nous écrivons des mails.

— Un secrétaire à Bruxelles t'écrit des mails, maman. Parce qu'ils ont le devoir de répondre à toutes les sollicitations.

— Tu ne sais rien de mes fréquentations. Il y a des choses que je garde pour moi, tu sais. Je ne m'exhibe pas systématiquement, comme d'autres.

Cette remarque fait un bide car Nathalie ne raconte pas sa vie à sa mère et ne lui parle jamais de ses fréquentations.

— Je ne peux pas rester dormir cette nuit, maman. Il faut juste que je trouve le sac rose. Après, je m'en vais.

— Ne te gêne pas. Surtout, fais comme si je n'étais pas là.

Il faut qu'elle trouve ailleurs où entreposer ses affaires et recevoir son courrier. Elle se l'est promis cent fois, mais celle-ci, c'est la bonne.

Elle monte dans sa chambre et parcourt encore une fois sa penderie. Elle est sûre d'y avoir laissé un sac Michael Kors rose. Il ne devrait pourtant pas être difficile à trouver… Elle attrape deux foulards et les jette parmi les autres chiffons sur le lit.

— Ce n'est pas pour que tu deviennes aussi égoïste que j'ai pris soin de toi quand tu étais petite, que je t'ai nourrie et consolée, dit sa mère sur le seuil. La dernière fois, tu as passé une heure ici. Excuse-moi d'employer des termes aussi crus, mais tu me hais, ou quoi ? Si c'est le cas, tu n'as qu'à me le dire ! Tu hais ta propre mère ?

Je te hais, pense Nathalie.

— Tu ne m'aurais pas emprunté un sac rose ?

Barbro aperçoit le tas d'accessoires sur le lit et fronce les sourcils, oubliant son indignation.

— Tu déménages ?

Jenny et Kouplan quittent la E18.

— Nous ne sommes pas sûrs que ce soit sa mère qui habite là, dit Jenny.

— Non, mais étant donné le nom de famille, il y a sûrement un lien de parenté.

— Tu sais qui était la mère d'Amanda ? Une chanteuse d'opéra au Portugal, dit Jenny avec un bref ricanement.

— La mère de Consuela était menacée par la mafia colombienne et avait des tumeurs au ventre, renchérit Kouplan. Ou des kystes, ce n'était pas très clair. En tout cas, elle avait besoin de se faire opérer.

Jenny sourit et secoue la tête.

— Comment tu as pu gober une histoire pareille ? Qu'elle ait été immigrée clandestine, qu'elle n'ait pas obtenu son permis de séjour et qu'elle soit obligée de se cacher plutôt que de retourner dans son pays... Tu te rends compte à quel point c'est tiré par les cheveux ?

— Il y a des gens qui vivent comme ça, non ? marmonne Kouplan en se tournant vers la vitre.

Comme s'il venait de voir quelque chose d'intéressant dehors.

— Notre politique d'accueil des réfugiés fonctionne quand même très bien, dit Jenny. Ceux qui ont besoin de protection l'obtiennent et les autres peuvent tranquillement rentrer chez eux.

Tout à coup, Kouplan a l'impression que sa vie entière s'amasse et forme une boule à mi-chemin de sa gorge. Il ne dit rien. Jenny cherche son chemin.

— Ça doit être à gauche ici. Il faudra bientôt que tu me lises l'adresse.

Nathalie ne trouve pas son sac Michael Kors. Elle considère le blabla de sa mère, qui prend des intonations de plus en plus hystériques, comme un fond sonore plutôt que comme une conversation. Les phrases se répètent, se chevauchent, les réponses de Nathalie sont des planches sur lesquelles sa mère rebondit et repart dans de nouvelles harangues. Nathalie accuse sa propre mère de lui avoir volé un sac ? Un sac rose, en plus ! Est-ce qu'elle a jamais vu Barbro porter du rose ? Barbro est déçue. Profondément déçue.

— J'y vais, dit Nathalie.

Elle a trouvé quatorze sacs à main, huit foulards et sûrement un kilo de colliers et de bracelets, la plupart inutilisés. Son histoire de commerce d'accessoires passera comme une lettre à la poste.

— Tu ne restes même pas boire un café ? dit sa mère. Pas capable du moindre petit sacrifice alors que je...

Nathalie complète mentalement la phrase : « ... que je t'ai portée dans mon ventre pendant neuf mois, que je t'ai donné la vie ! » Mais Barbro est interrompue par la sonnette. Elle a l'air étonnée.

— Tu attends de la visite ? demande-t-elle.

— Bien sûr que non, j'étais sur le point de partir, dit Nathalie. Pourquoi j'inviterais quelqu'un ici ?

— Ah bon... Sûrement les témoins de Jéhovah.

— Dis-leur de ma part que j'ai rencontré Jésus. Plus la peine de chercher.

Le rire sec de Barbro évoque vaguement à Nathalie ce qu'aurait pu être une relation normale entre elles : comme ces mères qui sortent faire du shopping avec leurs filles sans se plaindre d'attraper des ampoules.

Barbro descend laborieusement l'escalier pour aller ouvrir. Nathalie range les bijoux et les foulards dans un cabas et suspend quatorze sacs à son épaule. Elle demandera à sa mère de la conduire à la gare, puis à Sergio de venir la chercher à Jönköping. Cela donnera de la crédibilité à Accessoareus et lui fera gagner un transport. Le problème avec Johan, c'est qu'il ne peut pas toujours faire le chauffeur. Nathalie se demande combien coûterait un faux permis de conduire de bonne qualité. Ou ce qu'il faudrait faire pour s'en procurer un vrai. Chargée du cabas et de ses sacs, elle descend l'escalier en se demandant à quel nom elle pourrait faire immatriculer une voiture. Puis elle jette un coup d'œil aux visiteurs de sa mère : Jenny. En chair et en os.

Nathalie a soudain l'impression d'être paralysée des deux bras. Le cabas atterrit sur une marche. Jenny porte son tailleur gris, celui qu'elle réserve aux négociations ; elle transperce Nathalie des yeux.

— Bonjour, Nathalie.

50

Cela valait la peine de faire le voyage rien que pour voir sa tête. Amanda se fige dans l'escalier et fixe Jenny comme si elle avait vu un fantôme. L'ex-fiancée de Jenny a perdu toutes ses faces.

— Comme je le disais à ta mère, je ne fais que passer.

— C'est vrai ? dit Barbro en se tournant vers sa fille. Tu as emprunté deux mille couronnes à Jenny Svärd et tu ne les lui as pas remboursées ? Ce n'est pas comme ça que je l'ai élevée, ajoute-t-elle en s'adressant à Jenny.

Nathalie pose ses quatorze sacs à main – pourquoi en porte-t-elle autant ? – et se précipite en bas.

— Allons faire une promenade, suggère-t-elle avec un calme forcé.

Jenny sourit.

— Deux mille couronnes, ce n'est pas grand-chose, raconte-t-elle à Barbro. C'était surtout un prétexte pour passer voir une amie chère. Deux cent mille, ce serait bien pire.

— Je vous en prie ! dit Barbro. J'ai un gâteau au congélateur...

— On sort faire un tour, l'interrompt Nathalie.

C'est bizarre de la voir ainsi : stressée, vulnérable. Rien à voir avec Amanda. Pourtant, il s'agit bien de la même femme. Ces joues sont bien celles que Jenny a caressées.

— Oui, ce serait sympa de prendre un peu l'air.

Jenny jette un coup d'œil en coin à Kouplan, qui s'efforce de ne pas éclater de rire en la voyant si détendue.

— Pas toi ! vocifère Nathalie à Kouplan. Et maman, pendant que je suis dehors, tu n'as qu'à passer un coup de fil à la police. Kouplan a certainement des choses à leur raconter.

Jenny voit Kouplan se raidir. Pourquoi ? Qui est-il vraiment ? Qu'a-t-il fait ?

— Allez-y, appelez-les, dit-elle dans un élan de loyauté, et, surtout, dites-leur d'attendre qu'on revienne.

Nathalie serre les mâchoires, elle regarde Jenny, puis Barbro, puis Kouplan.

— Attends, maman. N'appelle personne.

La porte claque derrière Jenny et Nathalie. Kouplan reste dans le hall de la famille Tapper, face à une dame d'âge mûr qui le dévisage comme un criminel en puissance.

— Kouplan, se présente-t-il en lui tendant la main.

Elle la serre du bout des doigts. Vu de l'extérieur, Kouplan doit créer un contraste saisissant avec ce décor typique. Soit il part tout de suite, soit il se familiarise.

— En tout cas, moi, je n'aurais rien contre un petit café.

Barbro émet un grognement qui indique à Kouplan que, malgré sa perplexité, elle va lui offrir du gâteau avec le café.

Nathalie entraîne Jenny entre les immeubles, jusqu'à une aire d'arrêt, puis un large sentier forestier. Elles gardent le silence, seuls résonnent leurs pas saccadés. Leurs pensées se bousculent. Nathalie va-t-elle m'assassiner en pleine forêt ? Est-ce que je possède des notions d'autodéfense ? Toujours en silence, elles prennent une perpendiculaire. Jenny rompt la glace.

— Je me suis dit qu'on pourrait discuter du jour où tu t'es tirée en me volant un quart de million de couronnes.

Nathalie ne desserre pas les mâchoires et continue d'avancer.

— Ah bon, eh bien…, reprend Jenny sur un ton inutilement enjoué. Sinon, on peut parler du fait que tu aies escroqué un homme à Göteborg et que tu sois en passe de refaire un coup à Jönköping.

Jenny ne sait pas précisément ce que Nathalie prépare à Jönköping. Voilà pourquoi elle parle vaguement d'un « coup ».

— Tu es une ignoble petite arnaqueuse qui, pour une raison obscure, ne s'est pas encore fait pincer.

Nathalie lui lance un regard noir.

— Et toi, alors ? Tu te prends pour quelqu'un de distingué et d'intelligent… Mais tu es aussi puante qu'un cambrioleur de rue. Tu ne peux pas savoir à quel point je hais les hommes et les femmes politiques. Vous êtes des voleurs en tenue de luxe.

— Exactement comme toi, alors.

Elles se chamaillent exactement comme Jenny le faisait avec Jesper quand ils étaient enfants. C'est immature et inefficace, Jenny en est péniblement consciente, mais elle ne peut pas s'en empêcher.

— Tu portes des blousons hors de prix que tu achètes avec de l'argent volé. À des gens qui t'ont fait confiance. Tu n'as donc pas de… de cœur ?

Elle allait dire « de dignité », mais cela ne correspondait pas à ce qu'elle ressentait réellement quand Amanda l'a quittée.

— La corruption, réplique Nathalie, tu sais où ça mène ? Les gens me donnent peut-être de l'argent mais toi, tu entraînes ton pays dans la ruine. Tu y as pensé ? Entre toi et moi, qui est la pire des deux ?

— Les gens te donnent de l'argent ? C'est comme ça que tu vois les choses ? Eh bien, premièrement : de toute façon, si je ne l'avais pas accepté, l'argent de BEON aurait fini dans les poches d'investisseurs en capital risque. Tu trouves qu'ils sont à plaindre ? Deux cent mille couronnes, c'est un pet dans l'espace pour eux. Et BEON aurait quand même décroché le contrat, au final. Deuxièmement : et l'argent que tu as pris à Kouplan ? Et celui que tu as pris à Gustav ? Il ne s'agit pas de moi, ici. N'essaye pas de détourner la conversation.

— S'il ne s'agit pas de toi, alors qu'est-ce que tu fiches ici ? Gustav t'a appelée pour se plaindre ? Non, que je sache !

Jenny bouillonne.

— C'est parce qu'il n'est pas conscient de ce qui lui est arrivé. Pas encore ! Tu joues avec les sentiments des gens. Tu t'insinues dans leur vie, tu gagnes leur confiance. Tu te rends compte de tout ce que tu détruis à chaque fois que tu fais la fille ravissante ?

— Je ne détruis rien de plus que ce que les gens détruisent eux-mêmes.

Jenny s'arrête et dévisage celle qu'elle croyait connaître.

— Mais qu'est-ce que tu racontes ? Tu crois que tu n'es pas responsable des vols que tu commets, des cœurs que tu brises, de l'amour que tu feins, de la folie dans laquelle tu précipites les gens quand ils croient que… Quand ils croient avoir trouvé quelqu'un qui… qui les écoute… Quand ils lui ouvrent leur cœur…

Elle ne trouve plus ses mots. Elle est à bout de souffle. Nathalie la fixe d'un regard creux.

— Je ne dois rien à personne. Tout le monde trompe tout le monde, on déforme tous la vérité quand ça nous arrange. Je suis un peu plus futée que la moyenne, c'est tout.

— Tu te rends compte de ce que tu dis ?

Un joggeur les double au pas de course, Jenny ne l'avait pas vu approcher. Il leur lance un coup d'œil en biais comme s'il craignait d'être mêlé à leur dispute. Elles ont sans doute haussé le ton sans s'en rendre compte. Le joggeur s'éloigne discrètement et disparaît dans un virage.

Nathalie la regarde à nouveau.

— Tu veux parler de cœurs en général ? Du cœur de Gustav, par exemple ? Ou du tien ?

Le gâteau de Barbro décongèle lentement dans le four à micro-ondes.

— Vous voyez souvent votre mère, Kouplan ? demande-t-elle.

Manifestement, elle a surmonté sa peur du criminel.
— Aussi souvent que possible.
C'est la vérité. Il préfère ne pas compter les années qui se sont écoulées depuis leur dernière rencontre.
— C'est bien. Je ne sais pas ce qu'elle a, Nathalie.
— Comment ça ?
— Il y a bien quelque chose qui cloche, sinon, elle ne négligerait pas sa propre mère comme elle le fait. Vous savez combien de temps elle est restée, la dernière fois qu'elle est passée me voir ? Une demi-heure. Et cette fois ? Deux heures, dont dix minutes pour bavarder avec moi et le reste du temps pour trouver un sac rose. Un sac à main, c'est bien plus important que moi, à ses yeux. Voilà comment elle est.

Kouplan hoche la tête et songe aux différences culturelles... On dit parfois que les Suédois auraient des relations familiales difficiles. Vérité ou question de psychologie ?
— C'était pareil quand elle était petite ? questionne Kouplan.

Barbro lève les yeux au ciel.
— C'était une enfant affreusement difficile. Avec ces grands yeux et ce visage d'ange, elle faisait marcher son monde mais moi, je la connais. Avec Nathalie, tout ne tourne qu'autour d'elle. C'est Nathalie, Nathalie, Nathalie.
— Et qu'est-ce qu'elle faisait, quand elle était petite ?
— Vous voulez dire : qu'est-ce qu'elle ne faisait pas ? Elle mâchonnait sa manche. Comme ça, explique Barbro en levant le bras. Jusqu'à ce que son pull soit trempé. Et là, elle venait me voir en pleurnichant. Au jardin d'enfants, ils la changeaient tout le temps.

— Et vous ?

— Qu'est-ce que vous croyez ? Quand on mouille son pull exprès, il ne faut pas compter sur moi. Les parents hélicoptère, vous connaissez ?

En expliquant le concept à Kouplan, Barbro parvient également à lui raconter sa propre carrière étoile de gérante et sa relation étroite avec Angela Merkel. Angela..., se dit Kouplan. Je me demande s'il y a une Amanda aussi. Et une Consuela.

— On m'a dit un jour que je ressemblais à Elizabeth Taylor jeune.

Le four à micro-ondes émet un *pling* et Barbro en sort un gâteau moelleux qui sent le sucre.

— Nathalie habite ici ?

— Oui et non, dit Barbro en disposant quatre tasses sur la table. Elle voyage beaucoup pour son travail, alors elle reçoit son courrier ici. Mais elle habite à Stockholm.

— Elle fait quoi, comme travail ?

— Elle est représentante en matériel informatique. Et même pas capable de me faire un prix sur un ordinateur ! Non, même pas. Allez-y, servez-vous.

Kouplan coupe une fine tranche de gâteau et réfléchit à tous les endroits où il a atterri dans sa vie : le centre d'accueil pour les réfugiés de Jönköping et ses couloirs étouffants, des cages d'escaliers, un collectif végan solidaire, le canapé d'une certaine Sandra Mellqvist... Et la cuisine bien décorée de la mère égocentrique d'une arnaqueuse. Chaque endroit est un monde à part entière. Kouplan n'a jamais vraiment choisi de s'y trouver. Il se demande quel effet ça lui ferait d'acheter ses propres rideaux.

— ... Alors si elle a eu ce travail, c'est grâce à moi aussi. Enfant de malheur.

— Elle m'a l'air vraiment bête et désagréable, dit Kouplan pour tester Barbro.

Celle-ci se fige et le transperce du regard.

— Nathalie est quelqu'un de très bien, autant que vous le sachiez.

Jenny crie de plus en plus fort. Nathalie a l'impression de ne rien devoir à personne, c'est inacceptable. Selon elle, Jenny ne serait pas à plaindre. Nathalie refuse même de comprendre qu'elle a brisé le cœur à Jenny. Pour elle, ce sont des histoires à faire pleurer dans les chaumières. Jenny ne supporte pas de perdre un peu d'argent, voilà tout.

— Le plus méprisable, s'écrie Jenny, c'est que tu aies arnaqué Kouplan de quatre mille couronnes – tout ce qu'il possédait !

C'est incroyable de se retrouver ainsi dans la forêt de Sala. Il y a fort longtemps de cela, sur ce sentier, Nathalie a fait caca dans sa combinaison. Enfin, près d'une aire de repos avec un barbecue, un peu plus loin. Elle avait prévenu sa mère qu'elle avait envie d'aller aux toilettes, mais celle-ci lui avait ordonné de se retenir. Quand Nathalie avait fait dans sa culotte, sa mère l'avait giflée, puis s'était moquée de sa démarche. Si elle avait eu une caméra vidéo, elle se serait fait un plaisir de la filmer. *Dommage*, avait-elle ajouté.

— Qu'est-ce que tu en sais ? Et si Kouplan te racontait des salades ? Un soi-disant sans-papiers qui ne peut pas rentrer en Iran. Bouhou... Au fait, tu savais que c'était une fille ? Tu t'es encore fait avoir, Jenny.

Kouplan n'avait rien dit à Jenny, Nathalie le voit à son expression : la plus pure des surprises. Mince... Les secrets de Kouplan auraient pu lui servir à faire pression, tôt ou tard. Vu la situation, aucun moyen n'est à négliger. Décidément, la vie était devenue trop agréable quand elle était tombée sous le charme de Jenny. Elle aurait dû rester sur ses gardes.

— Rien n'est jamais ta faute, hein ? rugit Jenny, toute rouge. Tu n'es responsable de rien, hein ? C'est toujours les autres, hein ?

Nathalie ne l'a jamais vue aussi furieuse. D'une certaine manière, ça lui fait plaisir. Jenny lui accorde plus d'importance qu'elle ne s'en est jamais elle-même donnée. Se pourrait-il donc qu'elle ait de la valeur aux yeux de quelqu'un ? D'un autre côté, cela l'effraie. Elles sont seules en pleine forêt et une veine bat ostensiblement sur le front de Jenny. Nathalie aurait dû appeler Johan à la rescousse.

— Tu ne veux quand même pas devenir la conseillère municipale qui a commis un meurtre en pleine forêt..., glisse-t-elle.

— À cet instant précis, c'est exactement ce que je veux.

Jenny serre les mâchoires, elle a la respiration lourde. Serait-elle capable de tuer ? Elle tourne le dos à Nathalie, s'éloigne de quelques pas brusques, puis fait demi-tour et revient.

— Six ans de prison pour escroquerie aggravée, dit-elle. Voilà ce qui t'attend si tu ne me rembourses pas.

— Ton argent volé.

— Vraiment ? Si l'affaire est jugée au tribunal, j'ai un très bon avocat. Je peux te garantir que nous porterons plainte pour diffamation. Qui les magistrats seront-ils le plus enclins à croire ? Tu es sûre que tes preuves tiennent la route ?

Nathalie ne sait plus quoi penser. Jenny ne poussera sans doute pas les choses jusque-là. Selon Johan, en tout cas, leurs documents bancaires sont *chauds bouillants*.

— En plus, enchaîne Jenny, je me fiche complètement de ce qui peut bien arriver. Tu n'as qu'à les envoyer au tribunal, tes fichues preuves ! Quelle que soit l'issue de l'affaire, j'éprouverai un plaisir immense à te voir condamnée.

Nathalie sait distinguer vérité et vérité. Quelque chose dans la voix de Jenny lui indique que la menace est réelle. Personnellement, elle ne jetterait pas aux orties une existence comme celle de Jenny pour envoyer une quelconque arnaqueuse en prison, mais allez savoir…

— Cent mille, négocie-t-elle. Je te rends cent mille couronnes et j'en garde cent mille. La police ne saura rien sur BEON, ni personne d'autre. De toute façon, cet argent ne nous appartient ni à toi ni à moi.

Jenny réfléchit. Sous la peau de son front, un martèlement vient de cesser. Après un bref silence, elle tend la main à Nathalie. Marché conclu.

— Espèce de serpent, lâche-t-elle.
— Qui se ressemble s'assemble, répond Nathalie.

Bizarrement, Jenny se sent satisfaite. Non pas parce qu'elle va récupérer une partie de son argent. Ni parce que le soleil qui fuse à travers les pins lui rappelle le terrain dans l'archipel que Nathalie n'a jamais possédé. Mais parce qu'elle a enfin percé à jour les mille visages d'Amanda.

Ce sentiment qui l'a obsédée pendant dix mois, poussée à s'ouvrir, à négliger, à se fiancer et à s'oublier, était-ce de la frustration ? Probablement. Les amoureux à la folie souffrent peut-être simplement de ne pas pouvoir ôter son masque à l'autre. Jenny, victorieuse, a envie de se mettre à siffloter, mais les circonstances ne s'y prêtent pas.

Après avoir raclé ses chaussures sur le paillasson, elle entre à contrecœur dans la maison où Nathalie a grandi et appris à mentir. Il y règne une bonne odeur de café.

— Kouplan ! On y va.

Barbro apparaît : Jenny prendra bien un petit café avant de partir ? Barbro a décongelé un gâteau entier et Kouplan a un appétit d'oiseau. Barbro insiste.

Jenny imagine la scène. Barbro, Nathalie, Kouplan et elle autour d'une table de cuisine, mangeant du *sockerkaka* et buvant du café dans une atmosphère compacte et explosive comme de la dynamite. Elle fait un large sourire à Barbro en lui tendant la main.

— Non, nous partons. J'ai une réunion à l'hôtel de ville dans deux heures.

— Si tard ?

— Nous travaillons dur pour nos concitoyens.

Barbro accepte l'explication et précise qu'elle sait de quoi parle Jenny, elle a des amis en politique. À un niveau plus élevé, certes, mais tous travaillent aussi dur.

— Nathalie, dit Jenny, tu avais quelque chose pour Kouplan, non ?

Leurs regards se croisent ; Jenny sort victorieuse de la joute. Nathalie va chercher une enveloppe et, sans un mot, la tend à Kouplan.

— Merci, dit celui-ci.

Il est vraiment trop poli.

51

Le soir tombe. Les lampadaires déversent leur éclat sur la route. Les fenêtres clignotent. Jenny, au volant, les emmène loin de Sala.

— Tu ferais mieux de vérifier combien qu'elle t'a donné, fait-elle. On peut encore faire demi-tour.

Kouplan ouvre l'enveloppe, qui n'est pas collée. Jenny lui lance un regard en coin : l'homme qui ne parle jamais de lui. Elle regarde ses mains compter des billets de cinq cents couronnes et ses lèvres former des chiffres silencieux dans une langue qu'elle ne comprend pas. Nathalie a fait deux révélations sur lui pendant leur promenade : l'une, fausse et l'autre, possible.

Jenny pense à Bugg, son ex-beau-fils qui n'est plus son enfant, ce garçon dont les yeux tourmentés se mettaient à briller quand quelqu'un lui disait : « Ah, tu es une fille, en fait. » Jenny a elle-même gaffé une ou deux fois : « Mais tu es une fille, quand même ! » Maintenant qu'il n'est plus près d'elle, elle se remémore la situation. Désormais, elle sait qui il est. Certains mots ne prennent tout leur sens que bien après.

En fait, Kouplan est un homme et, après la nuit moite qu'ils ont passée ensemble chez elle, il sait qu'elle le sait. Que Nathalie s'exprime dans des termes vulgaires à son égard, voilà qui n'étonne guère Jenny.

L'autre révélation est plausible. Même si Nathalie ment plus souvent qu'elle ne dit vrai, Kouplan semble en effet plus exclu de la société que Jenny ne le croyait au départ.

Elle le prenait pour un homme moyennement fainéant qui n'avait pas eu de chance. Un homme qui ratait ses rendez-vous à l'Agence pour l'emploi, perdait son argent au jeu ou s'adonnait à une quelconque autre occupation que préconise le commun des mortels pour se rendre la vie plus pénible. Elle ne lui a pas posé de questions parce qu'elle ne voulait pas entendre encore une histoire larmoyante dans laquelle le narrateur fait abstraction de toute responsabilité personnelle. Les mails qu'elle reçoit dans sa boîte professionnelle lui suffisent en la matière.

Mais si Nathalie dit vrai, Jenny a un immigré clandestin dans sa voiture. Elle l'épie à nouveau. Kouplan a l'expression d'un jeune homme fatigué qui vient de recevoir son salaire.

— Quatre mille, compte-t-il.

— Quelle radine ! s'exclame Jenny. Elle a gardé deux cents couronnes. Et elle se fera une raison, avec l'imagination qu'elle a ! Tu aurais entendu sa défense pendant notre promenade ! Je n'en croyais pas mes oreilles.

— Elle a dit quoi ?

— Que c'était la faute de tout le monde sauf la sienne. Mais je l'ai percée à jour. Dire qu'un aussi triste individu m'a obsédé pendant un an...

— Ça t'a soulagée ?

Jenny repense à la promenade : les mots qu'elle avait prononcés, indignes d'une femme politique de sa stature mais cathartiques pour l'ex-petite amie bernée ; la fureur qui sortait d'elle comme une cascade de haine ; ses mains qu'elle sentait prêtes à étrangler ; les rayons du soleil qui, traversant les arbres à la diagonale, caressaient son visage ; l'air qui, aspiré d'un trait jusqu'au fond de ses poumons, en ressortait sous forme de cris.

— Je t'ai raconté l'histoire du terrain dans l'archipel ?
— Oui.
— J'envisage de l'acheter. Seule.
— Vraiment ?
— Je viens d'en avoir l'idée. Je vais rappeler le propriétaire.

À cette pensée, Jenny est parcourue par un sentiment qu'elle n'a pas éprouvé depuis longtemps, le même que quand elle a obtenu son siège de conseiller municipal, l'éclair qui l'a traversée la première fois qu'elle a rencontré son ex-mari. Cela dure rarement plus de quelques secondes. Kouplan approuve le projet d'acquisition, posséder un petit terrain, ça fait du bien. C'est mignon de sa part, et un peu tragique si la révélation de Nathalie est vraie. Dans ce cas, il ne devrait pas rêver de terrains dans l'archipel de Stockholm. Elle s'apprête à lui poser la question, mais se ravise.

Elle ne veut pas savoir. Ainsi, elle ne peut être tenue responsable de venir en aide à un immigré clandestin.

Elle conduit Kouplan jusqu'à sa banlieue de Hallonbergen. Les regards qui suivent la BMW sont tangibles, Kouplan devine les frères de la rue qui se disent : « Mate la voiture ! » Ils s'arrêtent à quatre rues de chez lui. D'une part, Jenny n'a pas à connaître son adresse exacte, d'autre part, mieux vaut que personne ne remarque un jeune homme maigre sortant d'une voiture de luxe en bas de l'immeuble de Kouplan.

— Prends bien soin de toi, dit Jenny.

Kouplan enfouit son enveloppe sous la taille de son pantalon et s'éloigne.

En fait, ils n'ont rien résolu du tout. Certes, Jenny a récupéré la moitié de son argent et s'est débarrassée d'une espèce de démon. Mais la contribution de Kouplan à la lutte contre la criminalité demeure faible. L'affaire de corruption dont Jenny s'est rendue coupable n'est pas mise en cause. Nathalie, qui a perdu cent mille couronnes, mettra sûrement les bouchées doubles pour escroquer un autre pigeon du manque à gagner, dans une autre ville ou un autre pays.

Finalement, Kouplan n'a pas fait progresser la justice. Cela dit, il a gagné un peu d'argent, car il faut ajouter au contenu de l'enveloppe les sept mille couronnes de salaire qui brasillent dans son sac. Elles payeront ses loyers de retard et même quelques-uns d'avance. Il pourra s'acheter du riz, des pommes de terre et de la viande en promotion. Il remplira son tiroir dans le congélateur de Regina.

Kouplan compte les mois qui lui restent : trois sûrs et cinq dangereux. Il a onze mille trois cent quarante-cinq couronnes en poche. Cela lui permettra de vivre jusqu'en juillet. Ensuite, il lui restera encore cinq mois à tirer. En décembre, il aura vécu dans la clandestinité pendant quatre ans : le chiffre magique. C'est le délai de carence pour faire une nouvelle demande d'asile.

Arrivé à ce stade, on est plus peureux, certes, on a appris à réagir au moindre regard, on fait des cauchemars et on a constamment le ventre noué, mais on s'en est sorti. On mérite vraiment une médaille.

En rentrant, il trouve Regina dans sa chambre. Elle pose sur lui un regard différent, il se dit que ses cheveux forment des boucles magnifiques sous ses tempes. Non pas qu'il la trouve attirante, mais parce que tout paraît plus beau quand on a les moyens de survivre.

— Je suis contente de te voir, dit-elle.

Elle lui explique que Liam grandit, mais Kouplan ne comprend pas. Elle ajoute que ça devient de plus en plus difficile de dormir dans la même chambre que lui, mais Kouplan ne comprend toujours pas. Elle dit qu'elle est désolée et, là, enfin, il comprend.

— Ça ne me fait pas plaisir, crois-moi, mais j'ai besoin de tout l'appartement. C'est un dilemme.

Il voit qu'elle a des scrupules. Elle a pourtant été bonne envers lui. Elle lui a demandé le loyer le plus bas de Stockholm et ne lui a pas pour autant fait de reproches quand il a eu du mal à le payer. Elle l'a conduit ici et là et nourri quand elle avait des restes. Elle a dit à ses enfants de ne pas le déranger. Peut-il vraiment exiger d'elle ce que personne d'autre ne lui donne seulement parce que c'est ce qu'elle a fait jusqu'ici ?

— Pas grave, répond-il.

— Je me disais que tu pouvais rester encore deux mois. Ça te laisse le temps de te retourner.

— Pas de problème. Je peux partir tout de suite, si tu veux.

Elle secoue la tête, elle connaît le marché du logement à Stockholm.

— Le 1er juin, je me disais.

— J'aurai une chambre à moi ? demande Liam, exalté.

Kouplan ne l'a pas vu entrer. Dans la chambre qui est encore la sienne.

— Oui.

— Ouiii !

— On va essayer de te trouver autre chose, Kouplan.

C'est désagréable de donner mauvaise conscience à quelqu'un par sa simple présence. Regina n'a rien fait de mal.

— Pas la peine. J'ai des relations.

Son lit est douillet, mais il n'est pas vraiment le sien. Enfin, il lui appartient plus que les lits dans lesquels il a dormi ces dernières semaines : chez Jesper, chez Sandra Mellqvist, dans le collectif de Jönköping et chez Jenny, sur un immense sommier à ressorts couverts de draps de luxe. Partout, son lit lui a manqué, car il est son point fixe. Kouplan a même rêvé de le compléter d'une lampe de chevet.

Couché sur le côté, il exerce son mental. D'habitude, il concentre ses efforts sur sa respiration, il s'entraîne à dominer les battements de son cœur, à l'empêcher de s'emballer. Ce soir, ce sont ses pensées qui s'emballent. Elles se précipitent vers le mois de juin, mais il les arrête, car il sait qu'un cerveau trop fatigué est un véritable essaim de moustiques : fébrile et stagnant.

Dors, Kouplan.

Réveille-toi demain en sachant où tu veux aller.
Accorde-toi encore une nuit de sérénité dans ton lit.
Ne pense pas à Nima.
Imagine-le riant à cause de quelque chose que tu as dit, voilà tout.
Ne te dis pas que tu aurais besoin de tes parents.
Sois simplement rassuré qu'ils existent.
Ne pense pas à l'argent que tu as emprunté pour acheter tes hormones.
Demain, tu mangeras à ta faim.
Ne pense pas au mois de juin.
Tu survivras en avril et en mai.

Accorde-toi encore une nuit.

Un grand merci à

Mio Olsson
Oscar Schröder
Farzaneh Sohrabi
Shaghayegh Paksima
Zinat Pirzadeh
Valfrid Arvidsson
Daniel Helldén
Pouriya
Masoud
Mehdi
Mon éditrice Sofia Brattselius Thunfors
Ma relectrice Anna Hirvi Sigurdsson

Ce livre n'aurait pas été le même sans vous.

POCKET N° 17083

« *Un polar étonnant.* »

ELLE

Sara Lövestam
CHACUN SA
VÉRITÉ

« Si la police ne peut rien pour vous, n'hésitez pas à faire appel à moi. »
Pour gagner sa vie tout en restant sous les radars, Kouplan propose ses services comme détective privé. Se faire invisible, évoluer dans la jungle du Stockholm underground, il connaît : ancien journaliste d'investigation dans son Iran natal, Kouplan est sans-papiers. La fillette de sa première cliente a disparu. Pour une raison mystérieuse, elle aussi souhaite éviter l'administration... Dès lors, de bête traquée, le clandestin se fait chasseur.

Retrouvez toute l'actualité de Pocket :
www.pocket.fr

POCKET N° 17131

« *Le doute s'installe et nous ronge, tandis que le suspense nous emporte.* »

Femme actuelle

Amy Gentry

LES FILLES DES AUTRES

Il y a huit ans, Julie était kidnappée dans sa chambre en pleine nuit. Sous les yeux de sa petite sœur, terrée dans la penderie. On n'a jamais retrouvé Julie, ni l'homme au couteau qui l'a enlevée. Les Whitaker ont survécu. Jusqu'à ce coup de sonnette, un soir de réunion familiale. C'est Julie, amaigrie par des années d'horreur. Après la surprise et la joie des retrouvailles, les incohérences s'accumulent. Anna s'interroge : cette jeune fille est-elle vraiment la sienne ? Elle ne reconnaît plus son enfant...

Retrouvez toute l'actualité de Pocket :
www.pocket.fr

POCKET N° 17182

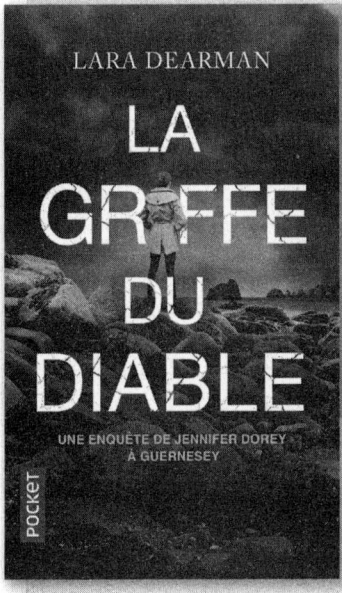

« *Un thriller captivant.* »

Le Point

Lara Dearman
LA GRIFFE DU DIABLE

Poursuivie par ses démons, Jennifer Dorey a quitté Londres pour retourner vivre avec sa mère, à Guernesey, où elle est devenue reporter au journal local. Elle pensait pouvoir souffler un peu. Elle avait tort. Quand le cadavre d'une jeune femme s'échoue sur une plage, la journaliste mène l'enquête et exhume plusieurs morts similaires qui s'étendent sur une cinquantaine d'années. Plus troublant encore, toutes les victimes avaient sur le bras une marque semblable à celle gravée sur un rocher de l'île : la « griffe du diable », dont la légende veut qu'elle ait été laissée par Satan lui-même...

Retrouvez toute l'actualité de Pocket :
www.pocket.fr

*Cet ouvrage a été composé et mis en pages
par ÉTIANNE COMPOSITION
à Montrouge.*

Imprimé à Barcelone par:
BLACK PRINT
en décembre 2018

S29117/01